Auf frischer Tat …

Ein Spezialkommando im Einsatz

Dieses Buch widme ich
meiner Ehefrau und
meinen beiden Kindern.

Peter Schmidt

Auf frischer Tat ...

Ein Spezial-kommando im Einsatz

MILITZKE

Impressum

Bibliographische Information der
Deutschen Nationalbibliothek:
Die Deutsche Nationalbibliothek
verzeichnet diese Publikation in der
deutschen Nationalbibliographie;
detaillierte bibliographische Angaben
sind im Internet über
http://dnb.ddb.de abrufbar.

Lektorat: Elisabeth Herzer, Julia Lössl
Umschlaggestaltung: Christian Strebel
Umschlagfoto:
panthermedia.net | Stanislav Popov
Layout und Satz: Thomas Butsch
Schrift: ITC Garamond und Helvetica
Druck und buchbinderische Verarbeitung:
Reálszisztéma Dabas Druckerei AG, Dabas

Printed in Europe

ISBN 978-3-86989-825-2

http://www.militzke.de

Inhaltsverzeichnis

Zu den mit * gekennzeichneten
Wörtern befinden sich am Ende
des Buches im Glossar Erklärungen.

Prolog

Als Leiter einer Einheit des Mobilen Einsatzkommandos (MEK)* lädt Kriminalhauptkommissar Peer Pierrets sie ein, Gast in seinen Diensträumen zu sein, im Fond seines Führungsfahrzeuges bei Observationen auszuharren, spannende Verfolgungsfahrten mitzuerleben und bei spektakulären Festnahmen an vorderster Front mitzuwirken. Die von ihm ermittelten Kriminalfälle versetzen den Leser in die siebziger und achtziger Jahre des vergangenen Jahrhunderts.
Obgleich die Kriminalfälle keine zeitnahe Lehrstunde über Kriminaltaktik, Technik, Einsatzlehre oder Observationen beinhalten, können die Ereignisse meines Erachtens jederzeit in die Gegenwart projiziert werden, weil sie an Faszination, Spannung und Gefährlichkeit nichts eingebüßt haben.
Dennoch möchte ich ausdrücklich darauf hinweisen, dass die geschilderten Fälle nur bedingt authentisch sind. Während die Aufklärungsmethoden annähernd real sind, mussten Details hingegen geändert werden – entweder als literarischer Kunstgriff oder um die Identität der Ermittler oder Täter zu schützen. Auch wenn die angeführten Ortsbezeichnungen, Straßennamen, Wege oder Plätze real existieren, sind Handlungsübereinstimmungen oder Namen von Personen rein zufällig.
Bei der Schilderung der Kriminalfälle soll besonders der unbeschreibliche Teamgeist, die Einsatzbereitschaft und die Kameradschaft aller zur Sondereinheit gehörenden Bediensteten zum Ausdruck gebracht werden. Die aufgeführten, zum Teil spektakulären Erfolge waren mit Sicherheit darauf zurückzuführen, dass sowohl

die Brutalität und Kälte als auch die Intelligenz der Rechtsbrecher nie unterschätzt wurden. Der hohen kriminellen Energie begegneten die Männer des Mobilen Einsatzkommandos stets mit Fachkompetenz, einer uneingeschränkten Einsatzbereitschaft und einem unbeugsamen Willen zum Erfolg.

Peter Schmidt

Weg ohne Wiederkehr

Das konspirative Telefon klingelt. Kriminalhauptkommissar Peer Pierrets, Leiter einer Abteilung des Mobilen Einsatzkommandos*, einer Spezialeinheit der Kriminalpolizei, wirft einen prüfenden Blick auf die angeschlossenen Aufzeichnungsgeräte und nimmt den Hörer ab.

»Hallo!«

Am anderen Ende der Leitung vernimmt er die bekannte Stimme eines Informanten.

»Eh, Chef, musst du schnell kommen, hast du viele, viele Geld!«

Die Information klingt glaubwürdig. Ohne näher auf Einzelheiten einzugehen, verabredet sich Pierrets eine Stunde später in einem gutbürgerlichen Café unweit des Oldenburger Staatstheaters.

Die Zusammenarbeit mit dem Informanten währt bereits etliche Jahre. Die bisher gelieferten Informationen waren ausnahmslos verwertbar. Positiv an dieser Kooperation ist außerdem, dass alle Vorgaben strikt von ihm eingehalten werden. Eine Eigenschaft, die in diesen Kreisen durchaus nicht selbstverständlich ist. Doch das Wichtigste und Interessanteste an ihm ist, dass sich seine Hinweise nicht auf irgendwelche »Hühner- oder Kaninchendiebe« beziehen, sondern ausschließlich auf Kapitaldelikte, also auf schwere Straftaten mit hoher krimineller Energie.

Ja, dieser aus dem östlichen Mittelmeerraum stammende Informant ist trotz seines relativ jungen Alters ein Vollprofi, der in seinem Heimatland bereits als verdeckter Ermittler gearbeitet hat. Mehrere von Kugeln verursachte Narben lassen daran nicht den

geringsten Zweifel aufkommen. Ob diese frühere Tätigkeit mit Pierrets Arbeit und insbesondere mit den hiesigen rechtsstaatlichen Grundsätzen auch nur annähernd deckungsgleich ist, muss jedoch stark bezweifelt werden.
Pierrets hat stets sein Lächeln vor Augen, wenn er ihm wieder einmal sagen muss, dass dies oder jenes in Deutschland aus rechtlichen Gründen nicht möglich ist.

Als Pierrets gegen 15.00 Uhr das Café betritt, wird er bereits erwartet. Memmet sitzt an einem abseits stehenden Tisch.
Seine große Statur und seine glänzenden, blau-schwarzen, langen Haare sind auffällig.
Sein Äußeres ist stets gepflegt – elegante Anzüge, teure Hemden und modische Schuhe zeugen von einem ausgefallenen Geschmack und einem ausgeprägten Modebewusstsein.
Seine dunklen Augen strahlen. »Ich habe gute Nachricht!«
Beide reden zwei Stunden über eine geplante Geldfälschungsaktion. Konkretes kann oder will Memmet bisher aber nicht sagen. Zum Schluss der Unterredung stellt er die Kardinalfrage: »Was ich bekommen dafür?«
»Ich weiß es noch nicht, Memmet, lass' uns später darüber reden. Zunächst muss ich prüfen, was machbar ist und was sich anbietet.«
Wie immer in solchen Fällen macht Pierrets keine festen Zusagen, nicht bevor er den Sachverhalt eingehend mit dem zuständigen Staatsanwalt erörtert und dieser alle Maßnahmen abgesegnet hat. Möglichkeiten gibt es viele, beispielsweise Strafvergünstigungen, eine Verlängerung der Aufenthaltsgenehmigung oder auch Geldzuwendungen.
Beide Männer trennen sich, nachdem Pierrets seinen Informanten zuvor aufgefordert hat, herauszufinden, wo sich der Tatort* befindet. Memmet verspricht, diesen so schnell wie möglich in Erfahrung zu bringen und geht.
Neue Informationen kommen vierzehn Tage später. Informationen, die bei Peer Pierrets alle Hoffnungen auf einen schnellen, spektakulären Einsatz schwinden lassen. Die Werkhalle, in der die Arbeiten durchgeführt werden sollen, befindet sich nicht in seinem Zuständigkeitsbereich, sondern in Kiel, also in einem anderen Bundesland.

Als er versucht, Memmet klar zu machen, dass er gegebenenfalls mit einer anderen Spezialeinheit zusammen arbeiten muss, kommt sofort massiver Protest.
Unter keinen Umständen, lieber würde er sich überhaupt nicht mehr um die Angelegenheit kümmern.
Seine abschließende Antwort: »Ich dir vertrauen, sonst nix!«
Verständlich, nach der langen Zusammenarbeit, bei der beide Seiten konsequent die ausgehandelten Bedingungen eingehalten haben. Ihn interessieren zu Recht keine Ländergrenzen und örtliche Zuständigkeiten.
Sie verabreden sich für den nächsten Tag und gehen beide enttäuscht auseinander. Peer Pierrets, weil er im Moment nicht überblicken kann, wie es weitergeht. Memmet, weil er sich aufgrund der Schwere der potentiellen Straftat einige Vergünstigungen erhofft hatte.
Auf der Suche nach einer praktikablen Lösung schließt Pierrets sich mit Holger Weißhaupt, dem zuständigen Staatsanwalt bei der Staatsanwaltschaft in Oldenburg kurz. Sie diskutieren intensiv die Frage der Zuständigkeit. Auch überlegen sie, wie der Informant aus dem strafrechtlichen Verfahren herauszuhalten ist und welche Vergünstigungen angemessen sind.
Nach langem Hin und Her finden sie für alle Probleme eine Lösung. Sie einigen sich mit dem in Kiel zuständigen Staatsanwalt, dass die örtlich zuständige Sondereinheit des Landes Schleswig-Holstein bei allen entscheidenden operativen Maßnahmen involviert wird. Die gesamte Planung hingegen, die V-Mann-Führung und alle vorbereitenden Maßnahmen bleiben ausschließlich in Peer Pierrets Verantwortung. Er allein hält den Kontakt zu dem Informanten.
Der Staatsanwalt in Kiel, Herr Wiedemann, gewährt Peer Pierrets nach einem persönlichen Gespräch, das beide in Kiel führen, absolut freie Hand. Seine einzige Bedingung ist, dass den Tätern keine Gelegenheit gegeben werden darf, das Falschgeld in Umlauf zu bringen.
Es vergehen wieder Tage voller Ungeduld, bis endlich ein erneuter Kontakt zu Memmet hergestellt werden kann. Er hat in Erfahrung gebracht, wo sich die Halle der Geldfälscher genau befindet.
Peer und sein gesamtes Team sind erleichtert. Jetzt können sie endlich aktiv werden und konkrete Maßnahmen planen.

Vincent Labitzki fiebert dem Ende seiner fast siebenjährigen Freiheitsstrafe entgegen.
Er wurde verurteilt, weil er gemeinsam mit zwei Komplizen einen bewaffneten Raubüberfall auf ein Geldinstitut verübt hatte. Während er im Rahmen einer sofort ausgelösten Ringfahndung schon kurz nach der Tat gestellt und festgenommen werden konnte, gelang es seinen Mittätern, nach dem Durchschwimmen eines ca. sechs Meter breiten Stadtgrabens, unerkannt zu entkommen. Auch die Beute in Höhe von ca. einhundertfünfzigtausend Mark und die bei der Tat benutzten Waffen blieben trotz intensiver Nachsuche unauffindbar.
Da Labitzki sich weder in den polizeilichen Verhören noch in der anstehenden Gerichtsverhandlung kooperativ verhielt, keine Reue zeigte und ebenfalls nicht gewillt war, die Namen seiner Komplizen preiszugeben, fiel das Strafmaß entsprechend hoch aus. Erschwerend kam hinzu, dass er wiederholt straffällig geworden war und bereits mehrere Freiheitsstrafen verbüßt hatte. Auch deutete vieles darauf hin, dass er der Kopf der Bande war.
Zu seinen Gunsten konnte das Gericht lediglich anführen, dass er als Kind in verschiedenen Heimen aufgewachsen war und vermutlich durch diesen Umstand erhebliche soziale Defizite hat.

Die ersten Jahre der erneuten Strafverbüßung brachten erwartungsgemäß keine Änderung seiner bisherigen Einstellung. Dem Wachpersonal gegenüber verhielt er sich äußerst aggressiv und provokativ. Auch als dem angelernten Schlachter das Angebot gemacht wurde, in der Gefängnisküche als Hilfskoch zu arbeiten, war dies nur von kurzer Dauer. Mit anderen Strafgefangenen hatte er fast täglich Streit, der schließlich darin gipfelte, dass er einen Mitgefangenen von hinten anfiel und drohte, ihm mit einem Küchenmesser die Kehle durchzuschneiden. Gewalt und Brutalität dominierten auch im Gefängnis sein Leben.
Dieses bedrohliche, unberechenbare Verhalten führte schließlich dazu, dass ihm nur wenige Vergünstigungen zugebilligt wurden und er sich fast ausschließlich in seiner Zelle aufhalten musste. Auch seine Besuchstermine wurden auf ein Minimum reduziert und nur unter strengster Kontrolle in Gegenwart eines Justizbeamten durchgeführt. Die Teilnahme an gefängnisinternen Veranstaltungen wurde ebenfalls nur in Ausnahmefällen genehmigt.

Erst nach Ablauf von ca. zwei Dritteln der verhängten Freiheitsstrafe änderte sich sein Verhalten signifikant. Jetzt zeigte er sich dem Wachpersonal gegenüber einsichtig und in gewisser Weise sogar zuvorkommend. Auch äußerte er, in Zukunft umschulen zu wollen, um gegebenenfalls nach seiner Freilassung als Schweißer oder Schlosser arbeiten zu können. Darüber hinaus hatte er einen Antrag auf Beschäftigung in der gefängniseigenen Metallwerkstatt gestellt.
Aus der Gefängnisbücherei lieh er sich die unterschiedlichsten Bücher, die sich mit der Verarbeitung von Metallen befassen. Von besonderem Interesse waren hierbei Fachbücher, die sich mit Materialkunde und speziellen Galvanisationstechniken beschäftigten. Von seiner Schwester ließ er sich außerdem dicke Wälzer über »Experimentelles Galvanisieren« in den Knast schicken. Zeit für ein intensives Studium der Bücher hatte er genug, zumal er sich aufgrund des bisherigen Strafverlaufs keine Hoffnung machen konnte, vorzeitig entlassen zu werden oder die Reststrafe als Freigänger verbüßen zu können.

Endlich; es ist ein trüber Dienstagmorgen als Labitzki nach Verbüßung der vollen Strafe vor dem stählernen Gefängnistor steht und von einem Bediensteten der Justizvollzugsanstalt (JVA) freundlich verabschiedet wird.
»Ich wünsche Ihnen alles Gute und hoffe, wir sehen uns hier nicht wieder«, ruft er ihm durch die Membran der schusssicheren Scheibe des Eingangsportals zu und meint es durchaus ehrlich. Doch Labitzki reagiert sofort äußerst aggressiv und voller Hass entgegnet er: »Leck mich am Arsch, du schwule Wachtel. Du siehst mich bestimmt nicht wieder!« Wohl wissend, dass er bei einer erneuten Bestrafung mit einer Sicherheitsverwahrung rechnen muss.
Dann geht er auf einen vor dem Gefängnistor wartenden Ford zu, in dem eine mit einem Kopftuch bekleidete Frau hinter dem Lenkrad sitzt.
»Ist alles klar?«, beginnt er nach einer kurzen Begrüßung die Unterhaltung. »Wo ist dein Mann? Warum ist er nicht hier? Hast du die Kohle noch gebunkert? Ist noch alles da?«
Er wirkt gehetzt. Seine Fragen haben etwas Bedrohliches.
»Fast alles«, ist ihre zögerliche Antwort. »Fünftausend habe ich für die Hochzeit genommen. Ali hatte überhaupt kein Geld und er

wollte…« »Halt's Maul«, herrscht er sie mitten im Satz an und dreht sich spontan um. »Wir werden verfolgt. Da, hinter uns! Die Schweine observieren uns!« Er hebt die Hand. »Warte, lass sie vorbeifahren. Los, jetzt fahr weiter!«, fordert er sie kurz danach auf. »Was wollte dein Typ unbedingt?« setzt er die Befragung fort.
»Er wollte mich vor der Hochzeit unbedingt seiner Familie im Libanon vorstellen.«
»So, und du musstest dafür die Kohle 'rausrücken. Ein sauberer Beschäler, den du dir da angelacht hast. Vögelt er wenigstens gut? Wo ist er jetzt?«
»Er wartet in der Wohnung auf uns.«
»Hast du ihm irgendwas erzählt?«
»Natürlich nicht«, entgegnet sie erleichtert und ist offensichtlich froh, die erste Krisensituation gut überstanden zu haben. Sie hatte mit einem unkontrollierten Wutausbruch gerechnet.
»Hast du was von Ricky gehört? Was hat er damals abgedrückt?«
»Genau achtzig Riesen*. Ansonsten habe ich nur gehört, dass er bei Hannover eine Bar haben soll. Mehr weiß ich auch nicht.«
»Und wo ist die Restkohle?«
»Dieses Schwein hat uns beschissen. In der Zeitung stand, dass es über einhundertfünfzigtausend waren.« Labitzki ist außer sich. Er flucht unaufhörlich, bis sie die Wohnung erreichen.
Die Begrüßung der Männer gleicht eher einem gegenseitigen Abtasten. Vincent Labitzki mustert den Libanesen nur kurz und mit schneidendem Ton herrscht er ihn an: »Eines lass dir gesagt sein, wenn meine Schwester kein Kopftuch tragen will, dann trägt sie keins. Verstanden? Ist das klar? Und noch was, solltest du sie nur ein einziges Mal schlagen, steche ich dich ab. Hörst du, ich steche dich ab, wie ein Schwein. Nie mehr werden wir von irgendjemandem gedemütigt und geschlagen.« Seine kalten grauen Augen sprechen eine deutliche Sprache.
Bereits am nächsten Abend lässt er sich von seinem Schwager nach Hannover fahren, um sich auf die Suche nach der von Ricky Stöver betriebenen Bar zu machen. Obgleich er fast sieben Jahre von der Außenwelt abgeschnitten war und keinen Kontakt zur Szene hatte, fällt es ihm nicht schwer, entsprechende Informationen zu bekommen.
Er findet die Bar noch am selben Abend.
Sie liegt an einer Ausfallstraße zwischen Hannover und Celle.

Schon von außen wird deutlich, dass es sich hierbei nicht um eine gewöhnliche Bar, sondern um ein Edelbordell handelt, in dem sicherlich nur Kunden mit entsprechendem Kleingeld verkehren. Ein Schild »Nur für Klubmitglieder« macht es deutlich.
Labitzki lässt seinen Schwager im Wagen warten und geht alleine über den nur schwach ausgeleuchteten Parkplatz in Richtung Bar. Bereits am Eingang wird er von einem ganz in schwarz gekleideten Türsteher in Empfang genommen und nach kritischer Musterung ins Innere begleitet.
Obgleich Labitzki sich sicherlich von den üblichen Kunden abhebt, wagt es der Türsteher nicht, ihm den Zugang zu verwehren. Zu sehr ist er von dem hünenhaften, durchtrainierten Körper und den blassen, harten Gesichtszügen beeindruckt.
Labitzki bleibt im Türbereich stehen und mustert mit kritischem Blick den Laden. Er ist angespannt, vorsichtig und misstrauisch. Wie immer, wenn ihm etwas unbekannt ist.
Im Inneren der Bar erklingt leise Musik. An den bordeauxfarbenen Wänden sind Kristalllampen mit samtroten Schirmen angebracht und verleihen dem Raum eine angenehme, warme Atmosphäre.
Links vom Eingang befindet sich eine Theke mit rot gepolsterten Barhockern. Auf der rechten, zurückliegenden Seite ist eine großzügige Badelandschaft integriert.
Die drei runden Pools mit den dazugehörigen Wasserläufen scheinen aus kostbarem Opal gefertigt zu sein und verleihen dem Wasser eine faszinierende, grün-türkis schimmernde Farbe. In den Seitenwänden eingelassene Lichtquellen lenken den Blick auf Millionen kleiner Bläschen, die aus verdeckten Düsen an die Oberfläche gelangen und in Sekundenschnelle zerplatzen.
An den Rändern der Becken stehen silberne Sektkübel in Form antiker Amphoren.
Alles zeugt von einer architektonischen Meisterleistung, die sicherlich ihren Preis hatte.
Doch all das ist für Labitzki nicht von Bedeutung. Ihn interessieren keine edlen Materialien und außergewöhnlichen Formen. Seine Blicke sind fokussiert auf Ein- und Ausstiege, Notausgänge und Fluchtwege.
Eine junge osteuropäische Schönheit steht hinter der Theke. Sie ist bekleidet mit einem durchsichtigen Bolero-Jäckchen und einem kleinen silberfarbenen Dreieck, das ihre Scham bedeckt.

Ihre langen, wohl geformten Beine werden durch silberne Stöckelschuhe noch betont. Nur die großen, festen Brüste stehen im Gegensatz zu ihrem überaus schlanken Körper. Sie hat die langen blau-schwarzen Haare zu einem Knoten geschwungen und ebenfalls mit einer silbern schimmernden Spange befestigt.
Im Barraum befinden sich mehrere junge Frauen, die ebenfalls nur leicht bekleidet sind und offensichtlich auf Kundschaft warten. Einige von ihnen sitzen auf Barhockern vor der Theke, andere wiegen sich leicht im Rhythmus der Musik, trinken oder ziehen an ihren Zigaretten. Aus einem Séparée ist spitzes, gekünzeltes Lachen zu hören.
Labitzki nimmt an der Theke Platz und bestellt einen doppelten Malt-Whisky. Dann fordert er die Bardame auf, den Chef zu holen.
»Ich weiß nicht, ob Herr Stöver im Hause ist«, lautet ihre zögerliche Antwort.
Labitzki mustert sie scharf.
»Beeil' dich, Schätzchen, sonst hol' ich ihn selber.«
Seine Stimme ist leise und von schneidender Kälte.
In der Bar ist es still geworden. So still und spannungsgeladen wie vor einem nahenden Gewitter. Keiner wagt mehr, etwas zu sagen. Alle starren auf den unheimlichen Gast, der sich so völlig von der üblichen Klientel unterscheidet.
Die eingeschüchterte Bedienung nickt und will soeben die Theke verlassen, als eine männliche Person aus einer mit Spiegelglas versehenen Tür die Bar betritt.
»Was ist hier los?«
Beide Männer stehen sich gegenüber und mustern sich nur kurz.
»Vincent? Ja ist denn das möglich, sind die sieb …, ich meine, ist die Zeit schon 'rum? Komm nach hinten, erzähl!«
Beide Männer gehen in das angrenzende Büro, wobei Ricky der Bedienung noch zuruft, unter keinen Umständen gestört werden zu wollen.
Das Büro ist genauso stilvoll eingerichtet wie die Bar. An den Wänden hängen gerahmte Fotografien im Poster-Format. Die Bilder zeigen Ricky sowohl auf verschiedenen Motorjachten als auch in noblen offenen Sportwagen. Stets befindet er sich in Begleitung junger, hübscher Mädchen.
Die Vegetation im Hintergrund der Bilder lässt erahnen, dass diese Fotografien in südlichen Gefilden gemacht wurden. Dafür spricht

auch, dass alle abgelichteten Personen sonnengebräunt und mehr oder weniger leicht bekleidet sind.
Labitzki lässt sich Zeit.
Langsam, ganz langsam geht er durch den Raum und betrachtet interessiert das kostbare Inventar und die Fotografien an den Wänden. Er klopft auf edle Hölzer und lässt seine Finger über geschliffenes Glas gleiten.
Dann bleibt er ganz unvermittelt stehen.
»Ist das alles von meinem Geld?«
Ricky steht wie versteinert. Sein Ausdruck hat sich schlagartig verändert. Das Lächeln ist erstarrt und die Gesichtsfarbe leicht ins Grau mutiert.
»Wir haben fair geteilt, jeder hat sein Drittel bekommen«, versucht er sich zu rechtfertigen.
»Fair! Das nennst du fair? In den Zeitungen stand, dass es über einhundertfünfzigtausend waren. Wenn du glaubst, mich nach der langen Zeit auch noch bescheißen zu können, hast du dich geschnitten.«
Labitzki steht ganz nah vor ihm und sieht ihm direkt in die verängstigten Augen. Er spürt den gepressten Atem seines Gegenübers und riecht den Schweiß, der sich mit dem Geruch von Aftershave und Haarpomade vermischt.
»Ich gebe dir genau eine Woche Zeit, dann will ich fünfzig Riesen. Hast du mich verstanden, ich sagte fünfzig Riesen!«
Seine Stimme ist leise und frostig.
»Und wehe, du versuchst es mit faulen Tricks. Ich warne dich, dann bist du endgültig geliefert. Du kennst mich! Ach, noch was, da wir gerade von Kohle reden. Weißt du wie hoch der ›Schweigekurs‹ im Knast ist? Nein? Ich sag es dir. Pro Tag ein Hunni! Und weißt Du auch, wie lange ich gesessen habe? Auch das verrate ich dir; es waren genau 2464 Tage. Tage, die die Hölle bedeuten. Während du herrlich und in Freuden gelebt hast, bin ich da drinnen fast verreckt. Ich halte es daher für angemessen, wenn du ab sofort jeden Monat fünf Riesen für mich abdrückst, als kleine Entschädigung für entgangene Freuden.«
Seine Stimme klingt sarkastisch und das seitliche Kopfnicken zeigt in Richtung der Fotografien.
»Ich hoffe, du hast mich verstanden, fünf Riesen und keine Tricks. Habe ich mich klar genug ausgedrückt?«

Ricky weicht vor ihm zurück, geht um den Schreibtisch und lässt sich in seinen Ledersessel fallen.
»Das kann ich nicht, bestimmt nicht! Ich habe mein ganzes Geld in den Laden gesteckt. Was glaubst du, was das mal für ein Schuppen war! Ich habe kein Bargeld.«
»Du kannst!« Vincent Labitzki lächelt ironisch. Dann dreht er sich um und geht.
In der Tür stehend wiederholt er abermals: »Genau heute in einer Woche.«
Dann verlässt er die Bar endgültig.

Schon drei Tage nach der Haftentlassung sieht es in einer Ecke des Wohnzimmers seiner Schwester und seines Schwagers aus wie in einer Elektrowerkstatt. Überall liegen Drähte, Kabel, Gleichstromregler und Trafos herum.
Labitzki ist hektisch und gönnt sich keine Ruhe. Er ist von morgens bis abends am Experimentieren und versucht das, was er im Knast an Theorie gelernt hat, jetzt in die Praxis umzusetzen. Über ein fast ein Meter großes Aquarium hat er mehrere Drähte gespannt, an denen Münzen befestigt sind. Daran angeschlossen sind verschiedene Elektrokabel, die über Gleichrichter mit dem Stromnetz verbunden sind.
Sein Ziel ist es, mit Hilfe eines galvanischen Verfahrens Prägestempel herzustellen.
Nach anfänglichen Misserfolgen gelingt es ihm schließlich auch. Die ersten Druckstöcke sind zwar noch ungleichmäßig und weisen unterschiedliche Stärken auf, dennoch sind sie als Negativformen schon recht passabel. Um ihre Druckfestigkeit zu überprüfen, begibt er sich wiederholt abends zu einem abseits gelegenen Verschiebebahnhof und lässt Güterwaggons darüber hinweg fahren. Letztlich gelingt es ihm, Prägestempel herzustellen, die einem enormen Druck standhalten. Er ist stolz auf das Ergebnis und träumt bereits vom großen Geld und einer sorgenfreien Zukunft.
Labitzki hat seine Schwester und seinen Schwager Ali mittlerweile in seine Pläne eingeweiht. Natürlich können beide der Verlockung des großen Geldes nicht widerstehen und sind sofort bereit mitzumachen. In jeder freien Minute sitzen sie nun zusammen und schmieden Pläne über ihre weitere Vorgehensweise.

Labitzki ist Realist genug, um zu wissen, dass er dieses Ding nicht alleine drehen kann.
Ali hat die Aufgabe, verlässliche Landsleute zu finden, die sich an dem Coup beteiligen.
Seine Schwester und er übernehmen, nach einem anfänglichen heftigen Streit, gemeinsam die Beschaffung der Materialien.
Zum handfesten Krach war es gekommen, als er seiner Schwester lediglich die Rolle des späteren Verteilens zubilligen wollte. Erst als sie ihren Bruder daran erinnert, wer damals maßgeblich am Erfolg beteiligt war und wer schließlich von ihnen geschnappt wurde, gibt er klein bei.
Gemeinsam stehen sie jetzt vor einer gewaltigen logistischen Herausforderung. Neben der Materialbeschaffung für die Münzen und dem Handwerkszeug müssen auch Stanz-, Schleif- und Poliermaschinen besorgt und eine Werkstatt angemietet werden.
Wie angekündigt, erscheint Labitzki eine Woche später erneut an der Bar und muss zu seinem Erstaunen feststellen, dass jetzt zwei Türsteher die Bar bewachen.
Als er grußlos den Eingang passieren will, wird er von einem der Typen am Ärmel festgehalten und aufgefordert, stehen zu bleiben.
»Eh, Alter, lass mal sehen, was du in den Taschen hast, so ohne weiteres kommst du … «
Er hat den Satz noch nicht beendet, als er, von einem Dänemann* getroffen, zu Boden sinkt. Das widerliche Knacken und Splittern von Knochen und Knorpel ist unüberhörbar. Aus der gebrochenen Nase und einer tiefen Platzwunde über der rechten Augenbraue spritzt Blut und färbt den Boden dunkelrot.
Labitzki kennt die verheerende Wirkung eines Kopfstoßes und weiß, dass dieser Mann für eine ganze Weile außer Gefecht gesetzt ist. Instinktiv dreht er sich blitzschnell zu dem zweiten Gegner um, um einen möglichen Angriff abzuwenden. Doch der Typ steht da wie angewurzelt und ist nicht fähig, in irgendeiner Form zu reagieren. Mit einer abfälligen Bemerkung lässt er ihn stehen, passiert den Barraum und geht direkt auf das Büro zu. Ohne anzuklopfen öffnet er die Tür.
Ricky Stöver sitzt allein hinter seinem Schreibtisch und starrt ihn mit Angst erfüllten Augen an, als er die Bürotür von innen verschließt und den Schlüssel abzieht.

»Hast du deinen Gorillas gesagt, dass sie mich durchsuchen sollen? Wie war das, hab ich nicht gesagt, keine faulen Tricks?«

»Eh, eh, Alter, langsam, ganz ruhig. Setz dich erst mal hin und mach keine Panik.« Ricky ist bemüht, seiner Stimme festen Halt zu geben und möglichst cool zu wirken.

»Das ist normal bei Fremden, was glaubst du, was in der Szene los ist. Mal versuchen die Russen, mal die Türken und mal die Jugoslawen hier Fuß zu fassen und die Rotlichtszene zu beherrschen. Da musst du verdammt aufpassen und vorsichtig sein. Also setz dich!«

Labitzki zieht den Besuchersessel vorsichtig bis an den Schreibtisch heran. Er lässt Stöver nicht eine Sekunde aus den Augen. Seine Bewegungen und sein starrer Blick haben etwas Furchterregendes, Raubtierhaftes.

Er registriert jede Bewegung. Seine linke Hand liegt auf dem Schreibtisch, die andere steckt in der Jackentasche.

»Hast du die Kohle?«

»Ja, habe ich, aber leider sind es nur zweiundzwanzig, mehr konnte ich nicht flüssig machen.«

Dabei greift er ganz langsam in die Innentasche seines Jacketts, holt einen geschlossenen Briefumschlag heraus und schiebt ihn über den Schreibtisch.

Labitzki bleibt regungslos sitzen.

»Ich verstehe wohl nicht! Weißt du nicht mehr, dass man mit mir nicht handeln kann? Ich sagte fünfzig!«

Im gleichen Moment blitzt etwas Blankes auf und krachend fährt seine mit einem Schlagring bewaffnete Faust auf Stövers Handrücken.

Dieser brüllt vor Schmerzen, springt auf und versucht aus dem Büro zu fliehen. Vergebens, die Tür bleibt verschlossen. Labitzki hat den Schlüssel.

»Wo ist das restliche Geld?« Er ist ebenfalls aufgesprungen und zerrt an Stövers Revers.

»Ich warne dich, das war nur der Anfang. Wo ist das Geld?«

Unerbittlich dreht er ihm weiter die Luft ab.

Ricky Stöver kann nicht mehr sprechen. Wie im Würgegriff einer Schlange wird ihm die Luft abgeschnürt. Seine Augen treten aus den Höhlen und die Lippen nehmen eine bläuliche Färbung an.

Er droht ohnmächtig zu werden. Mit letzter Kraft gestikuliert er mit den Armen und zeigt in Richtung Schreibtisch.
Labitzki lässt ihn zu Boden krachen. Er geht zum Schreibtisch zurück und findet im mittleren Schubfach einen weiteren Geldumschlag und gleich daneben einen geladenen Revolver, Smith & Wesson, Kaliber 9mm. Er steckt beides ein. Dann verlässt er das Büro, ohne sich weiter um Stöver zu kümmern.
Ihm ist es egal, ein paar Feinde mehr zu haben.
Wochen vergehen. Die Vorbereitungen für den Coup gestalten sich äußerst schleppend. Schwierigkeiten und Verzögerungen gibt es insbesondere bei der Beschaffung des Rohmaterials für die Münzen. Da die 5-DM Stücke möglichst automatentauglich sein sollen und folglich nicht magnetisch sein dürfen, gibt es bezüglich des Magnetismus unüberwindbare Schwierigkeiten.
Als alle Versuche scheitern, einigen sie sich letztlich darauf, das Geld durch Einkäufe und durch Tauschgeschäfte in Umlauf zu bringen.
Ali hat mittlerweile zwei Landsleute gefunden, die sich an dem Coup beteiligen wollen. Beide sind Asylbewerber und wohnen in einem Zentrallager für Asylsuchende.
Auch Labitzki und seine Schwester sind bei der Beschaffung der Maschinen erfolgreich. Sie konnten, nachdem sie zunächst in verschiedenen Städten alle Schrotthändler abgeklappert hatten, von einem Maschinen-Gebrauchthandel schwere Stanzen und Schleifmaschinen erwerben. Die Geräte sind zwar alt und genügen daher sicherlich nicht mehr modernen technischen Anforderungen, doch für ihre Zwecke reichen sie allemal. Dafür müssen sie beim Kauf auch lediglich noch den Schrottpreis bezahlen.
Schwieriger wird es, eine passende Halle zu finden, die einerseits möglichst abgelegen und andererseits geeignet ist, die schweren Maschinen aufzustellen und zu befestigen. Eine normale Garage reicht dafür nicht aus.
Schließlich finden sie eine leer stehende Fabrikhalle in der Nähe des Hafens, direkt an der Kieler Förde. Die im Baustil des letzten Jahrhunderts errichtete Halle ist ca. achtzig bis neunzig Meter lang und dreißig Meter breit. Auf dem Steinboden befinden sich zum Teil gut erhaltene, stahlbewährte Betonsockel, auf denen früher einmal schwere Industriemaschinen befestigt waren. Die ehemals zur Befestigung der Maschinen verankerten Gewindebolzen

ragen zum Teil noch aus dem Beton. Einige Kraftstromanschlüsse und alte Transmissionswellen für den Maschinenantrieb befinden sich ebenfalls noch an den Wänden.
Das Halleneingangstor ist massiv, wobei im oberen Drittel Drahtglasscheiben eingelassen sind, so dass zusätzlich Licht in die Halle dringt. Das schwere Hallentor ist an starken Flacheisen aufgehängt und läuft über Rollen auf einer von außen angebrachten Winkelschiene. Im geöffneten Zustand kann ein LKW das Tor bequem passieren.
Gesichert ist es mit einem alten Kastenschloss und zusätzlich mit einem Überwurfriegel, der ein starkes Vorhängeschloss aufnehmen kann.
Das mit einer geringen Neigung versehene Sheddach ist windschief und die eingelassenen Glasscheiben und Belüftungsklappen teilweise zerbrochen. Insgesamt macht das Bauwerk einen heruntergekommenen, ruinierten Eindruck. Da die Halle jedoch in einem Sanierungsgebiet liegt und außerdem in den nächsten Jahren abgerissen werden soll, ist auch der geforderte Mietpreis entsprechend gering.

Die büromäßigen Ermittlungen von Peer Pierrets sind weitestgehend abgeschlossen. Stephan und Winfried, zwei erfahrene Sachbearbeiter, hatten den Auftrag, anhand der vorhandenen Aktenunterlagen das gesamte Umfeld von Labitzki abzuklären. Von Bedeutung sind dabei besonders seine zuvor verübten Straftaten sowie sein ehemaliger Freundes- bzw. Mittäterkreis.
Das hierbei erstellte Personagramm ist aufschlussreich und zugleich erschreckend.
Bereits mit 12 Jahren wurde er aus polizeilicher Sicht auffällig, als er bei einem Ladendiebstahl ertappt wurde und sich der Personalienfeststellung durch eine Flucht entziehen wollte. Schon damals verhielt er sich einer Kaufhausdetektivin gegenüber äußerst brutal, indem er sie mit einem als Dietrich gebogenen Stahldraht am Auge und im Gesicht schwer verletzte.
In der Zeit danach folgten Rechtsverstöße quer durch das Strafgesetzbuch. Auffallend hierbei war, dass besonders viele Straftaten in Verbindung mit schwerer, respektive gefährlicher Körperverletzung verübt wurden. Bezüglich seiner Mittäter konnten leider keine neuen Erkenntnisse gewonnen werden.

Von besonderer Bedeutung war allerdings der Aktenhinweis, dass die Kollegen des Raubkommissariates nach seiner Haftentlassung erneut Ermittlungen gegen ihn aufgenommen hatten. Wohl wegen des bisher nicht ermittelten Geldes. Vielleicht hofften sie auch, über ihn die bisher nicht bekannten Mittäter ermitteln und festnehmen zu können.
Gleich nachdem Peer Pierrets davon erfährt, nimmt er Rücksprache mit dem zuständigen Kommissariatsleiter Knut Janssen und bittet um die vorläufige Einstellung aller geplanten Maßnahmen. Janssen stimmt zu, nachdem Peer versichert, dass relevante Erkenntnisse, sofern sie sich auf den Raubüberfall beziehen, ihm sofort mitgeteilt werden.
Danach lässt Pierrets sich von seiner Sekretärin zwei Tassen Kaffee bringen und bittet seinen Vertreter Werner Barkemeyer in sein Büro.
»Oh, hier sieht's nach Arbeit aus«, ist dessen erster Kommentar, als er hereinkommt und auf dem Kartentisch verschiedene Stadtpläne und Übersichtskarten liegen sieht.
Beide schlürfen ihren heißen Kaffee und besprechen unter Zuhilfenahme einer das gesamte Hafengebiet umfassenden Generalstabskarte alle weiteren Maßnahmen. Außerdem stellen sie einen detaillierten Zeitplan auf.
Nach ca. eineinhalb Stunden haben sie alle wichtigen Vorentscheidungen getroffen. Sie sind sich einig, bereits am nächsten Tag ein Team nach Kiel zu schicken, um die Lage vor Ort zu sondieren. Die Aufgabe der Beamten des Vorauskommandos besteht darin, geeignete Standorte für eine unauffällige Observation des Objektes sowie eine Unterkunft für mindestens acht Personen in unmittelbarer Nähe der Halle zu suchen. Das Objekt soll rund um die Uhr gezielt überwacht werden, um weitere Informationen zur Aufklärung des Falls zu erlangen.
Da Peer Pierrets' gesamtes Team ausschließlich aus Spezialisten besteht und diese Aufgabe somit von allen wahrgenommen werden kann, sucht er Freiwillige, die gewillt sind, ein paar Tage länger von ihren Familien getrennt zu sein.
Obgleich alle wissen, dass es nicht unbedingt ein attraktiver Job ist, melden sich sofort mehrere Beamte, die diese Aufgabe übernehmen wollen.

Stephan und Winfried geben vor, sich bisher am intensivsten mit dem Fall beschäftigt zu haben und erwarten somit die Übernahme dieses Auftrages.
Pierrets hat keine Einwände und so treffen beide umgehend erste Vorbereitungen, um sich schon am nächsten Tag auf den Weg nach Kiel zu machen.
Pierrets freut sich immer wieder über die grenzenlose Einsatzbereitschaft und den Kameradschaftsgeist in seiner Truppe. Er ist stolz auf den »Haufen Individualisten«, die füreinander notfalls durchs Feuer gehen.
Sobald Stephan und Winfried Niedersachsen am nächsten Tag mit einem neutralen Fahrzeug verlassen und über Bremen und Hamburg Schleswig-Holstein erreicht haben, melden sie sich beim zuständigen Lage- und Führungszentrum Kiel an. Auf die Frage nach der Dauer des Aufenthaltes, müssen beide passen. Das Einsatzende der konspirativen Ermittlungen ist nicht vorhersehbar.
Die Beiden beginnen ihre Ermittlungen, indem sie sich zunächst vom örtlichen Katasteramt Pläne von der Halle und den umliegenden Häusern besorgen. So ausgestattet, machen sie zu Fuß einen ersten Rundgang, um die Gegend zu erkunden. Hierbei wird deutlich, dass es sich bei diesem Stadtteil unverkennbar um ein Sanierungsgebiet handelt.
Die aus rotem Backstein gemauerten Wohnblocks sind von der salzhaltigen Ostseeluft bereits stark in Mitleidenschaft gezogen und weisen erhebliche Witterungsschäden auf. Außerdem sind die meisten Fenster und Türen noch mit Einfachglas versehen und es hat absolut nicht den Anschein, dass hier noch große Renovierungsarbeiten geplant sind.
Offensichtlich stehen einige Wohnungen bereits leer.
An den Hauswänden haben Graffiti-Sprüher ihre unverkennbaren individuellen Spuren* hinterlassen. Die schillernden Schriftzüge und Hieroglyphen sind zum Teil meterhoch und erstrecken sich sowohl über das gesamte Mauerwerk als auch über Fenster und Türen.
Auch die Straßen und Fußwege weisen zum Teil starke Beschädigungen auf.
Nachdem beide die Gegend eingehend inspiziert haben, wählen sie nach intensivem Studium ihrer Katasterunterlagen einen bewohnten Block aus, von dem man vermutlich sowohl auf die Halle als auch auf den Vorhof blicken kann.

Die Verhandlung mit dem Hauseigentümer, einem älteren Herrn mit grauer Strickjoppe und ausgetretenen Hauspantoffeln, gestaltet sich schwieriger als zunächst angenommen. Sowohl er als auch seine Ehefrau können überhaupt nicht begreifen, warum die Polizei an ihrem Dachboden interessiert sein könnte. So etwas war ihnen in ihrem ganzen langen Leben noch nicht untergekommen. Erst als sie sich ein zweites Mal die Ausweise und die Dienstmarken der Beamten zeigen lassen und diese mit äußerster Skepsis betrachten, willigen sie schließlich ein.

Später, als Stephan ihnen bei einer Tasse Kaffee eine vorgedruckte Schweigepflichterklärung vorlegt und sie bittet, diese zu unterschreiben, sind sie mächtig stolz. Ohne zu wissen, worum es bei dieser polizeilichen Aktion geht, sind sie offenbar tief beeindruckt, dass die Polizei ausgerechnet ihren Bodenraum benötigt. Der Hauseigentümer zeigt Stephan und Winfried den überwiegend leerstehenden, nicht ausgebauten Trockenboden und zieht sich anschließend nur unwillig zurück. Am liebsten würde er die ganze Zeit dabei bleiben, um zu sehen, was die Beamten genau vorhaben.

Stephan muss den freundlichen Hausbesitzer höflich aber bestimmt hinauskomplimentieren. Erst als er die Bodenraumtür von innen geschlossen hat, sehen sich beide Beamten genau um. Von Interesse sind insbesondere die rückwärtige Dachfront mit einem kleinen Erker und die zwischen den Dachsparren eingelassenen metallenen Ausstellfenster.

Durch verstaubte und mit Spinnengewebe verklebte Scheiben schauen sie direkt auf den Vorhof und das Sheddach der Halle. Genial!

Als Winfried noch damit beschäftigt ist, die Halle und die umliegenden Häuser mit einem Fernglas zu inspizieren, hält er auf einmal inne.

»Oh, oh, schau mal! Dritte Etage, 182 Grad, da läuft gerade ein Sonderprogramm.«

Stephan nimmt sein Fernglas und richtet es über die eingebaute Kompassrose auf 182 Grad aus.

Jetzt wird auch er Zeuge eines heißen Liebesaktes. Eine junge Frau mit offenen langen roten Haaren sitzt mit seitlich gespreizten Beinen auf einer Art Kommode, während der Partner vor ihr steht und sie mit beiden Armen umfasst.

Ihr zurückgeworfener Kopf und der geöffnete Mund lassen einen Zustand höchster Erregung erkennen und so dauert es auch nicht lange, bis er sie von der Sitzunterlage herunterhebt und beide aus dem Sichtfeld des Fensters verschwinden.
Stephan und Winfried kommen zu dem Ergebnis, dass dies ein idealer Standort ist, wobei die »sportliche Sondereinlage« natürlich nicht den Ausschlag gegeben hat.
Als sich beide nach einer eingehenden Inaugenscheinnahme des Bodens von ihren neuen »Vermietern« verabschieden, bieten diese ihnen noch einen Haustür- und einen Wohnungstürschlüssel an, um gegebenenfalls das Bad und die Toilette benutzen zu können. Das Ehepaar scheint jetzt mächtig angetan zu sein, die Kripo im Haus zu haben.

Bereits am nächsten Tag kommt Verstärkung. Peer Pierrets und fünf weitere Beamte übernehmen ab sofort die Observation rund um die Uhr.
Sie alle richten sich auf dem Dachboden so gut es geht mit ihren bescheidenen Mitteln ein. Ihr Mobiliar besteht lediglich aus Stahlrohrliegen, einem einfachen zusammensteckbaren Tisch und Klappstühlen. Dazu kommen Schlafsäcke bzw. Decken, Getränke und persönliche Gegenstände. Gegessen wird in einem Schnellimbiss auf der gegenüberliegenden Straßenseite.
Pierrets ist zufrieden mit der Unterkunft und der Aussicht auf das Zielobjekt. Bei früheren Einsätzen war es oft weit unbequemer. Wie oft schon mussten sie in ausgehobenen Erdhöhlen, alten, zugigen Scheunen oder einfach in ihren Fahrzeugen lange Tage der Observation zubringen. Dagegen war dies »Luxus pur«.
Nachdem die zum Teil schweren Einsatzgeräte auf dem Dachboden verstaut sind, wird ein geeigneter Platz für die Installation der Kamera gesucht. Ein ausgebauter Erker erweist sich als zu schmal, bzw. ihre Kamera als zu groß, so dass die Beamten gezwungen sind, einige in Zement eingelegte Dachpfannen zu lösen, um eine ungehinderte Sicht auf das Objekt zu haben. Hierbei muss besonders auf die Blendwirkung und die Reflektion des Kameraobjektives geachtet werden.
Schon die Vorbereitungen erfordern Konzentration und Umsicht. Jeder noch so kleine Fehler kann zum Scheitern der gesamten Aktion führen. Die in der Dachschräge eingelassenen Kippfenster

und die Kamera werden mit schwarzen Baumwolltüchern sorgfältig abgehängt, so dass auch während der Dunkelheit kein Lichtstrahl nach außen dringen kann.
Schließlich sind alle Geräte installiert und die entsprechenden Funkkreise geschaltet. Jetzt muss nur noch ein interner Dienstplan über die Ruhe- und Wachzeiten der Beamten aufgestellt werden.
Über den Informanten erfährt Pierrets gelegentlich den aktuellen Stand bzw. die weitere Planung. Außerdem haben die Einsatzkräfte durch ihre visuellen und akustischen Geräte eine nahezu perfekte Kontrolle über das Geschehen auf dem Nachbargrundstück.
Für den nächsten Tag wird die Anlieferung der Maschinen avisiert. Pierrets Team hat alle Vorbereitungen für eine lückenlose Dokumentation getroffen und wartet gespannt.
Gegen 11.00 Uhr ist es soweit. Ein Tieflader rollt auf den Hof. Auf der Ladefläche befinden sich zwei große Maschinen, offensichtlich Stanzen, die mit breiten Spanngurten gesichert sind. Bedingt durch die Höhe der Ladung, kann der LKW nicht direkt in die Halle hineinfahren. Die Täter sind daher gezwungen, das Entladen der Maschinen auf dem Hallenhof vorzunehmen.
Da das Fahrzeug nicht mit einem Kran oder Gabelstapler ausgestattet ist, müssen sie die tonnenschweren Geräte über eine aus massiven Holzbohlen gefertigte Schräge langsam, Zentimeter für Zentimeter, zu Boden gleiten lassen. Eine Arbeit von Stunden, die schweißtreibend und außerdem nicht ungefährlich ist.
Über Eisenrollen werden beide Maschinen anschließend ins Halleninnere transportiert.
Beim Abladen der Maschinen haben die Beamten das erste Mal Gelegenheit, alle Tatverdächtigen in Aktion zu sehen und mit einem Teleobjektiv gestochen scharfe Bilder zu schießen.
Der Lastwagen fährt später noch einmal vor und liefert drei mittelgroße Schleif- bzw. Poliermaschinen an. Die Halterfeststellung des LKW führt zu der Erkenntnis, dass es sich bei dem Lieferanten der Maschinen um eine Metallverwertungsfirma handelt. Weitere Ermittlungsansätze ergeben sich nicht daraus.
Die folgenden Tage verlaufen ohne Besonderheiten. Die Tatverdächtigen sind offensichtlich mit dem Aufstellen und Installieren der Maschinen beschäftigt. Von früh morgens bis spät abends sind Hammer- und Bohrgeräusche zu hören. Zwischendurch ist

das Aufblitzen von Schweißelektroden zu sehen. Die »Vorbereitungshandlung« muss verdammt anstrengend sein.
Doch plötzlich, für Pierrets' Team nicht nachvollziehbar, werden alle Aktivitäten eingestellt.
Nachdem die Halle wie immer sorgfältig verschlossen wurde, lassen die Tatverdächtigen sich am nächsten Tag nicht mehr blicken.
Was ist passiert? Ist die Observation trotz aller Vorsichtsmaßnahmen entdeckt worden oder haben sich möglicherweise Nachbarn über den neuerlichen, ungewöhnlichen Krach beschwert?
Sind die Maschinen nicht mehr funktionsfähig?
Viele Fragen tauchen auf, die sich im Moment nicht beantworten lassen.
Pierrets kann nur hoffen, dass all die bisherigen Bemühungen nicht umsonst waren.
Er versucht, über seinen Informanten Einzelheiten zu erfahren. Vergebens, der weiß auch nichts.
Angeblich hat er seit mehreren Tagen keinen Kontakt zu seinem Landsmann gehabt. Er verspricht aber, sich umgehend um die Sache zu kümmern und Pierrets sofort eine Nachricht zukommen zu lassen.
Er hält Wort! Noch am selben Abend meldet er sich. Seinen Angaben zufolge wurden alle Maschinen installiert und die Täter warten nur noch auf die Anlieferung des Rohmaterials. Das Bandmetall, aufgerollt und tonnenschwer, ist eine speziell in Auftrag gegebene Legierung, aus der die 5-DM Stücke geprägt werden sollen.
Am darauf folgenden Morgen sind auf dem Hallenvorhof bereits gegen 9.00 Uhr Bewegungen erkennbar. Alle warten gespannt.
Gegen 11.00 Uhr erscheint ein geschlossener Kleinlastwagen, der direkt in die Halle geleitet wird. Nachdem das Fahrzeug in der Halle verschwunden ist, wird das Eingangstor sofort wieder geschlossen, so dass den Observationskräften der weitere Einblick verwehrt wird. Nach ca. dreißig Minuten verlässt der Laster die Halle und fährt in Richtung Innenstadt davon.
Auch hier bringt die durchgeführte Halterfeststellung wiederum keine neuen Erkenntnisse, da das Fahrzeug für eine Transportfirma zugelassen ist.
Bedingt durch die versetzten Fenster des Sheddaches haben die Beamten nur abgestufte Segmente des Halleninneren auf ihrem Monitor. Dennoch können sie zum Teil unterschiedliche Arbeitsvor-

gänge erkennen und es dauert nicht lange, bis erste Stanzgeräusche zu hören sind. Nur wenige Minuten, dann wird die Maschine wieder ausgeschaltet. Eine erste Überprüfung der Ronden?
In den folgenden Tagen sind von morgens bis abends monotone, dumpfe Stanzgeräusche zu hören. Auffällig dabei ist, dass der Arbeitstakt einer Maschine langsamer ist als der andere. Es entsteht der Eindruck, dass die auf einer Maschine durchgeführten Arbeitsabläufe behäbiger, dafür aber kraftvoller sind.

Seit Tagen hat Pierrets keine neuen Informationen von Memmet erhalten. Seine Unruhe wächst.
Die Täter müssen mittlerweile Unmengen Ronden gestanzt bzw. 5-DM Stücke gepresst haben.
Pierrets muss an die dem Staatsanwalt gegenüber gemachte Zusage denken und plant daher unwiderruflich für den übernächsten Tag den Zugriff. Ihm ist das Risiko zu groß, dass die Täter quasi unter Polizeiaufsicht Falschgeld prägen und dieses möglicherweise in den Verkehr bringen.
Gemeinsam mit seinem Vertreter legt er an dem kleinen Stecktisch die Positionen der einzelnen Beamten fest und beordert für den nächsten Tag seine gesamte Einheit nach Kiel. Treffpunkt für die geplante Einsatzbesprechung ist der große Besprechungsraum des Mobilen Einsatzkommandos Kiel.
Außer seiner gesamten Einheit beteiligt er ein starkes Kontingent der ortsansässigen Sondereinheit sowie Beamte des Erkennungsdienstes und der Hundestaffel an der bevorstehenden Operation.
Das in der Nähe gelegene Krankenhaus und der örtliche Rettungsdienst werden ebenfalls vorsorglich informiert.
Der Staatsanwalt, Herr Wiedemann, von der Staatsanwaltschaft Kiel, möchte gleichfalls direkt vor Ort an der Aktion beteiligt sein.
Alle Maßnahmen und der Zeitplan des Einsatzes sind bereits bis ins Detail festgelegt, als Memmet sich in der Nacht meldet.
»He, Chef, was ist los?«
»Was ist los? Das würde ich gerne von dir wissen, Memmet. Hast du keinen Kontakt mehr zu den Leuten?«
»Ja, hab ich, etwas ist kaputt. Maschine eine ist zu schwach. Rand zu hart. Kommt neue Maschine in ein Tagen.«
Peer bedankt sich für die Informationen und bittet Memmet, sich in den nächsten Tagen zu melden.

Das also ist der Grund. Die Täter haben möglicherweise Probleme mit der Randprägung. Vermutlich gelingt es ihnen nicht, den seitlichen Druck in entsprechender Stärke zu erzeugen, um eine einwandfreie Randprägung herzustellen.
Es ist egal. Für Peer Pierrets gibt es kein Zurück mehr. Alle Kräfte sind informiert und außerdem haben sie bereits im Schutze der Dunkelheit, von den angrenzenden Bewohnern nicht erkennbar, oberhalb des Daches Spezialleinen zum Abseilen an Schornsteinen und Fensterstreben befestigt.
Peer Pierrets hat zehn Beamte für den direkten Zugriff eingeteilt. Neun sind für die unmittelbaren Festnahmen der Täter zuständig, während einer die Aufgabe hat, sich ausschließlich um die innere Entriegelung des schweren Hallentores zu kümmern.
Insbesondere mit den Beamten des Zugriffs geht er nochmals den genauen Ablauf durch. Alles ist minutiös geplant.

Es ist spät geworden. Einige von Pierrets Leuten ruhen bereits auf notdürftigen Quartieren, während andere noch über den bevorstehenden Einsatz diskutieren. Nur die Unentwegten spielen immer noch Karten.
Lediglich zwei Beamte haben Dienst und überwachen die technischen Geräte.
Plötzlich eine mahnende Stimme. »Ruhe! Verdammt, Ruhe! Was war das? Haben die über Funk nicht soeben den Namen Labitzki durchgegeben?«
Alle horchen gespannt.
Dann ein erneuter Tonruf. »Förde 01, bitte kommen. Ich wiederhole den Familiennamen.«
Eine Frauenstimme fängt an zu buchstabieren. »L wie Ludwig, A wie Anton, B wie Berta, I wie Ida, T wie Toni, Z wie Zacharias, K wie Konrad, I wie Ida. Der Vorname lautet Vincent, geboren am 23.11.1963 in Berlin, beteiligt an 015 in der Innenstadt. Erkenntnisse?«
»Bitte warten«, antwortet eine ziemlich schläfrige Stimme aus dem Lage- und Führungszentrum Förde.
Pierrets gesamte Mannschaft ist sofort hellwach.
»›015‹, das ist doch schwere Körperverletzung! Oh, Scheiße, nicht noch einmal.«
Peer Pierrets ist geschockt.

»Ist der Kerl noch zu retten? Da dreht der so ein Riesending und dann lässt er sich so ganz nebenbei noch in eine Schlägerei verwickeln. Und das bei seinen Vorstrafen.«
Sein einziger Vorteil ist jetzt vielleicht, dass er die gesamte Freiheitsstrafe abgesessen hat und nicht auf Bewährung entlassen worden ist. Wenn überhaupt!
Die Männer können nur hoffen.
Augenblicklich muss Pierrets an einen zurückliegenden Fall denken, an dem er auch mit seinem gesamten Team monatelang ermittelt hatte und der dann auch im letzten Augenblick den Bach 'runter rauschte.
Damals war die Übergabe von gestohlenen, hochwertigen Fernsehgeräten, Waschmaschinen und Computern geplant, als der Tatverdächtige auf dem Weg zu seinem Großhehler zufällig in eine Verkehrskontrolle geriet. Hierbei wurden an seinem Lastwagen erhebliche Mängel an der Bereifung, der Lenkung und den Bremsen festgestellt, so dass das Fahrzeug von der Verkehrspolizei an Ort und Stelle still gelegt wurde. Das führte letztlich auch dazu, dass der gesamte Deal platzte und ein professioneller Hehler bei dieser Aktion nicht ermittelt werden konnte.
Hoffentlich passiert hier nichts Ähnliches.
Nach einer Weile ist erneut die schwerfällige Stimme des Lagedienstbeamten zu hören.
»Förde 16 von 01, kommen.«
»Hier Förde 16, sprechen Sie.«
»Ihre Anfrage ist positiv. Aktuelle Fahndungsersuchen liegen jedoch nicht vor. Kommen ob verstanden!«
»Verstanden, Danke!«

Nach kurzer Überlegung schaltet Pierrets sich ein.
»Förde 16 von MEK OL, bitte kommen.«
»Hier Förde 16.« Die sympathische Frauenstimme ist erneut zu hören.
»Sie hatten soeben eine Personenüberprüfung. Sind in der Angelegenheit weitere strafprozessuale Maßnahmen beabsichtigt? Bitte kommen!«
»Nein, die Person wurde nach Feststellung der Personalien entlassen. Anzeige wird gefertigt.«
»Danke für die Info. Ende MEK OL.«

Alle atmen auf, das ist noch mal gut gegangen. Gott sei Dank!

Gegen 10.00 Uhr des nächsten Tages ist es soweit. Alle Vorbereitungen sind abgeschlossen. Die am Einsatz beteiligten Beamten haben ihre Positionen eingenommen und die entsprechenden Funkkreise geschaltet. Die äußere Absperrung steht. Das Gelände um die Halle herum ist hermetisch abgeriegelt. Ein Entkommen ist unmöglich. Die Zugriffskräfte, aufgeteilt in Gruppen von je zwei Beamten, klettern langsam, jeden Schritt abwägend, über Leitern aus starken Kunststoffseilen und Aluminiumsprossen an der rückwärtigen Wand der Werkhalle auf das Hallendach. Sie tragen dunkle Kampfanzüge, schwarze Sturmhauben, zum Teil abgetönte Schutzbrillen und schusssichere Westen. Die Füße sind mit schweren Springerstiefeln bekleidet. Alle sind mit Maschinenpistolen oder Revolvern bewaffnet. Einige führen außerdem Blendgranaten mit sich.
Noch sind die Waffen gesichert. Mit äußerster Vorsicht bewegen sie sich vom hinteren Teil der Halle in Richtung Eingang. Der Krach der Stanzmaschinen und Schleifsteine unterstützt die polizeiliche Aktion und übertönt alle übrigen Geräusche. 10.10 Uhr. Peer Pierrets ruft über Funk die Einsatzbereitschaft aller eingesetzten Kräfte ab und gibt den Befehl zum Zugriff.
Sekundenbruchteile später klirren Scheiben und splittern Fensterrahmen. Blendgranaten tauchen die Halle in ein gleißendes weißes Licht.
Zehn Beamte »fliegen« gleichzeitig, die Füße voraus, durch die zerberstenden Scheiben des Sheddaches und gleiten blitzschnell an den Seilen zu Boden.
»Polizei, Hände hoch«, rufen sie laut und versuchen, den Krach der Maschinen zu übertönen. Einige Beamte landen in unmittelbarer Nähe der Täter.
Vier Männer und eine Frau werden in Sekunden überwältigt. Sie sind leichenblass. Die Augen brennen, sie sind geblendet vom hellen Licht der Granaten. An Flucht oder Gegenwehr ist nicht zu denken.
Ein anderer, etwas abseits stehender Täter greift jedoch blitzschnell in die Tasche seines Overalls und hat plötzlich eine kurzläufige Schusswaffe in seiner Hand. Kommt es zur Schießerei? Augenblicke folgen, die an Spannung nicht zu überbieten sind.

Einige der Zugriffskräfte haben ihre Maschinenpistolen und Revolver auf den Schützen gerichtet. Eiserne Nerven sind gefordert. Noch eine verdächtige Bewegung des Täters und ein Schusswechsel ist die unausweichliche Folge. Pierrets' Beamten sind zu allem entschlossen.

»Waffe fallen lassen!« Gleich mehrere Beamte brüllen diese Aufforderung. Eine allerletzte Warnung.

Die Luft in der Halle vibriert, sie ist ein explosives Gemisch aus Entschlossenheit, Angst und Verzweiflung. Ein einziger Funke, eine unvorsichtige Bewegung genügt, um die Katastrophe auszulösen.

Noch zögert der Täter, Sekunden verstreichen, dann gibt er auf und lässt die Waffe, eine Sig Sauer P226X-FIVE Al, zu Boden gleiten. Er fängt an zu zittern und hebt ganz langsam die Hände. Dann wird auch er von Beamten überwältigt, zu Boden gerungen und in Handschellen gelegt.

Geschafft, das war knapp! Bei Peer Pierrets und seinen Beamten macht sich eine unendliche Erleichterung breit. Das hätte auch mit Toten oder Verletzten ausgehen können. Die Lage entspannt sich.

Die anderen tatverdächtigen Personen werden ebenfalls mit stählernen Handschellen gefesselt und mit dem Gesicht nach unten auf den Beton befördert. Bei der folgenden körperlichen Durchsuchung wird bei Labitzki ein weiterer scharfer Revolver der Marke Smith & Wesson, Kaliber 9 mm, sichergestellt.

Pierrets ist überzeugt, wenn der nur die geringste Chance gehabt hätte, den Revolver vor seiner Festnahme zu ziehen, wäre es unweigerlich zum Feuergefecht gekommen.

Was mag jetzt in seinem Kopf vorgehen? Was hatte er doch dem Justizbeamten bei seiner Entlassung aus der JVA gesagt: » ... du siehst mich bestimmt nicht wieder.«

Peer Pierrets gibt über Funk das Ende des operativen Einsatzes bekannt. Er ist zufrieden, dass alles so gut geklappt hat und keiner seiner Beamten verletzt ist.

Das Tor ist inzwischen von innen geöffnet worden und Herr Wiedemann kommt zusammen mit einigen Kräften der äußeren Absperrung in die Halle. Von draußen haben sie den unüberhörbaren Lärm und das Aufblitzen der Blendgranaten gesehen.

Sie sind genauso angespannt, wie es die Zugriffskräfte noch vor

wenigen Minuten waren. Wiedemann bleibt wie angewurzelt im Türbereich stehen, als er die Festgenommenen auf dem Boden liegen sieht.
»Hat alles geklappt? Gibt es Verletzte? Konnten alle Täter festgenommen werden?« Die Fragen kommen von allen Seiten. Peer Pierrets geht nicht ohne Stolz auf Wiedemann zu.
»Es ist alles Okay! Alle Täter festgenommen, kein Fluchtversuch! Keine Verletzten!«
Wiedemann ist begeistert.
»Herzlichen Glückwunsch! Unglaublich. So etwas habe ich wirklich noch nicht mitgemacht. Das war großartig.«
Erleichterung macht sich bei allen Beteiligten breit.
Auch die übrigen Einsatzkräfte, die nach und nach die Halle betreten, kommen aus dem Staunen nicht heraus. So etwas haben sie noch nicht gesehen. Überall stehen Wannen, Zementkübel aus Plastik, Eimer und andere Behältnisse herum, in denen sich zum Teil Ronden, zum Teil 5-DM Stücke mit und ohne Randprägung befinden. Es müssen zig Zentner sein. Eine wahnsinnige Investition, die im Vorfeld sicherlich tausende von Mark verschlungen hat.
Nachdem der gesamte Tatort* beschlagnahmt und gesichert wurde, nimmt der Erkennungsdienst seine Arbeit auf und beginnt mit der Beweissicherung.
Bei einer anschließenden Wohnungsdurchsuchung des Hauptbeschuldigten Labitzki konnte ein leeres Aquarium sichergestellt werden, in dem immer noch mehrere 5-DM Stücke zwischen verschiedenen Drähten gespannt waren. Daneben befanden sich Batterien und Trafos. Auch lagen überall fertige oder halbfertige Stempel für Vorder- und Rückseiten sowie die Randprägungen der Münzen herum. Spätere Untersuchungen ergaben, dass die Stempel einem Druck von sechzig Tonnen standhielten.
Daneben wurde eine Vielzahl von Fachbüchern über unterschiedliche Galvanisierverfahren sichergestellt.
Bemerkenswert, dass der wegen verschiedener Kapitaldelikte vorbestrafte Labitzki zuvor überhaupt keinen Bezug zu irgendwelchen Metall verarbeitenden Berufen hatte. Umso erstaunlicher sind daher seine autodidaktischen Fähigkeiten.

Da seine Schwester ebenfalls aktiv an der Fälscheraktion beteiligt war und sich unter den Festgenommenen befand, wurde

auch ein möglicher Tatzusammenhang mit dem Raubüberfall auf das Geldinstitut vor mehr als sieben Jahren überprüft. Das Ergebnis war positiv. Anhand einer DNA-Analyse konnte ihr auch nach so vielen Jahren eine Mittäterschaft zweifelsfrei nachgewiesen werden.
Auch der dritte Beteiligte an dem Bankraub konnte ermittelt und festgenommen werden.
Labitzki hatte versucht, durch die Benennung des Täters seine Situation vor Gericht zu verbessern und somit eine Sicherungsverwahrung abwenden zu können. Vergebens!
Neben einer erneuten Freiheitsstrafe wurde eine anschließende Sicherheitsverwahrung verhängt, die eine Rückkehr in ein Leben in Freiheit für alle Zeiten ausschließt.
Auch die anderen Beteiligten an dieser Fälscheraktion wurden zu langjährigen Freiheitsstrafen verurteilt.

Der Gerichtssaal war während der mehrtägigen Verhandlung bis auf den letzten Platz gefüllt. Für die Bewohner der angrenzenden Häuser, die seinerzeit durch den unüberhörbaren Lärm auf den Polizeieinsatz aufmerksam geworden waren, war es ein besonderes Ereignis, am Ort eines ungewöhnlichen Kriminalfalles dabei gewesen zu sein.
Besonders die »Vermieter« des Dachbodens waren stolz darauf, durch ihre Hilfe indirekt an der Aufklärung eines Verbrechens mitgewirkt zu haben.
Als Dank für die freundliche Aufnahme und die tatkräftige Unterstützung überreichte Peer Pierrets ihnen nach Beendigung des Einsatzes im Namen aller Einsatzkräfte einen großen Esskorb und eine Flasche guten Rotwein.

Geiselnahme

Die Beweisaufnahme ist abgeschlossen. Peer Pierrets und sein Vertreter Werner Barkemeyer waren als Zeugen geladen und haben mit ihrer Aussage den Untersuchungshäftling Roger Sommerberg schwer belastet. Auch die Aussagen weiterer Zeugen und eines Sachverständigen sind zu seinen Ungunsten ausgefallen, so dass er wegen der von ihm verübten Straftat erneut mit einer hohen Freiheitsstrafe rechnen muss.

Nach der Mittagspause wird Sommerberg von einem Justizwachtmeister in Handschellen in den Gerichtssaal geführt. Als ihm diese abgenommen werden, nimmt er erneut schweigend neben seinem Verteidiger Platz und reibt sich seine Gelenke. An der bisherigen Verhandlung hat er ohne sichtbare Regung teilgenommen. Er wirkt apathisch.

Alle warten auf die ausstehenden Plädoyers des Staatsanwaltes Dr. Weselmann und des Strafverteidigers Dr. van Häfen. Der Zuschauerraum ist bis auf den letzten Platz gefüllt.

Bis auf gelegentliche Räuspergeräusche ist es mäuschenstill.

Dr. Weselmann fasst in einem zwanzig Minuten dauernden Plädoyer nochmals die Gründe zusammen, wonach Sommerberg sich zweifelsfrei wegen »Menschenhandel zum Zweck der sexuellen Ausbeutung« strafbar gemacht hat. Dann der entscheidende Satz:

»Hohes Gericht, im Namen der Staatsanwaltschaft beantrage ich für den Beschuldigten eine siebenjährige Freiheitsstrafe mit anschließender Sicherheits…«

Der Staatsanwalt hat den Satz noch nicht beendet, da flankt Sommerberg über die ein Meter hohe Holzbrüstung, überquert mit wenigen Sätzen den Gerichtssaal und hechtet über den auf der anderen Seite stehenden Aktentisch. Im Sprung reißt er Weselmann zu Boden und legt seinen muskulösen Arm um dessen Hals. In der rechten Hand hält er etwas Kleines, Glänzendes.

Im Gerichtssaal bricht Panik aus. Die Menschen kreischen und stürzen in Richtung Ausgang. Einige fallen zu Boden und werden von den Nachfolgenden überrannt. Auch die Richter und Beisitzenden sind aufgesprungen und schauen gebannt auf das Drama, das sich vor ihren Augen abspielt.

»Handschellen! Los, Handschellen her!« Sommerberg brüllt diese Forderung in Richtung des Wachtmeisters, der die Situation immer noch nicht erfasst hat. Der weiß nicht, wie er sich verhalten soll und blickt Hilfe suchend zu den Richtern. Nach einigem Zögern reagiert der Vorsitzende.

»Los, machen sie schon, geben sie ihm die Dinger!«

Der Justizbeamte macht ein paar Schritte in Richtung des Häftlings.

»Halt, stehen bleiben«, schreit dieser ihn an. »Herwerfen! Los, los, Beeilung! Wo ist der Schlüssel? Na, wird's bald?«

Danach fesselt Sommerberg Dr. Weselmanns Arme auf dem Rücken. Dann der erneute Würgegriff zum Hals. Er bedroht Weselmann offensichtlich mit einer Rasierklinge. Erneut brüllt er den überforderten Wachtmeister an: »Wo ist die Gerichtskasse? Los vorgehen! Mach schon!«

Er zieht Dr. Weselmann hoch, die Rasierklinge immer in gefährlicher Nähe des Halses.

Langsam bewegen sie sich in Richtung der Kasse.

Peer Pierrets und Werner Barkemeyer sitzen zum Zeitpunkt des Vorfalles zwischen den Zuschauern am Ende des Gerichtssaales. Sie werden von dem plötzlichen Überfall genauso überrascht wie alle anderen Anwesenden. Doch sie schalten schnell. Für Sekunden überlegen sie, sofort einzugreifen, um den Staatsanwalt aus der Gewalt des Schwerverbrechers zu befreien. Doch das Risiko ist zu groß. Noch wissen sie nicht, womit Dr. Weselmann bedroht wird. Der Mann ist zu allem fähig.

Da die beiden Beamten vom Gericht als Zeugen geladen waren, haben sie selbstverständlich keine Schusswaffen bei sich. Das

Tragen von Waffen ist während einer Gerichtsverhandlung generell verboten.
Sommerberg hat mit seiner Geisel den Verhandlungssaal verlassen, als Pierrets wenige Augenblicke später aus dem richterlichen Beratungszimmer telefonisch seine Einheit informiert. Sein geschäftsführender Hauptmeister Jochen Duvenhorst nimmt den Hörer ab und meldet sich.
»Jochen! Peer hier. Wir haben im Landgericht eine Geiselnahme. Schick' sofort zwei Mann mit einem Fahrzeug her, die den ersten Angriff fahren können. Die anderen sollen mit der Vollausrüstung nachkommen. Sommerberg hat den Staatsanwalt in seiner Gewalt. Die Lage- und Einsatzzentrale ist auch noch nicht informiert. Mach schnell, es brennt.«
»Einsatz! Geiselnahme!« Jochen informiert augenblicklich alle Kräfte über die Lautsprecheranlage und löst damit eine spontane Betriebsamkeit aus. Alle bisherigen Beschäftigungen werden sofort unterbrochen. Aus allen Büroräumen eilen Männer und Frauen. Die ersten ergreifen ihre stets einsatzbereiten Koffer, in denen sich Handschellen, CM-Sprühgas, Diktiergeräte, Handfunkgeräte, Gesichtsmasken, starke Taschenlampen und Schreibutensilien befinden und laufen zu den Fahrzeugen. Andere Teams müssen aus der mit Stahl ausgeschlagenen Waffenkammer schweres Einsatzgerät holen. Hierzu zählen unter anderem Maschinenpistolen, ein tragbares ca. zehn Kilogramm schweres mobiles Telefon, Nachtsichtgeräte, ein Spezialfunkgerät mit dem die unterschiedlichsten Frequenzen geschaltet werden können, ein Sprengkoffer und Nagelgurte.
Während einige Beamte noch mit dem Beladen der Fahrzeuge beschäftigt sind, rasen andere bereits mit ihren schnellen Einsatzwagen zum Tatort*.
Das augenscheinliche Chaos hat System. Alles läuft nach einem festen Schema ab, ist immer wieder trainiert worden. Schnelle Einsatzbereitschaft und umsichtiges Handeln entscheiden oft über Erfolg oder Misserfolg, Minuten über Leben und Tod.

Barkemeyer folgt derweil dem Täter mit seiner Geisel. Der Justizwachtmeister geht in einem Abstand von fünf bis sechs Metern voraus. Er schaut sich immer wieder um, will keinen Fehler machen.

Alle bewegen sich langsam über den endlos scheinenden Flur der zweiten Etage in Richtung Zahlstelle. Vor einer Tür mit der Aufschrift »Gerichtskasse« bleiben sie stehen. Sommerberg lauscht. Dann stößt er die Tür auf und schiebt Dr. Weselmann vor sich in den Raum. Mit der linken Hand hält er ihn am Arm fest, in der rechten hält er die Rasierklinge.
»Los, Geld her«, faucht er den verdutzten Justizbeamten an, »alles!«
Auch der Kassenwart kann nicht glauben, was sich vor seinen Augen abspielt. Immer wieder schaut er fassungslos auf den Täter und seine Geisel. Dann nimmt er aus einer vor ihm stehenden Kassette die Geldscheine heraus und legt sie auf den Tresen.
»Tresor öffnen, los, los.« Dabei drückt er Dr. Weselmann die Klinge so kräftig an den Hals, dass Blut aus einer drei Zentimeter langen Schnittverletzung tropft. Der eingeschüchterte Wachtmeister geht zum Tresor, dessen Tür nur angelehnt ist und holt das vorhandene Papiergeld. »Das ist alles, mehr haben wir nicht!« Seine Hände zittern.
Sommerberg rafft das Geld zusammen und steckt es in die Hosentasche. Dann schiebt er Weselmann aus dem Kassenraum.
»Wo steht dein Auto?« herrscht er ihn an. Seine Stimme verrät, dass auch er aufs Äußerste angespannt ist.
»Unten, auf dem Parkplatz für Justizangehörige.«
»Hast du die Fahrzeugschlüssel?«
»Nein, die sind in meiner Manteltasche, in meinem Büro.«
»Und wo ist dein Büro?«
»Auf der gegenüberliegenden Straßenseite.«
»Los, wir holen sie. Mach schon, vorwärts!«
Beide verlassen das Gerichtsgebäude und gehen in Richtung der Staatsanwaltschaft. Sommerberg geht versetzt hinter Weselmann. Für Außenstehende ist kaum erkennbar, was sich hier abspielt. Dass Dr. Weselmann von einem brutalen Verbrecher mit einer Rasierklinge bedroht wird. Einem Mann, der zu allem entschlossen ist und nichts mehr zu verlieren hat.
Im Gebäude der Staatsanwaltschaft wird Dr. Weselmann von vorbei eilenden Kollegen flüchtig gegrüßt. Niemand bemerkt etwas, obwohl es sicherlich ungewöhnlich ist, dass er seinen schwarzen Talar außerhalb des Gerichtssaales trägt.
Im Büro wird Dr. Weselmann eine Handschelle gelöst. Er wird aufgefordert ruhig zu bleiben und seinen Talar auszuziehen. Die

Schnittwunde am Hals blutet immer noch. Der Kragen seines Jacketts und auch sein weißes Hemd haben bereits großflächige Rotfärbungen. Dann fordert Sommerberg Dr. Weselmann auf, seinen Mantel anzuziehen. Als dieser sich weigert, schlägt Sommerberg ihm mit der flachen Hand ins Gesicht.
»Hoffentlich wird's bald. Ich kann auch anders.« Er lässt keinen Zweifel daran, dass er es bitter ernst meint.
Nachdem er Weselmann gezwungen hat, seinen Mantel anzuziehen, schließt er ihm erneut die Arme auf dem Rücken zusammen. Er ist wütend und drückt die Handschellen fest zusammen. Die Eisen legen sich um die Gelenke, drücken tief in die Haut hinein.
»Bitte, ich muss noch meine Ta...« Weiter kommt er nicht.
»Halt die Schnauze!«
Dann packt Sommerberg ihn am Arm und treibt ihn vor sich her. Sie erreichen den Parkplatz. Dr. Weselmann sucht seinen PKW.
»Was hast du für ein Kennzeichen?«
»Ich weiß es nicht.« Dr. Weselmann ist völlig verzweifelt und kann sich nicht konzentrieren.
»Was heißt das, ich weiß es nicht. Du musst doch wissen, was du für ein Kennzeichen hast.«
»Nein, ich weiß es im Moment wirklich nicht, es ist ein dunkler Mercedes.«
Sein suchender Blick geht in Richtung der rückwärtigen Gefängnismauer.
»Da, da steht er!« Er zeigt auf einen Mercedes 280 SE in der zweiten Reihe.
»Na also, warum nicht gleich so.« Sommerberg schubst Dr. Weselmann in Richtung des Fahrzeugs. »Los, einsteigen.« Er öffnet die Tür und stößt Dr. Weselmann auf den Beifahrersitz. Der stöhnt laut vor Schmerzen. Die stählernen Handschellen haben sich noch fester um die Gelenke gelegt und unterbrechen fast vollständig die Blutzufuhr in seinen Händen. Das Gewicht seines Körpers drückt die Arme außerdem fest gegen die Rückenlehne.
Sommerberg setzt sich ans Lenkrad und gibt Gas. An der geschlossenen, rot-weiß markierten Schranke am Eingang zum Parkplatz bleibt er stehen.
»Warum geht das verdammte Scheißding nicht auf?«
»Die Schranke muss mit einer Münze geöffnet werden.«
»Ja, und wo ist die?«

»Bei mir, im Büro!«
»Verdammte Scheiße, spinnst du?«
Dann heult der Motor auf. Sommerberg gibt Gas und im nächsten Moment jagt er gegen die geschlossene Schranke. Es kracht und splittert. Der aus Leichtmetall gefertigte Schlagbaum gibt nach und wird im rechten Winkel zur Seite gebogen. Die Motorhaube des Mercedes wird ebenfalls eingedellt, die Windschutzscheibe bleibt ganz. Jetzt gibt es kein Halten mehr, Sommerberg jagt durch die Stadt in Richtung Bundesstraße Nr. 69.
Die Beamten des Mobilen Einsatzkommandos sind längst vor Ort und haben eine Glocke um das gesamte Gerichtsviertel gebildet. Wohin die Fahrt des Geiselnehmers auch geht, er kann nicht unerkannt entkommen.
Peer und Werner haben die Leitung des Einsatzes übernommen. Ein besonderer Einsatzkanal ist geschaltet.
Sie haben das gesamte Manöver auf dem Parkplatz miterlebt und verfolgen das flüchtige Fahrzeug mit angemessenem Abstand. Die Fahrt geht in Richtung Wardenburg und Ahlhorn. Von dort aus zur BAB Auffahrt Cloppenburg.
Pierrets und Barkemeyer befinden sich in A-Position. Sie brauchen nicht sonderlich vorsichtig zu sein. Der flüchtige Geiselnehmer weiß, dass er von mehren Fahrzeugen verfolgt wird. Auch die Hubschrauberstaffel und das SEK mit seinen Scharfschützen sind zwischenzeitlich von der Einsatzzentrale benachrichtigt worden. Kondor 01 ist bereits gestartet und fliegt entlang der A1 in Richtung Osnabrück.
Weiter geht die Fahrt von Sommerberg auf der E 37 Richtung Münster. Die Geschwindigkeit beträgt zwischen 180 und 200 Km/h. Vor der Abfahrt Wallenhorst verringert er die Geschwindigkeit und biegt ab in Richtung Nassenheide/Westerkappeln. Er benutzt Landesstraßen und Feldwege, fährt durch endlose Felder und Wälder und ist offenbar bemüht, seine Verfolger auf diesem Wege abzuschütteln. Vergebens. Alle Einsatzfahrzeuge bleiben dicht hinter ihm. Was hat er vor?
Er muss wissen, dass nicht die geringste Chance einer erfolgreichen Flucht besteht. Dass die Polizei von der Schusswaffe Gebrauch macht, sobald sich hierzu eine Gelegenheit bietet. Seine momentane Sicherheit wird einzig und allein durch seine Geisel gewährleistet.

Im Fluchtfahrzeug kommt es derweil zu dramatischen Szenen. Dr. Weselmann krümmt sich vor Schmerzen. Durch den Blutstau in den geschwollenen Händen haben sich die Handschellen noch tiefer in das Fleisch gebohrt. Er fleht Sommerberg an, ihm die Handschellen zu lösen. Vergebens!
Einziger Kommentar: »Leck mich! Vor zwei Stunden wolltest du mich noch für alle Zeiten wegschließen und jetzt winselst du wie ein räudiger Straßenköter. Meinetwegen kannst du verrecken.«
Auch die Blutung an Dr. Weselmanns Hals ist immer noch nicht zum Stillstand gekommen. Die gesamte vordere Partie seines Hemdes hat sich mittlerweile rot gefärbt. Über dem Hosengürtel quillt Blut aus dem Hemd und tropft auf den Autositz. Dr. Weselmann ist kreidebleich. Er ist einer Ohnmacht nah.
Während die Flucht scheinbar ohne erkennbares Ziel weitergeht, kommt von der Einsatzzentrale folgender Funkspruch:
»Hier OlBu 01 an alle! Dr. Weselmann ist schwer herzkrank und benötigt dringend Medikamente. Er hat bereits zwei Herzinfarkte erlitten und steht unter Marcumar*. Ich wiederhole, dringende Hilfe ist erforderlich. Es besteht Lebensgefahr.«
Das bedeutet für Peer Pierrets und den gesamten Einsatzstab, dass die Taktik sofort geändert werden muss. Hatten sie bisher auf Zeit gesetzt und möglicherweise sogar auf eine Aufgabe des Geiselnehmers gehofft, müssen sie jetzt nach einer Gelegenheit suchen, dass Geiseldrama so schnell wie möglich zu beenden. Notfalls unter Einsatz von Waffengewalt. Doch bisher sind weder die Spezialisten der Verhandlungsgruppe noch die Scharfschützen des SEK* vor Ort.
Die Fahrzeuge des Mobilen Einsatzkommandos verfolgen das Fluchtfahrzeug nach wie vor, als die Besatzung einer Durchfahrkontrolle meldet, dass sich nur noch eine Person im Fahrzeug befindet.
»Das kann nicht! Wir waren die ganze Zeit dahinter und der Wagen hat nirgends angehalten. Die Geisel muss noch im Fahrzeug sein.«
Peer Pierrets hat den Satz noch nicht ganz beendet, da wird das Fluchtfahrzeug langsamer und hält kurz am Straßenrand an. Die rechte Beifahrertür wird geöffnet und Dr. Weselmann aus dem Fahrzeug gestoßen. Er bleibt bewegungslos am Straßenrand liegen.

Anschließend wird die Beifahrertür sofort wieder geschlossen und die Fahrt mit rasender Geschwindigkeit fortgesetzt. Einige Fahrzeuge verfolgen weiterhin den Flüchtigen. Pierrets und sein Vertreter kümmern sich um den offensichtlich Schwerverletzten. Noch bevor sie bei Dr. Weselmann sind, rufen sie über Funk den Rettungswagen des Roten Kreuzes und einen Rettungshubschrauber. Dann eilen sie zu Dr. Weselmann. Der liegt nach wie vor bewegungslos am Straßenrand.
Pierrets fühlt den Puls. Gott sei Dank, er lebt. Der Puls ist noch spürbar, wenn auch nur ganz schwach. Die Arme sind immer noch auf dem Rücken gefesselt, die Hände sind stark geschwollen, sie haben eine unnatürlich blaue Färbung angenommen.
»Werner, die Handschellen müssen ab. Versuch es mit deinem Schlüssel.«
»Nein, passt nicht. Wir brauchen einen Bolzenschneider. Der Werkstattwagen muss her.«
»Sag ihnen noch mal, dass es dringend ist. Wir haben keine Zeit mehr, der stirbt uns unter den Händen weg.«
Doch dann hören sie schon den Unfallwagen. Der Fahrer des Rettungsfahrzeugs kommt mit hoher Geschwindigkeit und hält direkt neben dem Verletzten. Ein Arzt leistet Erste Hilfe und Dr. Weselmann wird sofort an einen Tropf und an eine Sauerstoffflasche angeschlossen. Es ist ein Kampf gegen die Zeit.
Kurze Zeit später ist auch der Werkstattwagen vor Ort, so dass die Handschellen entfernt werden können. Peer und Werner wissen, dass sie hier nicht mehr gebraucht werden.
Die Verfolgung geht weiter. Sie melden sich über Funk zurück und fragen nach, welches Fahrzeug sich in A-Position befindet und wo der augenblickliche Standort ist.
»Hier sind Geerd und Stephan. Wir sind ungefähr einhundertfünfzig Meter hinter dem Fluchtfahrzeug. Befahren die B 475 kurz vor Saarbeck in Richtung BAB Osnabrück-Münster. Unsere Geschwindigkeit beträgt 160 bis 180 Km/h.«
»Wer ist sonst noch 'dran?«
»Bis auf den Werkstattwagen alle.«
»Okay, gebt bitte laufend Positionsmeldung. Wir versuchen 'ran zu kommen.«
Pierrets und Barkemeyer haben ihr mobiles Blaulicht eingeschaltet und rasen in Richtung Autobahn. Sie hoffen, mit ihrem schnellen

Führungsfahrzeug Zeit gutzumachen, um möglichst rasch aufschließen zu können.
Geerd und Stephan führen nach wie vor die Kolonne an. Sie haben die Autobahn erreicht und rasen weiter in Richtung Münster.
Sommerberg fährt jetzt wie ein Wahnsinniger. Streckenweise nur auf der linken Fahrspur. Er nötigt und gefährdet langsamere Autofahrer, indem er so dicht auffährt, dass sich die Stoßstangen der Fahrzeuge fast verhaken und überholt auf der rechten Fahrspur oder auf dem Pannenstreifen. Seine Fahrgeschwindigkeit liegt bei 220 bis 250 Km/h. Es ist nur eine Frage der Zeit, dann muss es krachen.
Über die Leitzentrale ist die Autobahnpolizei in Nordrhein-Westfalen informiert. Es soll versucht werden, auf einem geeigneten Streckenabschnitt eine Sperre aufzubauen. Die Vorbereitungen laufen auf Hochtouren.
Dann ist Geerds erregte Stimme zu hören.
»Sommerberg ist mit zwei Rädern von der Fahrbahn abgekommen und jagt auf eine abgesenkte Leitplanke zu. Unter seinem Fahrzeug ist ein riesiger Feuerstrahl. Er rast auf einen Brückenpfeiler zu. Der Betonpfeiler … Sein Auto stürzt von der Brücke.«
Danach Totenstille.
»Geerd von Peer, kommen! Was ist mit Sommerberg? Bitte genauen Lagebericht.«
»Hier ist Karl-Heinz. Geerd und Stephan sind ausgestiegen. Sie stehen oben am Brückengeländer. Sommerberg ist mit seinem Wagen durch das Brückengeländer gerast. Das Fahrzeug liegt in ca. vierzig Meter Tiefe und brennt. Ich glaube nicht, dass Sommerberg das überlebt hat. Kommen ob verstanden.«
»Ja, habe verstanden, wir sind in ca. einer halben Stunde bei euch. Ende.«

Für Sommerberg kam jede Hilfe zu spät. Ob es sich bei dem Absturz um einen Fahrfehler gehandelt hat oder ob der Absturz bewusst herbeigeführt wurde, konnte im Nachhinein nicht ermittelt werden.
Dr. Weselmann konnte Dank der schnellen Hilfe des Notarztes und der sofortigen Überführung mit einem Hubschrauber in ein nahe gelegenes Krankenhaus gerettet werden.

Aufgrund der negativen Erfahrungen in der angeführten Gerichtsverhandlung, wurden die Sicherheitsvorkehrungen bei künftigen Gerichtsverhandlungen wesentlich verschärft.

Nächtliche Begegnung

Geschafft! Peer Pierrets atmet auf. Nach tagelanger, mitunter emotional und kontrovers geführter Diskussion mit seinen Kollegen hat er sich erstmals für eine Frau in seinem Team entschieden. Die neue Kollegin heißt Svenja, ist 24 Jahre alt, verheiratet, groß, schlank und hat dunkelbraune lange Haare. Sie ist ausgebildete Kampfsportlerin und hat darüber hinaus ihre Kommissarsausbildung als Lehrgangsbeste abgelegt. Ein Punkt, der einigen Kollegen suspekt ist. Eine Streberin im Mobilen Einsatzkommando? Wo doch immer wieder betont wird, dass Teamgeist und Teamfähigkeit in der Sondereinheit oberste Priorität haben.
Pierrets Forderung, eine weibliche Kriminalbeamtin in seiner Einheit aufzunehmen, währt bereits Jahre. Vorbei die Zeit, in der er bei Durchsuchungen von weiblichen Beschuldigten stundenlang auf Kolleginnen aus den Fachkommissariaten warten oder gar auf Privatpersonen zurückgreifen musste.
Nicht jeder Einsatz ist im Detail planbar, so dass eine Kriminalbeamtin von Beginn an hinzugezogen werden kann. Oft schon war es bei Durchsuchungen durch Zeitverzögerungen zu kritischen Situationen gekommen, besonders dann, wenn Täterinnen ebenfalls bewaffnet waren oder Drogen direkt am oder im Körper versteckt hatten. Ein Trend, der immer öfter zu beobachten ist.
Jetzt können er und sein Team alle strafprozessualen Maßnahmen ohne Unterstützung der Fachkommissariate in eigener Regie durchführen. Neben der allgemeinen Kriminalitätsbekämpfung soll die neue Kollegin später auch im verdeckten Bereich eingesetzt werden.

16. Februar:

Es ist Nacht, als Peer Pierrets vom Lage- und Führungszentrum telefonisch informiert wird, dass sich dort über Notruf 110 soeben eine weibliche Person gemeldet hat, die ihn unbedingt persönlich sprechen möchte. Die Angelegenheit sei nach Aussagen der Anruferin von äußerster Dringlichkeit und dulde keinen Aufschub. Ihren Namen wollte sie trotz wiederholter Nachfrage nicht nennen.

Nächtliche Störungen gewohnt, verabredet Pierrets sich eine Stunde später am Schnellimbiss in der Bahnhofsvorhalle. Es ist mittlerweile 2.00 Uhr. Draußen ist es feucht-kalt, die Temperaturen liegen um den Gefrierpunkt. Ein Wetter, bei dem man keinen Hund vor die Tür jagt.

Da der Hinweis aus der Rotlichtszene kommt und Eigensicherung oberstes Gebot aller Beamten des Sonderkommandos ist, benachrichtigt Pierrets seinen Vertreter Werner Barkemeyer. Gemeinsam begeben sie sich zum verabredeten Treffpunkt. Ihre Dienstwaffen tragen sie verdeckt im Schulterholster.

Am Eingang des Bahnhofs werden sie bereits von einer Dame des horizontalen Gewerbes erwartet. Pierrets kennt die Frau nicht und ist umso mehr überrascht, dass sie ihn persönlich sprechen will. Sie ist etwa zweiundzwanzig Jahre alt und auf den ersten Blick auffallend hübsch. Ihre langen schlanken Beine werden nur im Ansatz durch einen etwas breiteren »Gürtel« bedeckt, ansonsten trägt sie weitmaschige Netzstrümpfe. Die Haare sind hochgesteckt. Bei näherem Hinsehen fällt allerdings auf, dass ihre Haare zu blond sind und die Schminke zu stark aufgetragen ist. Über den Arm trägt sie einen langen Pelzmantel.

»Hallo Peer, gut, dass du gekommen bist, ich habe interessante Neuigkeiten für dich.«

Dann deutet sie auf Barkemeyer. »Und wer ist der andere Typ? Ist der sauber?« Ohne eine Antwort abzuwarten, fasst sie Pierrets am Ärmel und macht Anstalten, ein paar Schritte zu gehen.

Peers Überraschung ist unübersehbar. Er zögert.

»Erkennst du mich nicht?« Sie scheint erstaunt. »Ich bin doch der Rainer aus Zeven!«

»Rainer?«

Natürlich kennt Pierrets einen Rainer aus seiner früheren Tätigkeit als Beauftragter für Jugendsachen. Zu seinen damaligen Auf-

gaben gehörte unter anderem die Kontaktpflege zu verschiedenen Institutionen und Behörden, die sich mit dem Jugendschutz und der Kriminalprävention beschäftigen.
Rainers Eltern hatten sich seinerzeit verzweifelt an Pierrets gewandt, weil ihr Sohn im Alter von fünfzehn Jahren wiederholt in Frauenkleidern die Wohnung verlassen und sich in der Umgebung des Bahnhofs herumgetrieben hatte. Aufgrund der wiederholten Kontaktaufnahme zu Rainer und seinen Eltern entwickelte sich im Laufe der Zeit ein besonderes Vertrauensverhältnis zu beiden Parteien, zumal Pierrets versucht hatte, über den psychologischen und medizinischen Dienst Hilfe für Rainer zu arrangieren. Diese doch sehr enge Zusammenarbeit musste letztlich zwangsläufig beendet werden, weil Pierrets in eine andere Stadt versetzt und mit der Leitung einer Abteilung des Mobilen Einsatzkommandos betraut wurde.

»He, Peer, ich habe häufiger von dir in der Zeitung gelesen. Muss ja wahnsinnig spannend sein, dein jetziger Job.«
Dann erzählt sie ohne Übergang in epischer Breite von ihrer Geschlechtsumwandlung und was sie in den letzten Jahren getrieben hat. Rainer heißt jetzt »Traute« und verdient ihr Geld als Prostituierte auf dem Straßenstrich.
Pierrets drängt, er möchte um diese Zeit nicht unbedingt mit einer Dame des horizontalen Gewerbes auf dem Bahnhof gesehen werden. Zumal »sie« überhaupt keine Anstalten macht, seinen Arm loszulassen.
»Lass' uns in den nächsten Tagen darüber reden. Jetzt erzähl, was du uns Wichtiges zu sagen hast.« Peer Pierrets drängt, seine Aufforderung ist eindeutig.
»Also gut«, sagt sie in leicht beleidigtem Ton, »kommen wir zum geschäftlichen Teil. Siehst du diesen wunderschönen Ozelot-Pelz? Heute Abend waren zwei Typen bei uns im Puff, die versucht haben, von den Mänteln einen großen Posten abzusetzen. Billig, sag ich dir, ganz billig! Klar, dass es Sore* ist, aber was soll's, die Typen brauchen unbedingt Bares.«
»Klingt nicht schlecht! Hast du das Kennzeichen von dem Wagen und eine Täterbeschreibung?«
»Nee, Kennzeichen Fehlanzeige, ich weiß nur, dass es ein 6er BMW war! Aber die Typen, die kann ich beschreiben. Auffallend bei dem einen war, dass sein rechtes Ohr am oberen Rand ausgefranst ist,

ich meine, dass es nicht rund war und solche Zacken hatte. Der war ungefähr dreißig Jahre alt, eher schlaksig und hatte nur noch wenige Haare. Der andere war kräftiger, war bestimmt ein Bodybuilder oder was Ähnliches. Die Haare hatte er vermutlich gefärbt und außerdem hatte er eine Dauerwelle. Ein richtiger Fiesling! Der trug überall Goldschmuck und muss auch ungefähr so alt wie der andere gewesen sein.«

»Schön, aber hast du eine Idee, wie wir an die 'ran kommen?«

»Na klar, habe ich, sonst hätte ich dich bestimmt nicht mitten in der Nacht angerufen.

Wenn ihr wollt, stelle ich morgen Abend für euch einen Kontakt zu den Leuten her. Das Ganze läuft über einen Puff in Hannover. Sagt mir einfach eine Zeit und die Sache läuft.«

»Okay, einverstanden, machen wir. Aber was ist jetzt mit dem Mantel? Können wir den mitnehmen?«

»Klar, könnt ihr. Aber bei Gelegenheit: ein paar Blaue* wären mal nicht schlecht.«

Peer Pierrets und sein Vertreter verabreden sich für den kommenden Abend erneut mit der Hinweisgeberin. Für den Augenblick sehen sie keinen weiteren Handlungsbedarf. Alle Folgeermittlungen haben Zeit bis zum nächsten Tag.

Sie schließen den Mantel im Kofferraum ihres Fahrzeuges ein, suchen eine bekannte Bar im Norden der Stadt auf und besprechen bei einer Whisky-Cola die weitere Vorgehensweise. An Schlaf ist im Moment ohnehin nicht zu denken.

Gegen 5.30 Uhr bringen sie den Mantel zur Dienststelle, notieren kurz den Sachverhalt und bitten ihre Kollegen zu ermitteln, wo eventuell ein entsprechender Diebstahl gemeldet wurde.

Als sie gegen Mittag wieder zur Dienststelle kommen, erwarten die Kollegen sie bereits.

Da die Täter sich nicht einmal die Mühe gemacht haben, das Etikett aus dem Futter des Mantels zu trennen, war es ein Leichtes herauszufinden, woher er kam. Ein Anruf beim Landeskriminalamt Hannover genügte, um festzustellen, dass vor genau drei Wochen ein Einbruch in einer norddeutschen Großstadt auf ein exklusives Pelzgeschäft verübt worden war.

Nach Feststellungen des Erkennungsdienstes der örtlichen Kriminalpolizei waren seinerzeit die bisher unbekannten Täter über eine Anstellleiter auf das Flachdach eines Anbaus geklettert und hatten die gesamte Alarmanlage mit Industrieschaum außer Betrieb gesetzt. Anschließend hatten sie eine Plexiglaskuppel entsichert und waren vom Dach aus in das Geschäft eingestiegen. Entwendet wurden nach Angaben der Geschäftsleitung ca. 200 wertvolle Stolen, Jacken, Mäntel und Gürtel im Gesamtwert von ca. 900.000 DM.

Die ermittelnden Beamten des zuständigen Fachkommissariats tappten bisher völlig im Dunkeln, zumal der Erkennungsdienst weder verwertbare Fingerabdrücke, noch Fuß- oder Reifenspuren sichern konnte. Als dann trotz wiederholter Berichterstattung in den Medien keine Hinweise aus der Bevölkerung eingingen, sah sich die betroffene Versicherung genötigt, eine beträchtliche Geldsumme für Hinweise, die zur Wiederbeschaffung der entwendeten Gegenstände führten, auszuloben. Bisher aber brachte selbst dieser Aufruf nicht den gewünschten Erfolg.

Peer Pierrets sieht nur eine Möglichkeit, um an das Diebesgut heranzukommen - über einen Vertrauenskauf.

Um dieses Ziel zu erreichen, arrangiert er zeitnah ein Zusammentreffen mit einem kompetenten Mitarbeiter der geschädigten Versicherung und einem Vertreter der Staatsanwaltschaft.

Die Zeit drängt. Er schlägt daher vor, dass das Treffen schon am nächsten Tag im Büro des Staatsanwaltes, Herrn Lauterbach, stattfinden soll. Alle Beteiligten willigen sofort ein.

Als er am nächsten Morgen pünktlich gegen 11.00 Uhr an Lauterbachs Bürotür klopft und herein gebeten wird, macht er zunächst die Bekanntschaft einer Dame mittleren Alters, die ihm als Abteilungsleiterin der Versicherung vorgestellt wird.

Pierrets wird gebeten Platz zu nehmen, aber das ist leichter gesagt als getan. Lauterbachs Zimmer ist von unten bis oben mit roten Akten voll gepackt. Mit einem Besuchertisch, geschweige mit einer Besucherecke kann er schon lange nicht mehr dienen. Er hat lediglich eine Ecke seines überquellenden Schreibtisches von Akten befreit, so dass wenigstens die Kaffeebecher irgendwo abgestellt werden können. Aus den Bechern müssen schon Generationen von Staatsanwälten getrunken haben. Neben unterschiedlichen Farben und abgesprungenen Rändern fehlen zum Teil auch die Griffe zum Anfassen. Pierrets will daran denken, bei nächster Gelegenheit einen Satz neuer Becher zu beschaffen. Die armen Staatsanwälte!

Die Besprechung verläuft positiv. Nachdem Peer Pierrets die Sachlage detailliert erörtert und dabei Vorteile und Risiken dargestellt hat, nehmen sowohl Lauterbach als auch Frau Lange von der Versicherung seinen Vorschlag an. Er erhält die Erlaubnis, über einen verdeckten Ermittler seines Teams zunächst zwei oder drei hochwertige Pelze zu kaufen, um später nach Möglichkeit die gesamte Sore* »aufzukaufen«. Das Geld für den Vertrauenskauf wird von der Versicherung zur Verfügung gestellt. Alle Beteiligen sind sich einig, dass dies im Augenblick die einzige Chance ist, die Pelze zurückzubekommen und die Täter zu ermitteln und festzunehmen.
Pierrets weiß aus vielen vorangegangenen Einsätzen, dass es leichter ist mit Ganoven ins große Geschäft zu kommen, wenn zuvor ein gewisses Vertrauensverhältnis aufgebaut werden konnte.
Die Kontaktaufnahme zu den Tätern erfolgt bereits in der kommenden Nacht. Tim und Markus, zwei erfahrene verdeckte Ermittler, werden als potentielle Käufer avisiert. Tim, der eher eine unauffällige Erscheinung ist, übernimmt die Funktion des Fahrers, Markus dagegen ist durch seine kräftige Figur und seinen feuerroten Afro-Look unübersehbar und tritt darum als halbseidener Geschäftsmann auf.
Das erste Treffen, die erste persönliche Kontaktaufnahme, erfolgt in einer Bar in Verden/Aller. Bei dem »Laden« handelt es sich um ein umgebautes ehemaliges Einfamilienhaus außerhalb der geschlossenen Ortschaft. Ein dazugehöriger Parkplatz ist von immergrünen Pflanzen umgeben und befindet sich seitlich vom Haus. Er ist nur spärlich ausgeleuchtet, so dass er vorbeifahrenden Verkehrsteilnehmern keinen Einblick gewährt. In der oberen Etage befinden sich separate Zimmer, in welche sich die Damen bei Ausübung ihrer Liebesdienste mit den Freiern zurückziehen können. Im Inneren der Bar befindet sich eine U-förmige Theke aus Glas mit indirekter Beleuchtung. An den Wänden sind »Tresore« aus poliertem Mahagoniholz befestigt, in denen Stammgäste ihre Flaschen Whisky, Gin oder Wodka »gebunkert« haben. Der gesamte Raum ist nur spärlich beleuchtet. Es ist schummrig, viel Plüsch, Rauchschwaden wabern durch den Raum. Aus einer Musikbox erklingt leise die Melodie »Strangers in the night« von Frank Sinatra.
Eine der leicht bekleideten Damen ist bereits älter, sie trägt ein seidenes Tuch um den Hals, sicherlich um so ihre Falten zu ka-

schieren. Alle anderen Mädchen sind jung und darauf bedacht, so viel nackte Haut wie möglich zu zeigen. Einige flirten bereits mit den Gästen, andere wirken noch müde und gelangweilt. Dieses Verhalten ändert sich mit Sicherheit noch, wenn sie zu später Stunde zahlungskräftige Gäste zu teuren Mixgetränken, Whisky, »Schampus« oder auch zu Liebesdiensten animieren können.
Zwei Typen gesellen sich zu Tim und Markus an die Theke und verwickeln beide zunächst in ein unverfängliches Gespräch über Frauen, Fußball und Autos. In einem unbeobachteten Augenblick stößt Tim Markus an. »Das müssen sie sein, das müssen unsere Zielpersonen sein.«
»Vermute ich auch. Wenn ja, sind sie mit Sicherheit nicht alleine hier. Behalte du die anderen Gäste im Auge.«
Markus und Tim spüren, dass diese Typen sie nicht zufällig angesprochen haben, auch wenn sie überhaupt keine Ähnlichkeit mit der ihnen vorliegenden Täterbeschreibung haben. Ihnen ist klar, dass sich neben ganz normalen Gästen zumindest eine weitere Person in der Bar aufhält, die genau beobachtet und registriert, wie sie sich verhalten. Auch gehen sie davon aus, dass ihr bewusst vor der Bar parkender Wagen, ein tiefer gelegter, dunkelroter Mercedes 300 SEL, gründlich inspiziert worden ist.
Sollen sie ruhig! Das Auto ist sauber! Pierrets Leute sind absolute Profis, sie fühlen sich wohl in ihrer Rolle und nehmen es mit jedem Ganoven auf. In jeder Hinsicht!

Es dauert fast eine Stunde und mit Ausnahme von Tim haben zwischenzeitlich alle mehrere Whisky-Cola getrunken, als sich die beiden Gesprächspartner zu erkennen geben und auf das eigentliche Geschäft zu sprechen kommen.
»So«, fängt der Ältere von ihnen an, »ihr mögt also nicht nur schnelle Autos, sondern auch schöne Pelze und vermutlich auch, was sich darunter verbirgt. Wir haben davon jede Menge. Allerdings nur die Pelze. Dafür aber von allerfeinster Qualität.«
Markus trinkt bedächtig einen Schluck Whisky. Er wartet bewusst mit der Antwort und sieht seinen Nachbarn erstaunt an.
»Eh Alter, bist du ein Hausierer oder Marktschreier? Stell dir vor, wir wären von der ›Schmiere‹!«
Es folgt ein Augenblick voller Spannung. Dann lachen alle laut los.

»Wenn ihr Bullen seid, bin ich ein Klosterschüler.« Dann schlägt er Markus erleichtert auf die Schulter und hebt sein Glas.
»Bevor wir hier weiter reden, lass' uns nach draußen gehen, da könnt ihr euch einige Stücke ansehen.«
Er ist leiser geworden. Offensichtlich steckt ihm der Schreck noch in den Knochen. Markus und Tim sind einverstanden. Sie gehen hinaus und bekommen Gelegenheit, sich verschiedene Pelze anzusehen, die im Kofferraum eines abseits stehenden Fahrzeugs liegen.
Der Fahrer dieses PKW, mittlerweile sind es also schon drei Täter, ist ein übler Typ und lässt bei Tim und Markus alle Alarmglocken läuten. Er ist groß, sicherlich bärenstark und hat eine großporige bzw. vernarbte Gesichtshaut. Um seinen Hals und an den Armgelenken hängen breite Panzerketten aus Gold, an seinen Fingern, einschließlich der Daumen, trägt er verschiedene Siegelringe, die auch die Funktion eines Schlagringes haben können.
Markus steht zusammen mit dem Pockengesicht und einem weiteren Typen hinter dem Wagen. Er betrachtet die Ware genau. An allen Stücken befinden sich noch die Originaletiketten der Herstellerfirmen. Unglaublich!
Er bleibt vorsichtig. Um sich nicht in den Kofferraum vorbeugen zu müssen und somit einem potentiellen Angriff von hinten ausgesetzt zu sein, lässt er sich die einzelnen Stücke aus dem Fahrzeug herausholen. Schließlich entscheidet er sich für eine Jacke aus dunklem Bargusin-Zobel und zwei lange Nerzmäntel.
Tim bleibt während der ganzen Aktion abgesetzt im Hintergrund. Er ist jederzeit bereit einzugreifen, notfalls mit Waffengewalt.
»Was musst du dafür haben?« Markus ist direkt. Er will hier draußen kein unnötiges Risiko eingehen.
»Drei-vier«, antwortet sein Nachbar aus der Bar. »Achthundert für die Jacke und zweitausendsechshundert für die Mäntel.«
Markus kennt sich aus in der Szene. Der Hehlerpreis beträgt höchstens ein Drittel des regulären Preises.
»Zu teuer«, sagt er. »Ich gebe dir zweitausendsiebenhundert. Okay?«
Die beiden Typen schauen sich kurz an.
»Dreitausend, unser letztes Angebot.«
»Okay«, Markus schlägt ein, nimmt die drei Pelze und verstaut sie im Kofferraum seines Mercedes. Anschließend begeben sich alle Personen erneut in die Bar.

Markus bestellt sofort eine Runde Whisky für seine neuen »Freunde«. Als er dann noch den geforderten Kaufpreis bezahlt, strecken ihm beide Typen spontan die Hand entgegen und nennen ihre Vornamen.
»Ich heiße Fredy!«
»Und ich bin der Jan.«
»Markus!«
»Tim! Auf gute Geschäfte!«
Sie erheben die Gläser und prosten sich gegenseitig zu. Im folgenden Gespräch erfährt Markus von Fredy, dass die Ware aus dem norddeutschen Raum kommt und noch verdammt heiß ist.
»Für uns kein Thema«, erwidert Markus, »die Sachen werden umgehend nach England verschifft. Die Tommis stellen keine Fragen. Die kaufen alles.«
»Was ist mit den anderen Sachen. Habt ihr Interesse an der ganzen Sore*?«
Markus und Tim spüren, die Typen sind geldgierig und wollen alles so schnell wie möglich loswerden. Die wittern das große Geschäft und das schnelle Geld.
»Kommt darauf an.«
»Worauf kommt es an«, in Fredys Stimme schwingt Ungeduld.
»Na, auf den Preis und den Liefertermin.« Markus bleibt bewusst cool und zurückhaltend.
»Der Termin ist uns egal. Über den Preis kann ich nicht alleine entscheiden. Da müssen wir noch telefonieren. Wenn du willst, gleich morgen Nacht.«
»Ja, okay, gib mir deine Telefonnummer, ich melde mich morgen gegen 23.00 Uhr. Einverstanden?«
»Okay, Einverstanden!«
Fredy gibt ihm eine Telefonnummer mit der Vorwahl 0511. Danach verabschieden sie sich. Markus und Tim treten die Heimreise an. Sie sind mit dem Verlauf des heutigen Abends sehr zufrieden. Bisher klappte alles wie am Schnürchen.
Mit den gewonnenen Erkenntnissen kommen sie ermittlungstechnisch ein ganzes Stück weiter. Sie haben zwei Vornamen, wissen, dass Fredy bis vor einem halben Jahr wegen Raubes in Hannover im Knast gesessen hat. Außerdem haben sie ein Kennzeichen und eine Telefonnummer.

Am nächsten Abend ruft Markus vereinbarungsgemäß die Nummer in Hannover an. Eine Frau mit einer verräucherten Stimme meldet sich.

»Hallo, was kann ich für dich tun?«

»Gib mir mal den Fredy.« Markus wusste anhand der Telefonnummer, dass er mit einem Privatpuff verbunden ist.

»Der ist noch nicht zurück, versuch' es später noch mal oder gib mir deine Nummer, dann ruft er zurück.«

»Ist schon in Ordnung, ich versuch' s später.«

Markus lässt sich Zeit. Als er es gegen 2.00 Uhr noch einmal versucht, glaubt er, Erleichterung in Fredys Stimme zu hören.

»Schön, dass du doch noch anrufst. Vorhin haben wir uns nur um wenige Minuten verpasst. Hier ist alles ›roger‹. Wenn du willst, können wir uns heute Nacht noch treffen und alles besprechen.«

Markus sieht Tim kurz an. Dieser schüttelt den Kopf und zeigt auf seine Uhr.

»Ne, heute nicht mehr. Lass' es uns auf morgen verschieben.«

»Und wann und wo?« Fredy wirkt hektisch.

»Ist mir egal, meinetwegen auf der Autobahnraststätte zwischen Hannover und Bremen.«

»Okay, ist in Ordnung, dann treffen wir uns morgen um 22.00 Uhr in der Raststätte Allerthal, Fahrtrichtung Bremen.«

»Okay, bis morgen!«

Nach dem Telefonat sitzen Markus und Tim noch eine ganze Weile zusammen und besprechen den weiteren Ablauf. Sie sind schon einigermaßen erstaunt, mit welcher Konsequenz Fredy es vermeidet, irgendetwas Geschäftliches am Telefon zu besprechen. Wer weiß, vielleicht haben sie ja schon böse Erfahrungen mit einer Telefonüberwachung gemacht.

Die Besprechung am nächsten Abend steht zu Beginn unter keinem guten Stern. Zunächst sind Fredy und Jan sauer, dass Markus noch eine weitere Person mitgebracht hat. Auch als er ihnen versichert, dass der Typ – er heißt übrigens Jens – sauber ist und außerdem die Kohle hat, bleiben sie zunächst skeptisch. Erst als sie merken, dass Jens sich zurückhält und Markus weiterhin der Wortführer bleibt, beruhigen sie sich langsam.

»Wir haben ca. einhundertfünfzig Pelze«, beginnt er nach kurzer Zeit die Unterhaltung, »egal ob Jacken oder Mäntel. Im Durch-

schnitt kostet jedes Stück sechs Riesen, das macht also rund neunhunderttausend. Richtig? Wenn ihr wollt, überlassen wir euch alles für dreihundertfünfzigtausend. Einverstanden?«
Markus wirft Jens einen Blick hinüber. Keine Reaktion.
»Das läuft nicht, viel zu teuer.«
»Zu teuer? Was habt ihr für Vorstellungen? Was wollt ihr geben?«
Markus beugt sich zu Jens hinüber, beide flüstern.
»Dreihunderttausend, unser letztes Angebot.«
Noch zögert Fredy, dann folgt ein kurzes Nicken zu Jan. Jan nickt zurück.
»Okay, einverstanden, dreihunderttausend. Hand 'drauf.«
Als Fredy dann den Vorschlag macht, die Pelze direkt von einem Speditionsgelände in Hannover abzuholen, droht der ganze Deal zu platzen. Markus wehrt ab.
»Auf keinen Fall holen wir die Sore* aus Hannover. Wenn, dann hundertprozentig nur an einem neutralen Platz. Wo, könnt ihr meinetwegen entscheiden. Ich würde allerdings einen Autobahnrastplatz vorschlagen!«
Nach langem Hin und Her einigen sie sich auf den Parkplatz der Autobahnraststätte »Dammer Berge« in Fahrtrichtung Osnabrück. Die Übergabe soll unter Ausnutzung des Berufsverkehrs am kommenden Freitag, gegen 19.00 Uhr, erfolgen. Für den Transport der Sore* soll ein Sprinter-Kleinlastwagen angemietet werden, den Markus und Tim komplett übernehmen und irgendwann am nächsten Tag bei einer beliebigen Filiale der entsprechenden Firma zurückgeben.
Die drei sind zufrieden. Der schwierigste Teil der Verhandlung ist geschafft. Jetzt brauchen sie nur noch dreihunderttausend Vorzeigegeld, dann kann das Geschäft laufen.
Auch Staatsanwalt Lauterbach ist mit dem bisherigen Verhandlungsergebnis sehr zufrieden und sagt Peer Pierrets auch weiterhin seine volle Unterstützung zu. Natürlich möchte er, wenn irgend möglich, bei der Übergabe der Pelze vor Ort dabei sein.
Die Vorbereitungen laufen auf vollen Touren. Obgleich Peer Pierrets zusammen mit seinem Team auf dem besagten Parkplatz bereits wiederholt »Geschäfte« abgewickelt hat, nutzen seine Beamten die verbleibenden Tage, um alles nochmals genau zu inspizieren. Sie besorgen sich aktuelle Pläne mit den »schwarzen An- und Abfahrten« sowie von allen Wirtschaftswegen der Umgebung. Dabei

müssen sie äußerst konspirativ vorgehen, denn sie müssen davon ausgehen, dass sich auch die Gegenseite informiert und das Gelände ebenfalls sondiert.
Als nächstes muss sich Pierrets Gedanken über den Zugriff machen. Wo und wie postiert er seine Leute, die für die Festnahmen zuständig sind, wo die innere und äußere Absperrung? Wie viele Personen müssen festgenommen werden? Kommt es zur Anwendung von Schusswaffen? Müssen alle Eingriffskräfte schusssichere Westen tragen? Wenn ja, schwere oder leichte? Können Nagelgurte eingesetzt werden? Ist es sinnvoll, einen Hubschrauber heranzuziehen? Viele Fragen, die für den Gesamtverlauf von entscheidender Bedeutung sein können.

Die über der Autobahn befindliche Raststätte ist ein idealer Beobachtungsstandort. Von dort aus ist der gesamte Parkplatz einsehbar, allerdings nicht nur von Pierrets' Leuten, ebenso von den Ganoven.
Als Sammelraum für die Zugriffskräfte ist die Raststätte dennoch nicht geeignet. Je nach Standort des Zielfahrzeugs müssen unter Umständen fünfzig bis siebzig Meter überbrückt werden, um an die Personen heran zu kommen. Viel zu weit, um zu Fuß einen überfallartigen Zugriff durchzuführen. Andere Deckungsmöglichkeiten wie Mauervorsprünge, Büsche oder Erdwälle, die ausreichend Deckung für die Zugriffskräfte bieten, sind nicht vorhanden.
Auch parkende Fahrzeuge, in denen sich jeweils ein oder zwei Beamte aufhalten, scheiden aus. Sie wären zu auffällig, zumal Pierrets ganz fest mit einer Gegenobservation rechnet.
Das ganze Team überlegt gemeinsam. Sie planen, verwerfen und entwickeln neue Strategien. Letztlich kommt Pierrets die zündende Idee.
Sein Schwager hat einen alten umgebauten Setra-Campingbus, unterteilt in Wohnzimmer, Schlafzimmer, Bad und Fahrerkabine. Ein ideales Fahrzeug, das bequem zehn bis zwölf Personen Platz bietet. Es ist darüber hinaus völlig unauffällig und kann entsprechend nah an das Zielfahrzeug herangefahren werden. Genial! Hoffentlich befindet sich sein Schwager nicht gerade auf Urlaubstour zusammen mit seiner Familie und seinem Hund.
Die weitere Planung sieht vor, einen neutralen PKW auf dem Park-

platz zu postieren, in dem sich ein »Liebespaar« die Zeit vertreibt und gegebenenfalls für die Verfolgung eingesetzt werden kann. Der Werkstattwagen soll als Führungsfahrzeug dienen und nach Möglichkeit so aufgestellt werden, dass der gesamte Parkplatz überblickt werden kann. Alle übrigen Einsatzfahrzeuge werden planerisch weiträumig um die Raststätte verteilt.
Jede Fahrzeugbesatzung kennt den vorgegebenen Einsatzort aus eigener Anschauung. Überraschungen irgendwelcher Art werden somit weitestgehend ausgeschlossen. Eine Flucht, wie auch immer, dürfte somit gänzlich unmöglich sein.
In der Raststätte werden sich zum Zeitpunkt des Zugriffs der Campingbusfahrer, der Fahrer des Werkstattwagens und ein weiterer Beamter befinden, die an unterschiedlichen Tischen Platz nehmen. Ihre Aufgabe besteht darin, nach erfolgtem Zugriff verdächtige Personen in der Raststätte zu beobachten und gegebenenfalls festzunehmen. In das Geschehen außerhalb der Raststätte sollen sie unter keinen Umständen eingreifen.

Freitag, 18.30 Uhr:
Der Werkstattwagen ist in die vorgesehene Position gelenkt worden. Im rückwärtigen Teil des mit Technik voll gepackten Werkstattwagens befinden sich Peer Pierrets und Staatsanwalt Lauterbach. Klaus, ein drahtiger junger Kriminalkommissar, geht noch einmal ums Fahrzeug herum und verschließt es sorgfältig. Dann begibt er sich in die Raststätte, um ausgiebig zu Abend zu essen. Für ihn hat zunächst der positive Teil des Einsatzes begonnen.
Das Restaurant ist gut besucht, nur vereinzelt gibt es noch freie Tische. Nachdem er sich umgesehen hat, nimmt er am anderen Ende der Raststätte Platz, also unmittelbar vor dem Niedergang BAB Osnabrück in Richtung Bremen.
Bis 18.45 Uhr sollen die eingeteilten Kräfte außerhalb des Parkplatzes die schwarzen Ab- und Zufahrten sowie alle Ausfallstraßen besetzt haben. Dies geschieht, ohne dass sie von der Straße aus gesehen werden können. Dank des guten Verhältnisses zur Landbevölkerung, ist es kein Problem. Die Beamten der Spezialeinheit genießen großes Ansehen.
Nach und nach melden die einzelnen Posten Vollzug. Arnold und Svenja stehen mit ihrem BMW am nur dürftig ausgeleuchteten Parkplatzende. Svenja, mit halb geöffneter Bluse und hochgezogenen

Beinen, macht bei ihrem ersten Einsatz in der Spezialeinheit einen äußerst coolen Eindruck. Arnold ist begeistert!
Um 18.50 Uhr taucht ein weiterer Kollege in der Raststätte auf und nimmt auf der dem Parkplatz abgewandten Fensterseite Platz. Zeitgleich rollt das riesige Reisemobil auf den Parkplatz und wird von Pierrets über Funk eingewiesen. Der Fahrer, mit fünfundvierzig Jahren der Senior der Truppe, verschließt das Gefährt und begibt sich ebenfalls in das Restaurant.

Somit sind alle vorbereitenden Maßnahmen abgeschlossen, der Funk ist überprüft und die Einsatzbereitschaft hergestellt. Es kann losgehen. Die Spannung steigt!
Jedes ankommende Fahrzeug wird registriert und die Insassen genau beobachtet.
Gegen 19.10 Uhr erscheinen Tim, Markus und Jens mit ihrem roten Mercedes auf dem Parkplatz. Sie drehen ganz langsam eine Runde und parken so, dass sie von dem Werkstattwagen aus gut zu sehen sind. Markus und Jens steigen aus, Tim bleibt im Auto hinter dem Lenkrad sitzen, der Motor bleibt eingeschaltet.
Minuten vergehen! Dann endlich, der BMW 680ii, biegt von der Autobahn ab, dreht ebenfalls ganz langsam eine Runde und bleibt in einer Parklücke unweit des Mercedes stehen. Im Fahrzeug befinden sich drei Personen. Fredy kann identifiziert werden, seine Begleiter sind unbekannt. Vom Transporter mit den Pelzen bisher keine Spur. Was ist los?
Fredy geht in Richtung Mercedes, die beiden anderen folgen mit einigen Schritten Abstand. Jan ist doch dabei.
Nach kurzer Begrüßung fragt Fredy: »Habt ihr das Geld?«
Über Funk hören alle mit, die Nerven sind angespannt. Wird es ein glatter Deal? Die Beamten sind gewarnt. Sie wissen, Fredy hat bereits wegen eines bewaffneten Raubüberfalls sechs Jahre im Gefängnis abgesessen. Damals war der Wert der Beute weitaus geringer. Jetzt kann er davon ausgehen, dass Markus und seine Leute dreihunderttausend bei sich haben. Wie groß muss da die Versuchung sein? Es wäre nicht das erste Mal, dass bei Geschäften ähnlicher Art versucht wurde, Pierrets' Leute zu berauben. Kein Wunder, müssen doch die Verbrecher davon ausgehen, es gleichfalls mit echten Ganoven zu tun zu haben.

»Na klar, haben wir das Geld, aber wo bleibt die Sore*?« Markus bleibt misstrauisch.
»Die Pelze kommen, wenn wir das Geld gesehen haben!«
»Okay, einverstanden, aber vorher schickst du deine Leute zum Auto zurück. Das Geld kannst du zählen, aber alleine.«
Fredy nickt. Dann gibt er seinen Leuten ein Zeichen und sie gehen missmutig zurück zum Fahrzeug. Tim behält beide im Auge, den Revolver schussbereit in der Tasche. Markus lässt sich von Jens den Lederkoffer mit dem Geld geben, öffnet ihn und bietet Fredy an, die Kohle zu zählen.

»Es sind genau dreihunderttausend, gebündelt in großen Scheinen.« Fredy bleibt vorsichtig, er dreht verschiedene Geldbündel um und zieht prüfend einzelne Scheine aus den Banderolen. Dann kommt sein Okay. Er gibt seinen Leuten erneut ein Zeichen. Sein Daumen zeigt nach oben. Daraufhin besteigen Jan und der unbekannte Typ ihr Fahrzeug und verlassen den Parkplatz über eine schwarze Abfahrt.

Während die Vier noch zusammenstehen und sich unterhalten, wird von einer Kontrollstelle ein verdächtiger, geschlossener Transporter eines Autovermieters gemeldet. Das Fahrzeug wird auf einer Straßenausbuchtung am Rande einer geschlossenen Ortschaft unweit der Raststätte geparkt. Es trägt ein Zulassungsschild aus Hannover. Im Führerhaus befindet sich eine Person. Das muss das Zielfahrzeug sein!
Jan, der Fahrer des BMW, fährt ohne Umwege direkt zum Standort des Transporters. Es erfolgt eine kurze Kontaktaufnahme und schon setzen sich beide Fahrzeuge in Bewegung, Richtung Rastplatz.
Pierrets wird über Funk informiert. Es dauert nur wenige Minuten, dann erreichen beide Fahrzeuge den Parkplatz. Der BMW parkt jetzt unmittelbar neben dem Mercedes, während der Transporter ca. vierzig Meter weiter abgestellt wird. Die Entfernung zu unserem Wohnmobil beträgt jetzt dreißig Meter.

Während Markus und Tim mit den anderen zum Transporter gehen, bleibt Jens mit dem Geld im Wagen zurück. Die Türen des Mercedes sind verschlossen.

Der Fahrer des Transporters steigt aus und öffnet eine der beiden rückwärtigen Türen. Im Fahrzeug werden Mengen von Pelzen sichtbar. Einige liegen in Folie eingewickelt auf dem Boden, andere hängen an verchromten Kleiderständern. Es ist unmöglich, sich unter den gegebenen Umständen einen genauen Überblick zu verschaffen.
Während die Gegenseite auf eine schnelle Geldübergabe drängt, besteht Markus darauf, die Seitentür des Transporters zu öffnen, um auch im vorderen Bereich Stichproben vorzunehmen.
Die Täter sind nervös, blicken sich immer wieder um und wollen so schnell wie möglich verschwinden. Markus bleibt äußerlich gelassen und lässt sich Zeit. Er kontrolliert genau.

Die Zugriffskräfte haben zwischenzeitlich hinter dem Bus Aufstellung genommen und warten auf ihren Einsatz, bereit jede Sekunde zuzugreifen. Herr Lauterbach schwitzt im Werkstattwagen, er hat feuchte Hände und wagt kaum zu atmen. Es ist sein erster Außeneinsatz.
Dann endlich gibt Markus das verabredete Zeichen. Die Ware ist in Ordnung. Peer Pierrets gibt den Befehl zum Zugriff. Jetzt überschlagen sich die Ereignisse.
Die Einsatzkräfte überwinden die ersten Meter schnell und leise, doch dann erfolgt ein riesiges Höhenfeuerwerk. Überall knallt es. Ein ohrenbetäubender Lärm, in den sich das Geschrei der Zugriffskräfte mischt.
»Polizei, Hände hoch!« Leuchtraketen werden in den nachtschwarzen Himmel geschossen und verleihen der Szene etwas Unheimliches. Bilder wie in einem Fernseh-Krimi. Den Besuchern der Autobahnraststätte bietet sich ein scheinbares Durcheinander von vermummten Beamten und Zivilisten. Einige Personen liegen auf dem Boden, andere knien darüber, wieder andere halten ihre Waffen am gestreckten Arm und geben den Einsatzkräften Feuerschutz.
Die ganze Aktion dauert nur wenige Minuten, dann sind alle Täter überwältigt und liegen, mit Handschellen gefesselt, auf dem harten Beton des Parkplatzes. An Flucht war nicht zu denken, auch Gegenwehr war angesichts des überraschenden Angriffs und der Übermacht zwecklos. Der Schock sitzt tief.
Bei der körperlichen Durchsuchung stellen die Beamten bei Fredy und Jan scharfe Pistolen sicher. Zwei andere haben Schlag-

ringe und Reizgas in den Taschen. Das alles sind Gegenstände, die sich bei der späteren Urteilsfindung negativ auswirken.
In der Raststätte kommt es gleichfalls zu einer Festnahme. Unmittelbar nach dem Zugriff hatte eine Person versucht, fluchtartig das Lokal zu verlassen. Vergebens, denn Klaus saß am anderen Ende des Restaurants genau richtig. Der Typ lief ihm direkt in die Arme.
Nicht zuletzt hatte auch Svenja ihr erstes aufregendes Erlebnis, ihre erste Lehrstunde.
Wenig später, nachdem sie mit Arnold ihre Position bezogen hatte, hielt in ihrer unmittelbaren Nähe zunächst ein Mercedes und kurz danach ein Porsche Carrera.
Die Frau stieg aus und ging zielstrebig zu dem Mercedes hinüber. Sie trug hochhackige rote Schuhe und einen knöchellangen kostbaren Pelzmantel. Zufall? Gab es eventuell einen kausalen Zusammenhang zum bevorstehenden Zugriff?
Aufmerksam verfolgten beide das weitere Geschehen. Die Begrüßung im Mercedes fiel kurz und stürmisch aus. Der Pelzmantel, offensichtlich das einzige Bekleidungsstück, glitt noch während der Begrüßung von der Schulter der Unbekannten und so dauerte es nur wenige Augenblicke, bis die Fahrzeugscheiben vom schnellen Atem der Liebenden beschlugen und den rhythmischen Bewegungen des Paares etwas Sanftes, Weiches verliehen. Die innige Umarmung wurde jäh unterbrochen, als plötzlich geschossen und der gesamte Parkplatz durch Leuchtraketen taghell ausgeleuchtet wurde. Blankes Entsetzen bei den Betroffenen!
Die schöne Unbekannte hatte gerade noch Zeit, sich den Pelzmantel über den nackten Körper zu werfen, zum Porsche zu hetzen und mit Vollgas das Gelände zu verlassen. Sicher hatte sie sich ein romantischeres und zugleich »entspannteres« Ende ihrer nächtlichen Begegnung gewünscht.

Unmittelbar nach dem Zugriff hat Peer Pierrets Mühe, den Staatsanwalt Lauterbach zurückzuhalten. Am liebsten wäre er vor Begeisterung aus dem Werkstattwagen herausgesprungen, um sich direkt am Geschehen vor Ort zu beteiligen. Nur Pierrets mahnende Worte halten ihn letztlich davon ab. Es ist ein unumstößliches Gebot, dass sich Personen aus dem Basisfahrzeug unter keinen Umständen am Zugriff beteiligen dürfen. Die Gefahr des Verbrennens* wäre zu groß.

Nachdem die fünf Straftäter mit unterschiedlichen Streifenwagen abtransportiert worden sind, entspannt sich die Situation. Keiner von Pierrets Männern ist verletzt. Auch konnte der überwiegende Teil der entwendeten Pelze sichergestellt werden.
Einige besonders schöne Exemplare wurden bei den anschließenden Wohnungsdurchsuchungen der Beschuldigten gefunden und ebenfalls sichergestellt. Darüber hinaus wurde bei einem der Täter, in einem Tresor gebunkert, eine ganze Kollektion Schmuck entdeckt, die ebenfalls aus einem Einbruch stammte.

Für die vernehmenden Beamten gab es später noch etwas zu schmunzeln. In einer Beschuldigtenvernehmung hieß es unter anderem: »Plötzlich sprangen aus den umliegenden Büschen mehrere Polizeibeamte heraus.«
Die Täter hatten überhaupt nicht realisiert, dass es auf dem gesamten großen Parkplatz nur Betonflächen und weit und breit keinen Busch oder Strauch gab. Die sonst so hartgesottenen Beschuldigten waren durch die überraschende, überfallartige Aktion des Mobilen Einsatzkommandos so geschockt, dass sie sich auch nach Stunden an Einzelheiten des Zugriffs nicht erinnern konnten.

Eine Stadt in Panik

Peer Pierrets sitzt an seinem Schreibtisch und bearbeitet die Fernschreiben und Lageberichte der vergangenen Nacht. Er markiert, sortiert und macht Randnotizen für die in wenigen Minuten beginnende Frühbesprechung mit seinem Team.

Die vergangene Nacht war relativ ruhig. Lediglich verschiedene Eigentumsdelikte, zwei leichte Körperverletzungen, eine Vermisstensache und ein Verstoß gegen die sexuelle Selbstbestimmung. Ein Unbekannter hatte sich im Schutz der Dunkelheit unbemerkt an eine Turnhalle herangeschlichen, in der junge Frauen für einen Gymnastikwettbewerb trainierten. Nachdem er von außen an die Scheiben geklopft und wild gestikulierend auf sich aufmerksam gemacht hatte, öffnete er plötzlich seinen langen Trenchcoat und zeigte seinen nackten Körper und sein erigiertes Glied. Als er dann die Reaktionen der geschockten Frauen sah, verzog sich sein Mund zu einem hässlichen Grinsen und er rannte davon.

Obgleich er von mehreren Frauen gleichzeitig gesehen wurde, war die Personenbeschreibung dürftig und darüber hinaus zum Teil widersprüchlich. Während einige in dem Unbekannten einen jungen Mann erkannt haben wollten, bezeichneten andere ihn als Mann um die Vierzig. Auch die Größe variierte stark. Für die einen war er groß und schlank, für die anderen hingegen eher untersetzt. Einig war man sich nur darüber, dass er einen hellen Trenchcoat und eine dunkle Pudelmütze trug.

Aus diesem Grunde hatte der Pressesprecher auch lediglich die Kleidung des Exhibitionisten an die örtliche Zeitung gegeben und um sachdienliche Hinweise gebeten.

Der Arbeitstag für die Beamten der Sondereinheit bleibt ruhig. Es liegen weder Observationsaufträge vor, noch stehen konspirative Ermittlungen vor einem möglichen Abschluss. Eine gute Gelegenheit, Überstunden abzufeiern oder sich sportlich zu betätigen. Die Entscheidung darüber ist jedem freigestellt.
Auch Peer Pierrets entschließt sich spontan, mittags Schluss zu machen. Eines seiner Kinder ist heute zu einer Geburtstagsfeier eingeladen und so kann er, um seine Frau zu entlasten, den Hin- und Rücktransport des Kindes übernehmen.
»Du bist schon da! Wusstest du das heute Morgen schon?« Seine Frau Gesine ist überrascht, dass ihr Mann unerwartet früher nach Hause kommt. Meistens ist es umgekehrt. Nicht selten kommt es vor, dass er sich morgens ganz normal verabschiedet, dann aber aufgrund eines unvorhersehbaren Einsatzes erst ein, zwei oder drei Tage später nach Hause kommen kann. Mittlerweile hat sie sich an die unregelmäßige Arbeitszeit gewöhnt, auch wenn es ihr in der Anfangszeit sehr schwer gefallen ist, zumal die beiden Kinder noch sehr klein waren und sie sich oftmals mehr Unterstützung gewünscht hätte.
»Ja, heute Nacht war es ruhig und so konnte ich mit ruhigem Gewissen früher gehen. Außer einem ›Exhi‹, der sich in unserer Gegend herumtreibt, war nichts Besonderes. Die Ganoven sind clever, bei diesem Schmuddelwetter haben sich offenbar alle in den Süden abgesetzt.«
Gesine freut sich über den unerwartet freien Nachmittag ihres Mannes. Sie liebt solche positiven Überraschungen, sieht darin aber auch eine kleine Entschädigung für Situationen, in denen es leider umgekehrt ist. Jetzt genießen sie aber zunächst einmal Tee mit einem Schuss Rum und den Augenblick.

Tage vergehen, dann taucht der Exhibitionist erneut auf. Diesmal hat er sich abends einer Radfahrerin in den Weg gestellt und sich ebenfalls entblößt. Der Täterbeschreibung nach handelt es sich vermutlich um den Mann, der sich auch schon an der Turnhalle in exhibitionistischer Weise gezeigt hat.
Eine junge Frau, die sich auf dem Weg von der Arbeit zu ihrer Wohnung befand, war durch diese unerwartete Begegnung so geschockt, dass sie fast vom Fahrrad gestürzt wäre. Aus Angst davor, von dem Täter verfolgt zu werden, war sie nach Hause

gehetzt, hatte, von Panik getrieben, alle Türen hinter sich verschlossen und aus der verdunkelten Wohnung heraus etwa eine Stunde lang die Straße beobachtet. An Schlaf konnte sie in dieser Nacht überhaupt nicht denken. Allein der Gedanke, der Täter könne sie auch weiterhin beobachten und sich möglicherweise unter ihrem Schlafzimmerfenster aufhalten, ließ sie kein Auge zumachen. Auch am nächsten Morgen traute sie sich nur zögerlich auf die Straße. Sie war übermüdet und gereizt.

Den Mitarbeitern im Büro blieb ihr abgespanntes Äußeres und ihre Nervosität natürlich nicht verborgen. Als sie von einer Kollegin auf ihr verändertes Verhalten angesprochen wurde, brach sie sofort in Tränen aus und schilderte, von Weinkrämpfen geschüttelt, den Vorfall des vergangenen Abends.

Die Reaktion der Kolleginnen war unterschiedlich. Während einige bereits ähnliche Erfahrungen gemacht hatten und sich über das krankhafte Verhalten dieser Sonderlinge amüsierten, waren andere entsetzt und gaben ihr den dringenden Rat, unbedingt zur Polizei zu gehen.

Nachdem sie, diesem Rat folgend, bei der Kriminalpolizei Anzeige erstattet hatte und ihr von der Beamtin gesagt wurde, dass Exhibitionisten gewöhnlich harmlos sind und auch die Einsichtnahme und Überprüfung der nach Größe und Alter geordneten Lichtbilderkartei negativ verlief, beruhigte sie sich langsam wieder.

Drei Tage später kam es in Abständen von zwei Stunden erneut zu Übergriffen. Während der Täter sich in einem Fall lediglich wieder entblößte, wurde er im zweiten Fall handgreiflich und versuchte, eine junge Frau in einen angrenzenden ausgetrockneten Graben zu ziehen. Nur durch ihre beherzte Gegenwehr konnte sie vermutlich Schlimmeres verhindern. Doch auch sie war geschockt und litt in den folgenden Nächten unter Schlafstörungen.

Aufgrund der Personenbeschreibungen konnte jetzt zweifelsfrei festgestellt werden, dass es sich in allen Fällen um ein und den selben Täter handelte. Doch damit nicht genug. Ein weiterer Vorfall ereignete sich wenige Tage später in der Nacht von Sonnabend auf Sonntag. Eine zweiundzwanzigjährige Studentin, die sich nach einem Discobesuch ebenfalls mit ihrem Fahrrad auf dem Heimweg befand, wurde gleichfalls von dem Unbekannten in der bereits geschilderten Art und Weise belästigt.

Nachdem in der Presse erneut eine Täterbeschreibung veröffentlicht und die Bevölkerung zur erhöhten Aufmerksamkeit aufgerufen wurde, meldeten sich zwei weitere Geschädigte, denen sich der Exhibitionist gezeigt hatte. Beide Frauen nutzten gemeinsam einen schönen Herbstabend, um einen langen Spaziergang zu machen, als ihnen aus einem Gebüsch ein nackter Mann entgegen sprang. Doch obgleich sie im Moment ebenfalls überrascht waren, mussten sie im nächsten Augenblick laut und herzhaft lachen, worauf der Unbekannte stutzte, sich spontan umdrehte und durch die Büsche flüchtete. Mit einer solchen Reaktion hatte er wohl nicht gerechnet.

In den folgenden vierzehn Tagen blieb es ruhig.
Dann ein erneuter Vorfall in der Nacht von Freitag auf Sonnabend. Eine junge Frau hatte Anzeige mit nachfolgendem Text erstattet: »Am Freitag, dem 29.09., gegen 22.00 Uhr, parkte ich meinen PKW Fiat, amtliches Kennzeichen OL - XY 000, in der Hochgarage am Waffenplatz. Anschließend suchte ich die Diskothek S-Treff in der Innenstadt auf. Gegen 3.00 Uhr verließ ich die Diskothek ohne Begleitung und begab mich zu meinem Fahrzeug, um gleich danach auf direktem Wege nach Hause zu fahren. Dort angekommen, es mochte ungefähr 3.30 Uhr gewesen sein, stellte ich mein Fahrzeug auf der neben dem Haus befindlichen Auffahrt ab. Als ich ausgestiegen war und das Fahrzeug abschließen wollte, wurde ich plötzlich von hinten angegriffen. Der Täter versuchte, seinen Arm um meinen Hals zu legen und mich in die Büsche des Gartens zu ziehen. Obgleich ich laut schrie und mich heftig zur Wehr setzte, gelang es ihm, mich zu Boden zu reißen. Durch mein Schreien müssen Nachbarn auf uns aufmerksam geworden sein, denn plötzlich sah ich ein erleuchtetes Fenster und eine Männerstimme rief, was dort los sei. Im gleichen Moment ließ der Unbekannte von mir ab und flüchtete zu Fuß. Welche Richtung er dabei einschlug, kann ich nicht sagen. Bei dem Überfall erlitt ich Hautabschürfungen und Prellungen. Außerdem wurde meine Jacke am Ärmel eingerissen und meine Hose stark verschmutzt. Obgleich ich meine Handtasche bei mir hatte, glaube ich nicht, dass der Täter es auf mein Geld abgesehen hatte. Ich gehe vielmehr davon aus, dass er mich vergewaltigen wollte.

Beschreiben kann ich den Mann wie folgt: ca. 175 bis 180 cm groß, schlank, sportliche Figur, trug dunkle Bekleidung und eine widerliche Gesichtsmaske. An der Maske war auffallend, dass die Eckzähne übergroß und rot waren. Ähnlich einer Draculaabbildung.
Vorsorglich stelle ich für alle in Frage kommenden Rechtsverstöße Strafantrag.
Selbst gelesen, genehmigt und unterschrieben.
Unterschrift.«

Bei der anschließenden Spuren* suche am Tatort* konnten erstmals Schuhabdrücke gesichert werden, die mit Sicherheit von dem Täter stammten. Hierbei handelte es sich um Turnschuhe eines bekannten Sportartikelherstellers der Größe dreiundvierzig.

»Verdammt, der Kerl wird gefährlich!« Nicht nur Peer Pierrets ist beunruhigt.
Das ist nicht mehr der »harmlose Exhibitionist«, der seine Befriedigung darin findet, junge Frauen zu erschrecken. Hier zeigt sich ein Potential an Gewalt, das ausufert und unkontrollierbar wird. Diese stete Steigerung der kriminellen Energie erfordert ein sofortiges Handeln, sonst ist es nur eine Frage der Zeit, bis das erste Vergewaltigungsopfer zu beklagen ist.
Auch der Druck aus der Öffentlichkeit wird immer größer. Erste Reaktionen in der Presse machen deutlich, dass die Bevölkerung von Tag zu Tag mehr beunruhigt ist. Bohrende Fragen werden laut: »Was unternimmt die Polizei, um den Täter dingfest zu machen? Warum ist es ihr bisher noch nicht gelungen?« Forderungen nach einer verstärkten Streifentätigkeit werden laut. Schon ist die Rede von einem Phantom.

Die Zeit drängt! Peer Pierrets und sein Team gehen gemeinsam mit den Kollegen des zuständigen Fachkommissariats wiederholt die einzelnen Fälle durch und versuchen anhand des »modus operandi« Tatabläufe zu erkennen.
Haben sich die Taten an bestimmten Wochentagen, zu bestimmten Zeiten ereignet? Gibt es Auffälligkeiten bezüglich des Alters der Opfer? Wo haben sich die Opfer vor der Tat aufgehalten? Werden irgendwelche Stadtteile besonders tangiert? Bei welchen Straftaten deckt sich die Täterbeschreibung? Welche Fluchtmittel

hat der Täter benutzt? Wurde in Tatortnähe ein Fahrzeug gesehen? Konnten Fuß- oder Spermaspuren sichergestellt werden? Kommen möglicherweise zwei verschiedene Täter für die Straftaten in Frage? Die Beamten sind bemüht, den kleinsten gemeinsamen Nenner für alle Straftaten zu erkennen, um daraus möglicherweise neue Ansätze für weitere Ermittlungen ableiten zu können. Doch noch sind die Erkenntnisse eher bescheiden.
Da die Tatzeiten sowohl in den frühen Abendstunden als auch weit nach Mitternacht liegen und örtliche Schwerpunkte nicht zu erkennen sind, beschließt Pierrets, den Fahndungseinsatz für die kommenden Tage und Nächte von 17.00 Uhr bis 3.30 Uhr auf das ganze Stadtgebiet auszudehnen. Durch die Präsenz möglichst vieler Einsatzwagen und Fußstreifen will er erreichen, dass die Fahndung nach dem Täter bei einem erneuten Vorfall sofort aufgenommen werden kann.
Eingesetzt werden ausschließlich Beamte in Zivil mit neutralen Fahrzeugen und Fahrrädern. Zwei Hundeführer mit ihren Schutzhunden der örtlichen Hundestaffel sind ebenfalls an dem Einsatz beteiligt und lösen sich im täglichen Wechsel ab.

Der erste Einsatz steht bevor, es ist ein Freitag. Peer Pierrets hat den Dienstbeginn auf 16.00 Uhr festgelegt. Im Besprechungsraum seiner Dienststelle sind große Übersichtspläne zusammengefasst und markieren die Streifengebiete der einzelnen Fahrzeugbesatzungen. Auch für das Innenstadtgebiet sind patrouillierende Pärchen und Einzelpersonen vorgesehen, um potentielle Täter gegebenenfalls schon vor der Tat zu erkennen.
Die Beamten haben Weisung, Personenbeschreibungen von Verdächtigen sofort mit Ort und Zeit an die Einsatzzentrale durchzugeben. Alle Kräfte sind mit konspirativem Funk ausgestattet und arbeiten auf einem gesonderten Observationskanal. Sie stehen in ständigem Kontakt sowohl mit der Einsatzzentrale als auch untereinander.
Pierrets befindet sich zusammen mit seinem Vertreter Barkemeyer im Führungsfahrzeug, einem BMW der 6er Reihe.
Es ist bereits 2.30 Uhr, als ein Fuß* über Funk dringend um Unterstützung bittet.
»Claas hier, ich befinde mich in der Baumgartenstraße. Hier haben gerade drei Jugendliche mit einem Bolzenschneider die Schlösser

von mehreren Fahrrädern geknackt. Wer kann mich unterstützen? Kommen!«
»Stephan hier! Geerd und ich sind ganz in der Nähe, wir sind in zwei Minuten bei dir. Versuch' dran zu bleiben!«
»Ja, mach ich. Täter fahren in Richtung Lange Straße, biegen ab in Richtung Marktplatz, wollen vermutlich zum Schlossgarten. Ein Täter trägt einen auffälligen gelben Friesennerz. Ein anderer hat einen dunklen Pullover an, mit Kapuze. Der Dritte trägt eine rote Windjacke. Alle Personen sind ca. zwanzig Jahre alt. Stephan siehst du sie?«
Es bleibt ruhig. Niemand antwortet. Minuten vergehen, bis Geerd sich über Funk meldet. Er pustet, ist völlig außer Atem.
»Habe den ›Kapuzenmann‹ vom Fahrrad gezogen. Die anderen sind abgehauen, Richtung Gartenstraße. Stephan verfolgt sie. Ich brauche ein Fahrzeug für den Gefangenentransport. Bin am rechten Arm verletzt. Kommen ob verstanden.«
Pierrets schaltet sich ein. »Geerd, bitte den genauen Standort, Fahrzeug kommt sofort. Bist du ernsthaft verletzt?«
»Nein, geht so!«
»Okay, habe verstanden! An 03, 04, 06, 07 sowie Radstreifen; sofort das Gebiet Schlossgarten/Theater/Eversten Holz befahren. Ich wiederhole die Personenbeschreibung der flüchtigen Personen: Erste Person ca. zwanzig Jahre alt, bekleidet mit einer gelben Regenjacke, zweite Person gleiches Alter, trägt eine rote Windjacke. Vermutlich sind sie noch mit den entwendeten Fahrrädern unterwegs. Kommen ob verstanden.«
»03 verstanden, 04 verstanden, 06 verstanden, 07 verstanden, Radstreifen ebenfalls verstanden!«

Zehn Minuten später meldet 06 zwei Personen, auf die die Beschreibung zutrifft.
»Beide Verdächtige gehen zu Fuß in Richtung Gaststraße. Fahrräder führen sie nicht mit sich. Wir bleiben dran.«
Dann geht alles blitzschnell. Die Radstreifen sind sofort vor Ort und nehmen beide Personen fest. Binnen Sekunden liegen sie auf dem Boden und werden nach Waffen durchsucht. Negativ.
Sie bestreiten zunächst, irgendetwas mit den Fahrraddiebstählen zu tun zu haben. Erst als ihnen vorgehalten wird, was der dritte Täter ausgesagt hat, bekennen sie sich zu der Straftat. Die beiden

Fahrräder haben sie von der Theaterbrücke aus in die Haaren geworfen. Den Bolzenschneider haben sie bereits zuvor in einem Vorgarten entsorgt. Alle drei sind bei der Polizei keine Unbekannten.
Der Einsatz ist beendet. Obgleich die Zielrichtung eine andere war, sind die Beamten mit dem Ergebnis zufrieden. Sie sind gespannt, was die nächsten Nächte bringen.
Doch in den folgenden Nächten bleibt es ruhig. Von dem Sittenstrolch ist weit und breit nichts zu sehen und zu hören. Anzeigen werden ebenfalls keine erstattet.

Der nächste Zwischenfall ereignet sich in der Nacht von Sonnabend auf Sonntag. Es ist bereits 2.00 Uhr morgens, als ein Sprecher der Funkeinsatzzentrale OlBu 01 mit erregter Stimme folgenden Funkspruch durchgibt:
»Blitz 13, Zeit: 1.55 Uhr, Fluchtmittel und Fluchtrichtung nicht bekannt. Ring 20 [* siehe: Ringalarmfahndung] sofort besetzten.«
Dann folgen im etwas ruhigerem Ton erste Erkenntnisse.
»Bisher unbekannte Täter haben mit einem Gullydeckel die Schaufensterscheibe des Juweliergeschäftes eingeworfen und durch die entstandene Öffnung Uhren und Schmuck im Wert von mehreren Tausend Mark entwendet. Nähere Angaben hierzu folgen.«
Alle eingesetzten Kräfte sind schlagartig hellwach. Anhand ihrer Fahndungsunterlagen können sie sofort feststellen, wo der Blitzeinbruch stattgefunden hat. Sie schalten sich in die Fahndung ein und geben, um sich von der Einsatzzentrale entsprechend einweisen zu lassen, über Funk ihren augenblicklichen Standort durch.
In den nächsten Minuten werden im Umkreis von zwanzig Kilometern alle Ausfallstraßen hermetisch abgeriegelt. Verstärkte Streifentätigkeiten und Personenkontrollen schließen sich an. Es ist exakt 2.19 Uhr als die Besatzung MEK 06 Verstärkung anfordert.
»Wir verfolgen einen grünen VW Golf mit Bremer Kennzeichen. Fahrer hat Haltezeichen überfahren und versucht, uns von der Fahrbahn zu drängen. Flüchtet mit überhöhter Geschwindigkeit in Richtung Budjadinger Straße. Fahrzeug vermutlich besetzt mit vier Personen.«
»Hier 02, haben verstanden. Unser Standort ist kurz vor der Hubbrücke in Huntdorf. Legen Nagelgurte aus.«

»Hier 06, haben verstanden! Wir sind noch dran. Das sind Irre, die jagen mit 180 Km/h durch jede geschlossene Ortschaft. In einer Kurve wären sie fast von der Fahrbahn geflogen. Wahnsinn!«
»MEK 06 von 02 noch mal melden! Uns kommen auf der langen Geraden zwei Fahrzeuge entgegen. Gebt mal Blinkzeichen, wenn ihr es seid! Okay, haben euch gesehen. Seid vorsichtig, die Nagelgurte liegen. Wir versuchen, den Wagen vor den Gurten zu stoppen.«
Es bleibt für einen Augenblick ruhig. Dann erneut die Stimme des Sprechers von 02.
»Verdammte Scheiße! Die haben uns fast übergemangelt. Sind voll in die Gurte gejagt! Versuchen zu Fuß zu fliehen. Wir brauchen den Hund!«
Nach ein paar Minuten meldet sich die Besatzung erneut.
»OlBu 01 von MEK 02 kommen!«
»Hier OlBu 01, bitte sprechen.«
»Haben drei Täter festgenommen. Einer ist noch flüchtig, wo bleibt der Hund? Der ganze Wagen liegt voller Sore*! Uhren, Ketten, Ringe, alles was das Herz begehrt. Das sind hundertprozentig die Täter vom Blitzeinbruch.«
»Glückwunsch! Gut gemacht! Der Hundeführer muss jeden Augenblick bei euch eintreffen. Ende OlBu 01.«
Auch der vierte Täter kann kurz nach Eintreffen des Hundes festgenommen werden. Er hatte sich in einem tiefen Graben unter Schilf, Entenkraut und Lampenputzern versteckt.
Wieder ein Einsatz, dessen positiver Ausgang auf die Präsenz und das schnelle Eingreifen aller am Einsatz beteiligter Kräfte zurückzuführen ist. Leider bleibt der seit vielen Nächten gesuchte Sittentäter aber weiterhin unsichtbar. Bisher gibt es nach wie vor nicht die geringsten Ermittlungsansätze.

Langsam spüren die Einsatzkräfte die physische Belastung. Nacht für Nacht zwölf und mehr Stunden auf der Straße, das geht an niemandem spurlos vorüber. Fast alle sind verheiratet und haben Kinder, so dass sie ihren Schlaf am Tage auch nur bedingt nachholen können.
Hinzu kommt die Enttäuschung, bisher nicht erfolgreich gewesen zu sein. Auch kommen erste Zweifel am Einsatzkonzept auf, denn obgleich die Beamten in voller Einsatzstärke Nacht für Nacht unterwegs sind, ist es dem Täter erneut zweimal gelungen, Frauen anzufallen.

Im ersten Fall hatte er nachts wieder ein junges Mädchen beim Betreten des Hauses aufgelauert und versucht, sie zu Boden zu reißen. Auch sie konnte sich nur im letzten Moment in den Hausflur retten und die Tür hinter sich schließen. Anzeige hatte sie aber erst am nächsten Mittag nach ihrer Berufsschule bei der Kriminalpolizei erstattet.
Im zweiten Fall hatte der Täter erneut eine Radfahrerin vom Fahrrad gerissen und in einem angrenzenden Gebüsch brutal vergewaltigt. In diesem Fall wurde die Anzeige sogar erst einen ganzen Tag später erstattet.
Die Frau hatte sich nach der Vergewaltigung zu Fuß nach Hause geschleppt und war in der Wohnung zusammengebrochen. Wie lange sie danach ohne bewusste Wahrnehmung war, vermochte sie nicht zu sagen. Ihrer Aussage nach wurde sie, nachdem sie wach wurde, anschließend immer wieder von Schreikrämpfen erfasst. Zur Ruhe kam sie erst wieder, nachdem sie geschlagene vier Stunden unter der Dusche zugebracht hatte. Auch ihre gesamte Kleidung, die ihrem Bekunden nach ohnehin teilweise zerrissen war, hatte sie im Kamin verbrannt.
Wegen starker Blutungen, die auch noch am nächsten Tag anhielten, war sie erst einen Tag später zu ihrer Frauenärztin gegangen und hatte den Vorfall geschildert. Sie hatte sich so geschämt, dass sie zunächst gar keine Anzeige erstatten wollte. Erst auf Drängen ihrer Ärztin war sie später zur Polizei gegangen.
Spuren* konnten danach weder am Opfer noch am Tatort* gesichert werden. Der seit zwei Tagen anhaltende Regen hatte alle Tatortspuren beseitigt.
Die von ihr abgegebene Täterbeschreibung war ebenfalls dürftig. Auffallend war wiederum, dass der Täter sein Gesicht mit einer Gummimaske unkenntlich gemacht hatte. Welchen Gesichtsausdruck oder welche Farbe die Maske hatte, vermochte sie allerdings nicht zu sagen, da sie die Augen fest geschlossen und der Täter ihr außerdem ihre Jacke über den Kopf geschoben hatte.
In diesem Fall war alles, aber auch alles schief gelaufen. Aufgrund der späten Kenntnisnahme konnten weder Form- noch Gegenstandsspuren oder Sekret- und Spermaspuren sichergestellt werden.
Beide Fälle lösten nach ihrer Veröffentlichung in der Presse erneut panische Ängste in der Bevölkerung aus. Zugleich wurde

heftige Kritik an der Arbeitsweise der Sicherheitsorgane laut. Die Rede war von Konzeptlosigkeit und Unvermögen. Selbst Politiker aus der Landeshauptstadt schalteten sich ein und verlangten öffentlich ein stärkeres Engagement der Polizei.

Peer Pierrets ist erbost, er kocht. Die Herren Politiker haben sich längst informiert und wissen genau, dass die Polizei Nacht für Nacht im Einsatz ist. Auch ist ihnen bekannt, dass außer der nächtlichen Fahndung mehrere Beamte damit beschäftigt sind, zurückliegende, ähnlich gelagerte Fälle akribisch aufzuarbeiten und dass einsitzende Strafgefangene dahingehend überprüft werden, ob sie zu den Tatzeiten möglicherweise Urlaub oder Ausgang hatten.
Die Forderungen nach einer verstärkten Polizeipräsenz ist für einzelne Politiker eine willkommene Gelegenheit, sich öffentlich darzustellen. Reiner Aktionismus! Profiliersucht!

Die eingesetzten Kräfte gehen ohnehin bis an die Grenze ihrer physischen Belastbarkeit. Auch sie haben Frauen, Freundinnen oder Töchter, die Opfer dieses Psychopaten werden könnten. Sie alle haben nur ein Ziel, den Täter so schnell wie möglich festzunehmen.
Peer Pierrets steht unter einem enormen Druck. Was soll er machen? Etwa sein gesamtes Einsatzkonzept offen legen? Soll er, nur um die Bevölkerung zu beruhigen, öffentlich machen, wie viele Beamte Nacht für Nacht im Einsatz sind und junge Mädchen oder Frauen folglich ganz beruhigt unterwegs sein können? Soll er Sicherheit vortäuschen, die es nicht gibt, die niemand gewährleisten kann?
Aufgrund des bedauerlichen Fehlverhaltens der Opfer in den zurückliegenden beiden Fällen erscheint am folgenden Tag erneut ein halbseitiger Artikel in der Presse, in dem nochmals darauf hingewiesen wird, wie potentielle Opfer sich im Falle eines Überfalles zu verhalten haben.
Gewarnt wird besonders davor, während der Dunkelheit alleine mit dem Fahrrad durch unbelebte Straßen zu fahren. Auch wird geraten, die Außenbeleuchtung an den Häusern brennen zu lassen. Ebenso sollten hohe Büsche und Sträucher in unmittelbarer Nähe der Eingangstüren entfernt werden, um potentiellen Tätern

keinen Schutz, keine Versteckmöglichkeiten zu bieten. Lautes Schreien oder Hilferufe seien ebenfalls adäquate Mittel, um Täter von ihrem Vorhaben abzuhalten.
Von besonderer Bedeutung sei allerdings, die Straftat unverzüglich bei der Polizei anzuzeigen und Spurenträger, auch wenn es in machen Fällen schwer fällt, nicht schon vor Eintreffen des kriminalpolizeilichen Erkennungsdienstes zu vernichten.

Die nächsten Tage und Nächte bleiben bis auf die Festnahme eines Kleindealers ruhig.
Erst in der Nacht von Mittwoch auf Donnerstag ändert sich die Lage dramatisch.
Es ist genau 3.12 Uhr als die Einsatzzentrale folgenden Funkspruch abgibt:
»OlBu 01 an alle. Vergewaltigung im Heldenpark an der Ofener Straße. Opfer und Anrufer befinden sich noch am Tatort*. Krankenwagen rollt. Täter ist flüchtig. Bisher keine Täterbeschreibung. MEK 01, kommen ob verstanden.«
»Hier MEK 01, habe verstanden! Fahndung läuft.«

Peer Pierrets zieht alle eingesetzten Kräfte sofort ringförmig um den Tatort* zusammen. Der Hundeführer wird angewiesen, mit seinem Hund auf schnellstem Wege zum Tatort* zu kommen.
Es dauert nur wenige Minuten, dann sind Pierrets und Barkemeyer am Tatort* und können sich einen ersten Überblick verschaffen. Der Krankenwagen ist bereits am Einsatzort. Zwei Sanitäter sind damit beschäftigt, eine Frau vorsichtig auf eine Liege zu heben und zu dem Krankenwagen zu tragen.
Als Pierrets die Frau im Vorübergehen sieht, ergreift ihn ein Schaudern. Der Täter hat mit unvorstellbarer Brutalität das Gesicht der Frau malträtiert. Der ganze Kopf besteht nur noch aus einer unförmigen, blutenden Masse. Weder Augen, Mund noch Nase sind erkennbar. Das sind Verletzungen, die nur durch stumpfe Gewalteinwirkung hervorgerufen worden sein können. Das Werk eines Teufels in Menschengestalt. Grausam!
Nach Aussagen des Zeugen befand er sich zu Fuß auf dem Weg zu seiner Wohnung in der Ammerländer Heerstraße, als er aus den Büschen des angrenzenden Parks leises Wimmern vernahm. Nachdem er die Zweige auseinander gebogen hatte, um nachzu-

schauen, sah er am Boden eine Frau liegen, die sofort hysterisch zu schreien anfing, als sie ihn hörte. Er habe daraufhin selber einen furchtbaren Schreck bekommen und von der nur fünfzig Meter entfernten Telefonzelle über 110 die Polizei verständigt. Danach sei er zu der Frau zurückgekehrt. Sie habe auch dann noch regungslos mit entblößtem Unterkörper und gespreizten Beinen auf der Erde gelegen, wobei er zwischen ihren Beinen einen blutverschmierter Knüppel sehen konnte. Er sei selber zu geschockt gewesen, um irgendetwas zu unternehmen. Außer den furchtbaren Blutungen und dem entstellten Gesicht sei ihm aufgefallen, dass sie in der linken Faust etwas festhielt. Was, könne er aber nicht sagen. Dieses Etwas hatte sie angeblich auch beim Abtransport noch fest umklammert.

Peer Pierrets lässt den Tatort* sofort weiträumig absichern. Die Spezialisten des Erkennungsdienstes sind bereits informiert und müssen jeden Augenblick mit ihrem Sonderfahrzeug eintreffen.
Auch Kommissar Schröder ist mit seinem Hund Arnika am Tatort* eingetroffen. Auf ihm ruht im Moment alle Hoffnung. Der Hund ist unruhig und zerrt an der Leine. Man könnte meinen, er spürt, dass hier etwas Schreckliches passiert ist. Um Witterung aufzunehmen, führt Schröder ihn vorsichtig an den Tatort* heran. Er hechelt, beschnuppert die Büsche, die zum Teil aufgewühlte Erde und nimmt den Geruch des Täters auf. Bereits nach wenigen Metern bleibt er stehen und verbellt einen Gegenstand, der sich im Gebüsch verfangen hat. Es ist ein Teil einer zerrissenen Gesichtsmaske.
Was hatte doch der Zeuge gesagt? »Sie hatte etwas in der Hand, was sie krampfhaft festhielt.«
Vielleicht hatte sie bei ihrem verzweifelten Kampf dem Täter die Maske vom Gesicht gerissen und musste deswegen so unendlich leiden.
Pierrets beordert sofort eine Streifenbesatzung zum Krankenhaus. Die Männer sollen überprüfen, was für einen Gegenstand das Opfer festgehalten hatte. Schon kurz danach kommt die Bestätigung. Es ist ein Teil einer aus Gummi gefertigten Gesichtsmaske. Die Verfolgung geht weiter. Der Hund hat die Spur des Täters unverkennbar aufgenommen. Hin und wieder ist für alle ersichtlich, wohin er geflüchtet ist. Zweige sind umgeknickt und Fußabdrücke zeichnen sich deutlich im feuchten Boden ab. Weiter geht es

durch zahllose Gärten, Straßen und Plätze direkt in Richtung des Polizeipräsidiums.
Unbeirrt folgt Arnika der Spur des Täters. Kommissar Schröder hat Mühe ihm zu folgen. Mehrere Einsatzkräfte haben sich zwischenzeitlich ebenfalls der Nachsuche angeschlossen. Hinter einer Bahnunterführung endet die Spur abrupt vor einem Wohnblock. Hier muss der Täter das Haus betreten haben. Der gesamte Block liegt im Dunkeln. Nirgends ein erleuchtetes Fenster oder ein Geräusch, das nach außen dringt. Dennoch ist jeder Zweifel ausgeschlossen, der Täter muss in diesem Haus sein.
Als Pierrets über Funk darüber verständigt wird, dass die Spur vor einem Wohnblock in unmittelbarer Nachbarschaft des Präsidiums endet, veranlasst er eine sofortige Überprüfung aller Hausbewohner beim Einwohnermeldeamt. Auch der Schlüsseldienst der Feuerwehr wird umgehend informiert. Der gesamte Block wird umstellt, alles hermetisch abgeriegelt. Dieser Satan darf unter keinen Umständen entkommen.
Bereits nach wenigen Minuten steht fest, dass nur ein Täter, eine Wohnung in Frage kommen kann. Fast alle Bewohner des Blocks sind ältere Ehepaare, die zum Teil schon seit Jahrzehnten dort wohnen. Nur die Dachgeschosswohnung links ist erst vor fünf Monaten von einer einzelnen Person aus Mecklenburg-Vorpommern angemietet worden. Der Mann heißt Jürgen Rendowsky, ist achtundzwanzig Jahre alt, gelernter Werkzeugmacher und zurzeit beschäftigungslos. Die monatliche Miete wird vom Sozialamt bezahlt.
Nach Aussage der kriminalpolizeilichen Aktenhaltung liegen keine Erkenntnisse gegen ihn vor. Das muss aber nicht zwangsläufig bedeuten, dass der Mann nicht vorbestraft ist. Die Grenzen zur ehemaligen DDR sind noch nicht lange geöffnet und der polizeiliche Nachrichtenaustausch steckt noch in den Anfängen. Die Fehlerquoten sind daher sehr hoch.

Pierrets lässt die Haustür von dem Schlüsseldienst öffnen. Fünf Männer seiner Spezialeinheit schleichen durch das Treppenhaus bis zur oberen Etage. Ihre Gesichter sind durch schwarze Gesichtsmasken unkenntlich gemacht. In den Händen tragen sie ihre Revolver. Sie sammeln sich auf dem Vorflur der linken Wohnung. Einen Moment verharren sie und verständigen sich durch

Zeichen. Im nächsten Augenblick kracht und splittert die Wohnungstür. Das Türblatt fliegt nach innen und bleibt eineinhalb Meter weiter auf dem Boden liegen. Die Männer stürmen mit vorgehaltenem Revolver in die einzelnen Zimmer. Wohnzimmer – frei, Küche – frei, Bad und Arbeitszimmer ebenfalls frei. Im Schlafzimmer stoßen sie auf ein älteres Ehepaar, das mit weit aufgerissenen Augen senkrecht im Bett sitzt und vor Angst schlottert.
»Verdammte Scheiße, das darf nicht wahr sein; die falsche Wohnung.«
Die Männer stammeln eine kurze Entschuldigung. Für Erklärungen bleibt keine Zeit. Schon wenden sie sich der gegenüberliegenden Wohnung zu. Der Einstieg erfolgt ebenfalls blitzartig und mit brachialer Gewalt. Auch hier erstürmen sie die einzelnen Zimmer mit vorgehaltenem Revolver.
Im Bad treffen sie auf den Gesuchten. Er hängt an der Duschhalterung des Badezimmers. Der Kopf ist leicht nach vorne geneigt, die Augen und der Mund weit geöffnet. In seinem Gesicht und an den Händen sind tiefe Kratzspuren zu erkennen, die darauf schließen lassen, dass das Opfer sich verzweifelt zur Wehr gesetzt hat. Die Kleidung ist zum Teil schmutzig und mit Blut beschmiert. Als Strangulationswerkzeug diente sein eigener Gürtel.
Die Männer lösen den Knoten des Gürtels und legen ihn auf den verfliesten Boden. Doch obgleich sein Körper noch warm ist, kommt jede Hilfe zu spät. Er hat sich selbst gerichtet.
Es gibt nicht die geringsten Zweifel an seiner Täterschaft. Die Emotionen der Zugriffskräfte halten sich daher in Grenzen.

Die Nachermittlungen ergaben, dass Rendowsky sehr wohl wegen Verstößen gegen die sexuelle Selbstbestimmung vorbestraft war und bereits mehrere Jahre im Gefängnis zugebracht hatte.
Waren es Versäumnisse der Behörden? Hätten bei rechtzeitiger Übersendung der Kriminalakten an den neuen Wohnort diese schwerwiegenden Straftaten möglicherweise vermieden werden können?
Die Bevölkerung kann aufatmen. Für die junge Frau ändert sich hingegen durch diese unheilvolle Begegnung das gesamte Leben. Lange Zeit hatte sie mit dem Tode gerungen, bis sie schließlich nach Monaten das Krankenhaus verlassen durfte. Die schweren

inneren Verletzungen haben jedoch zur Folge, dass sie ein Leben lang Unterstützung benötigt und darüber hinaus nie Kinder bekommen wird.

Der Maulwurf* – »Aktion Winnewupp*«

»Verdammt noch mal, das kann nicht wahr sein.«
Es ist bereits der dritte Einsatz, der in die Hose geht. Zwar nicht in Folge, aber innerhalb von neun Monaten.
Rainer Wiebrandt, Leiter eines Kriminalkommissariates, das unter anderem für die Bekämpfung von Sitten-, Waffen- und Rauschgiftdelikten zuständig ist, ist verzweifelt.
Er steht unter einem enormen Zugzwang. Immer wieder melden besorgte Eltern, dass ihre Kinder bei Tanzveranstaltungen in bestimmten Lokalen mit Drogen in Berührung kommen und dass sie von Dealern aufgefordert würden, Drogen zu konsumieren. In einigen Fällen seien den Kindern die Drogen sogar unentgeltlich angeboten worden. Die Betreiber der Diskotheken sollen nach Aussagen der Kinder angeblich sogar mit diesen Typen unter einer Decke stecken.
Einige Eltern behaupten außerdem, dass »Freundinnen« ihrer Kinder bereits mit so genannten »KO-Tropfen« betäubt und sexuell missbraucht wurden. Zum Teil waren diese Schilderungen so detailliert, dass der Verdacht nahe lag, dass nicht die Freundinnen, sondern die eigenen Kinder davon betroffen waren.
Aufgrund dieser Aussagen haben Wiebrandts Leute wochenlang in verschiedenen Diskotheken recherchiert, um herauszufinden, ob die Anschuldigungen der Eltern zu Recht bestehen und ob dort im größeren Umfang mit Rauschgift oder anderen Drogen gehandelt wird. Im Zuge dieser Ermittlungen wurden Zeugen- und Beschuldigtenvernehmungen ausgewertet und stichprobenartige Kontrollen vor den Lokalen durchgeführt mit dem Ziel,

genügend Beweise zu sammeln, um entsprechende Razzien durchführen zu können. Da hierbei gleichfalls ein großer Kreis von unbeteiligten Personen betroffen ist, müssen für die Durchführung einer Razzia* ganz bestimmte Voraussetzungen gegeben sein, wobei die Verhältnismäßigkeit einen sehr hohen Stellenwert einnimmt.
Wie bei mehreren vorausgegangenen Razzien hat Kriminalhauptkommissar Wiebrandt auch die letzte Aktion akribisch geplant und wegen des personalintensiven Einsatzes sowohl Schutz- als auch Kriminalbeamte von anderen Dienststellen beteiligt. Umso größer dann die Enttäuschung für alle Beteiligten, als sie feststellen mussten, dass die polizeiliche Aktion mit großer Wahrscheinlichkeit wieder einmal verraten wurde. Von den verdächtigen Dealern keine Spur und auffallend auch die besonders strengen Einlasskontrollen, die jedes Kind davon abhielten, das Lokal unerlaubterweise zu betreten.
Für Wiebrandt steht zweifelsfrei fest, dass dies nur bedeuten kann, einen Maulwurf* in den eigenen Reihen zu haben. Zumal es nicht zum ersten Mal vorkam, dass eine lang geplante Razzia* erfolglos war. Für jeden Einsatzleiter der absolute Supergau. Das Schlimmste, was es in Polizeikreisen geben kann.

Es ist ein Montagmorgen, als Peer Pierrets von dem Leiter der Kriminalpolizei über den vorstehenden Sachverhalt informiert und beauftragt wird, die undichte Stelle in den Reihen der Polizei zu ermitteln. Seitens der Leitung wird ihm jede erdenkliche Unterstützung zugesagt. Was unter anderem bedeutet, dass er absolute Freiheit bei der Wahl der Mittel hat und Unterstützung auch von der Personalakten führenden Abteilung bekommt.
Für Pierrets und sein Team ist es zwar eine dringend notwendige, aber dennoch undankbare Aufgabe, gegen ihre Kollegen zu ermitteln, zumal alle am Einsatz beteiligten Beamten, bis auf wenige Ausnahmen, zunächst als Verdächtige eingestuft werden müssen.
»Ich habe soeben einen unerfreulichen Auftrag von der Leitung bekommen«, beginnt Pierrets seinen Vortrag in der Frühbesprechung.
»In einem Kriminalkommissariat, möglicherweise aber auch bei der Schutzpolizei, gibt es offensichtlich jemanden, der mit Leuten

aus der Szene zusammenarbeitet und vermutlich gegen Bezahlung Dienstgeheimnisse verrät. Es ist wiederholt vorgekommen, dass geplante Aktionen durchgesteckt* wurden und was das bedeutet, kann sich jeder ausmalen. Auch wenn die bisherigen Einsätze relativ harmlos waren, es handelte sich lediglich um Razzien gegen Kleinkriminelle und Drogendealer, können durch solche Aktionen auch das Leben und die Gesundheit der Beamten gefährdet werden. Unsere Aufgabe ist es, diese undichte Stelle so schnell wie möglich ausfindig zu machen. Dieser Auftrag unterliegt strengster Geheimhaltung und hat absoluten Vorrang gegenüber allen anderen Ermittlungen. Eigene Maßnahmen, ja selbst verdeckte Ermittlungen müssen zunächst zurückgestellt werden.«

Pierrets' Männer sind über den Verrat empört und zugleich ratlos. Sie sind es gewohnt, gegen Schwerstkriminelle zu ermitteln, mit Höllengeschwindigkeiten über Autobahnen zu jagen, Observationen durch ganz Deutschland und darüber hinaus durchzuführen und blitzartige Zugriffe zu tätigen, aber Ermittlungen gegen eigene Kollegen, das hat es bisher noch nicht gegeben.

Diese Ermittlungen zeichnen sich durch eine besondere Qualität aus, zumal der oder die Verdächtigen annähernd die gleiche Ausbildung und ebenso den gesamten Polizeiapparat hinter sich haben und schon beim leisesten Verdacht, beobachtet zu werden, alle vorhandenen Pol-Systeme in Anspruch nehmen können.

Pierrets fordert sein Team auf, sich intensiv Gedanken über die gemeinsame Vorgehensweise zu machen. Es genügt ihm nicht, Vorgaben zu machen oder verschiedenen Teams Aufträge zu erteilen. Hier sind alle Beamten gleichermaßen gefordert. Alle müssen ausnahmslos voll hinter der Sache stehen.

Nach eingehender Beratung lassen sie sich zunächst einmal von dem Leiter des Kommissariats die Einsatzbefehle aller Großeinsätze der vergangenen zwei Jahre geben, um eine Selektion, eine Namensüberprüfung aller Beamten, die an den Aktionen beteiligt waren, vorzunehmen.

Nach bestimmten Kriterien überprüfen sie, welche Beamten an allen Einsätzen beteiligt waren und welche nur dann, wenn die Aktionen verraten wurden.

Von den insgesamt ca. fünfzig bis sechzig eingesetzten Kräften der Schutz- und Kriminalpolizei können somit mehrere Beamte

von vornherein ausgeschlossen werden. Beamte, die nur ein- oder zweimal an irgendwelchen Aktionen beteiligt waren, bei denen offensichtlich nichts verraten wurde.
Nach mehreren unterschiedlichen Auswahlkriterien bleiben letztlich vier Personen übrig, die möglicherweise zum Kreis der Verdächtigen gehören könnten. Neben drei Männern der Kriminalpolizei ist es auch eine Frau, die aufgrund der Aktenlage und der äußeren Lebensumstände intensiv überprüft werden soll.
Im ersten Fall ist es ein junger Kriminalkommissar, der besonders eifrig war und bei allen Einsätzen mitgewirkt hatte. Auffallend war außerdem, dass er sich zu allen Razzien freiwillig gemeldet hatte und sich an ihrer Durchführung besonders aktiv beteiligte. Das musste nicht unbedingt negativ sein, war aber auf jeden Fall eine Überprüfung wert.
Bei einem anderen passten die äußeren Lebensumstände in keiner Weise zu seiner Gehaltsgruppe. Der Mann war Junggeselle, lebte in einer großen, chic eingerichteten Eigentumswohnung und fuhr einen Porsche im Wert von fast einhunderttausend Mark. Er führte darüber hinaus ein Leben, wovon andere nur träumen konnten. War es möglich, dass sein Beruf nur Tarnung war?
Der dritte Verdächtige hatte bereits eine Disziplinarstrafe mit einem mehrjährigen Beförderungsverbot wegen einer Trunkenheitsfahrt erhalten. Nach Aktenlage war er im Anschluss an einen konspirativen Einsatz in der Rotlichtszene auf dem Wege zur Dienststelle von der Fahrbahn abgekommen und hatte hierbei einen Dienstwagen zu Schrott gefahren. Bedauerlich!
Die Frau, eine junge Oberkommissarin, fiel ebenfalls durch ihren ungewöhnlichen Lebensstandard auf. Zwar hatte sie keine Eigentumswohnung wie ihr Kollege, fuhr aber gleichfalls einen teuren Sportwagen und verkehrte an Wochenenden fast ausschließlich in exklusiven Lokalen in Hannover.

Peer Pierrets plant neben umfangreichen Observationen auch den Einsatz von verdeckten Ermittlern, die direkten Kontakt zu den Verdächtigen aufnehmen sollen. Da seine Beamten allerdings engen Kontakt zu allen Dienststellen im gesamten Verwaltungsbezirk haben, scheiden sie für diesen Einsatz aus. Das Risiko des »Verbrennens*« ist zu groß.

Folglich fordert er über das Innenministerium in Hannover verdeckte Ermittler aus Hamburg an, die diese Aufgabe übernehmen sollen.
Seinem Wunsch wird sofort entsprochen und es dauert nur zwei Tage, bis die Beamten sich bei Pierrets auf der Dienststelle melden. Es sind smarte Typen.
Doch weder die nachfolgenden Observationen noch die persönlichen Kontaktaufnahmen durch die verdeckten Ermittler zu den Zielpersonen (ZP) führen zu einem greifbaren Ergebnis. Es gibt nicht die geringsten Anzeichen dafür, dass die Betroffenen Kontakt zur Rotlicht- oder Diskoszene haben. Auch gibt ihr Privatleben in keiner Weise Anlass zu irgendwelchen Beanstandungen.
So kommen Peer Pierrets und sein Team nicht weiter. Sie müssen sich eine andere Taktik überlegen.
Unter strengster Geheimhaltung treffen sie Vorbereitungen für die »Aktion Winnewupp«. Sie planen einen Einsatz besonderen Ausmaßes. Die Ermittlungen werden ausgedehnt.
Zunächst bittet Pierrets Kriminalhauptkommissar Wiebrandt zu sich auf die Dienststelle, um mit ihm gemeinsam die neue Situation zu besprechen und darüber hinaus einen Großeinsatz zu planen. Die Unterredung dauert fast drei Stunden.
Wiebrandt bleibt skeptisch und hält es nicht für möglich, was Peer Pierrets ihm unterbreitet hat. Dennoch erklärt er sich bereit, alle erforderlichen Maßnahmen zu unterstützen. Die weitere Vorgehensweise wird bis ins Detail festgelegt. Das Konzept steht.

Es ist ein Freitagabend.
Der Einsatzbefehl für den Grosseinsatz hängt bereits seit den Nachmittagsstunden im Geschäftszimmer des Kommissariats aus. Alle eingesetzten Beamten sind informiert und wissen, dass eine Razzia* bevorsteht. Den Einsatzort und das Zielobjekt kennen sie jedoch nicht. Die einzelnen Fakten sind nur einem ganz kleinen Kreis vorbehalten.
Alle anderen kennen lediglich die Abfahrtzeit, sie ist auf 22.00 Uhr festgelegt. Der Transport zum Einsatzort erfolgt mit diversen Dienstfahrzeugen.
Es ist 21.55 Uhr, als Wiebrandt als Einsatz- bzw. Sammelort einen Parkplatz bei einem benachbarten, etwa zwanzig Kilometer entfernt gelegenen Polizeiposten angibt. Die Fahrt geht in Richtung

Süden. Obgleich das endgültige Ziel immer noch nicht genannt wurde, meinen einige ganz Schlaue jetzt bereits zu wissen, welche Diskothek anschließend überprüft werden soll.

Zeit: 22.40 Uhr.
Die letzten Einsatzkräfte erreichen den Parkplatz, die Vollzähligkeit ist hergestellt. Alle Einsatzkräfte warten gespannt auf weitere Informationen, als unvermittelt vier Mannschaftswagen der Bereitschaftspolizei auf den Parkplatz fahren und Wiebrandt die am Einsatz beteiligten Frauen und Männer auffordert, die eigenen Dienstfahrzeuge zu verschließen und auf die Mannschaftswagen umzusteigen. Dann teilt er ihnen den Einsatzort, das betroffene Objekt und die einzelnen Aufgaben mit.
Augenblicklich setzt lautes Stimmengewirr ein. Rufe werden laut: »Kindergarten! Verarschung! Stasimethoden!« und so weiter. Doch alle Proteste gehen ins Leere!
Wiebrandt drängt zur Eile und lehnt Diskussionen strikt ab. Pierrets ist an seiner Seite. Die übrigen Männer des Mobilen Einsatzkommandos sind als Gruppenleiter eingeteilt. Sie haben Sonderaufgaben. Neben der Überprüfung von Personen sollen sie das Umfeld genau beobachten und mögliche Auffälligkeiten registrieren.
Nur Pierrets Vertreter, Werner Barkemeyer, ist zusammen mit fünf MEKs im Kommissariat zurück geblieben.
Die Fahrt geht zurück in die entgegengesetzte Richtung. Sie fahren erneut am Kommissariat vorbei und weiter bis zu einer im Nordwesten gelegenen Kleinstadt.
Dann geht alles schnell. Nachdem die Fahrzeuge auf dem Parkplatz eines Bordells gehalten haben, springen die an den Außenseiten sitzenden Männer herunter und übernehmen die äußere Absperrung. Andere drängen nach und besetzen den Eingang. Das Gros begibt sich ins Innere und schickt sich an, mit den Personalienfeststellungen und der Durchsuchung zu beginnen.
Dann die Überraschung. Im Empfangsraum kommt ihnen der Besitzer des Etablissements freudestrahlend entgegen.
»Guten Abend, meine Herren, ich wusste nicht, dass sie so zahlreich kommen. Schauen sie sich ruhig um, die Damen stehen ihnen jederzeit mit allem was sie bieten können zur Verfügung.«
Dann dreht er sich um und ruft in den Raum: »Nicht wahr, meine Schätzchen!«

Pierrets stößt Wiebrandt an. »Dieses süffisante Lächeln besagt alles. Die haben uns erwartet. Wieder einmal.«
Peer Pierrets geht nach draußen und ruft von seinem Führungsfahrzeug aus seinen Vertreter an.
»Werner, ihr könnt in Aktion treten, hier ist ganz klar durchgesteckt* worden. Die haben uns bereits erwartet.«
»Okay, machen wir. Ich melde mich anschließend.«

»Einsatz!« Barkemeyer fordert seine Kollegen auf, gemeinsam mit ihm die beiden Dienstwagen zu besetzen. Die Fahrt dauert nur zehn Minuten, dann stehen sie in einer Neubausiedlung vor einem schmucken Einfamilienhaus. Eine nicht weit entfernte Straßenbeleuchtung wirft ihr fahles Licht auf einen kleinen Vorgarten, dessen Anpflanzungen von einer liebevollen Pflege zeugen. Die Fenster im Haus sind abgedunkelt und lassen nur an den Rändern erkennen, dass noch Licht im Inneren der Räume brennt.
Barkemeyers Männer bewegen sich leise, schleichen durch die Gärten der Nachbargrundstücke bis an die rückwärtige Front des Hauses und nehmen dort Aufstellung. Sie haben alle Fenster und Türen im Blickfeld und melden ihre Einsatzbereitschaft.
Werner geht mit einem Kollegen zur Haustür und klingelt. Es dauert eine Weile, dann geht im Flur das Licht an und die Konturen einer Frau werden sichtbar. Die Tür wird aufgeschlossen und vorsichtig einen Spalt weit geöffnet.
»Ja, bitte!«
»Kripo, mein Name ist Barkemeyer, das ist mein Kollege Stratmann. Dürfen wir kurz 'reinkommen? Ist ihr Mann auch da?«
»Ja, aber wieso, was wollen sie von uns. Ich bin Frau Sosath, eine Kollegin von ihnen. Ich arbeite im Geschäftszimmer…« Weiter kommt sie nicht, als aus einem der hinteren Räume Geräusche zu hören sind und eine Tür aufgestoßen wird. Ein Mann versucht offenbar durch die Außentür eines angrenzenden Wirtschaftsraumes zu fliehen.
Die Beamten haben ähnliche Situationen vielfach erlebt. Barkemeyer schiebt die Frau zur Seite und drängt in die Wohnung. Stratmann folgt ihm. Sie blicken in ein offen stehendes Wohnzimmer, in dem der Fernseher noch läuft. Nichts, niemand ist mehr anwesend. Dann hört er auch schon seine Kollegen rufen. »Hier ist

er, wir haben ihn.« Nach einem kurzen Handgemenge wird der Fliehende festgenommen und in Handschellen gelegt.
Frau Sosath steht immer noch wie angewurzelt im Flur und kann nicht begreifen, was sich hier soeben abspielt hat. Als Barkemeyer dann sagt, dass ihr Mann im Verdacht steht, polizeiliche Aktionen verraten zu haben und dafür vermutlich Geld kassiert hat, erleidet sie einen Nervenzusammenbruch. Sie wird leichenblass und sackt in sich zusammen. Der Schock ist echt!

Beide Aktionen sind beendet. Alle eingesetzten Frauen und Männer treffen sich im großen Besprechungsraum des Kommissariats. Hauptkommissar Wiebrandt tritt ans Rednerpult. Sein Gesichtsausdruck ist ernst. Er wirkt abgespannt und müde.
»Kolleginnen und Kollegen«, beginnt er seinen Vortrag, »heute ist ein schwarzer Tag, besonders für mich und alle Mitarbeiter der Leitung. Die Beamten des Mobilen Einsatzkommandos haben vor gut zwei Stunden den Ehemann unserer Frau Sosath festgenommen. Holger Sosath steht im dringenden Tatverdacht, die heutige, aber auch vorausgegangene Aktionen gegen Bezahlung verraten zu haben. Er hat versucht, sich der Festnahme durch die Flucht zu entziehen. Hat die Taten aber anschließend bereits gestanden. In seiner Vernehmung weist er ausdrücklich darauf hin, dass seine Ehefrau von diesen dunklen Geschäften nichts wusste. Als Grund für seine verwerflichen Taten hat er angeführt, bereits seit einem Jahr arbeitslos zu sein und die Abträge für sein Einfamilienhaus nicht mehr leisten zu können. Seine Frau habe auch hiervon nichts gewusst. Ihm sei es gelungen, durch geschickte Fragestellungen gegenüber seiner Frau herauszubekommen, wann Aktionen der Kriminalpolizei geplant waren. Der Beschuldigte wird morgen früh dem Haftrichter vorgeführt. Er bereut seine Tat außerordentlich. Abschließend möchte ich noch eine Erklärung zu dem heutigen Einsatz abgeben. Für viele sicherlich der ungewöhnlichste, den sie je mitgemacht haben. Bereits seit längerer Zeit stand fest, dass polizeiliche Aktionen auf nicht erkennbaren Wegen an die Gegenseite verraten werden. Konspirative Ermittlungen im Vorfeld haben ergeben, dass der Ehemann von Frau Sosath möglicherweise für die Taten infrage kam, zumal seine Frau Detailkenntnisse von allen Einsätzen hatte, da sie diese schließlich schreiben musste. Daher haben der Leiter des Mobilen

Einsatzkommandos, Peer Pierrets, und ich gemeinsam beschlossen, die heutige Aktion unter ganz außergewöhnlichen Sicherheitsaspekten laufen zu lassen. Zum Schutz und im Interesse aller Beteiligten haben wir die Anfahrt unterbrochen und ein Umsteigen auf Fahrzeuge der Bereitschaftspolizei veranlasst. Da somit keiner das endgültige Ziel bis zum Schluss kannte, konnte auch niemand der Beteiligten bei einem erneuten Verrat verdächtigt werden. Außerdem wurde der Kreis der Verdächtigen dadurch auf nur ganz wenige Personen begrenzt. Durch die vorausgegangenen verdeckten Ermittlungen war bereits bekannt, dass Holger Sosath seit längerer Zeit arbeitslos war und in Geldschwierigkeiten steckte. Da er neben seiner Frau als einziger Nicht-Beteiligter das genaue Einsatzziel kannte, wurde die heutige Gelegenheit genutzt, um den Beweis seiner Täterschaft anzutreten und die undichte Stelle endgültig zu schließen. Für diese außergewöhnlichen Sicherheitsmaßnahmen bitte ich nochmals um Nachsicht. Für ihre Einsatzbereitschaft bedanke ich mich. Danke!«
Ein nicht alltäglicher Einsatz findet sein Ende. Peer Pierrets, sein gesamtes Team und die Gastermittler aus Hamburg sind mit dem Ergebnis der »Aktion Winnewupp« zufrieden, dennoch hoffen alle, einen ähnlichen Auftrag sobald nicht wieder übernehmen zu müssen.

Holger Sosath hat später zugegeben, für jeden Verrat zwei- bis dreitausend Mark erhalten zu haben. Er wurde neben einer Geldstrafe zu einer Freiheitsstrafe auf Bewährung verurteilt. Seine Ehefrau konnte im Staatsdienst bleiben, wurde jedoch auf eigenen Wunsch in einen anderen Verwaltungszweig versetzt.

Ein konspirativer Deal

Eine Observation zur Überführung eines mutmaßlichen Brandstifters ist beendet. Peer Pierrets hat gemeinsam mit seinen Beamten fast einen Monat lang jede Nacht auf der Straße oder im Fahrzeug zugebracht, um einen gefährlichen Täter zu ermitteln. Eine Erholungsphase ist dringend erforderlich und so reduziert er die Mannschaftsstärke aus Gründen der Fürsorge auf ein Minimum.

Da seine verdeckten Ermittler aufgrund des Fremdeinsatzes keine eigenen Aktivitäten entfalten konnten, entschließt er sich, mit der ohnehin geschwächten Mannschaft eine Hitliste der zehn Topganoven seines Zuständigkeitsbereichs zu erstellen.

Sein Ziel ist es, herauszufinden, ob bei diesen Personen, die ihren bisherigen Lebensunterhalt überwiegend oder ausschließlich durch Straftaten bestritten haben, die äußeren Lebensumstände Auffälligkeiten aufweisen.

Die Selektion soll sich zunächst auf die benutzten Fahrzeuge und auf möglicherweise vorhandene Luxusgegenstände wie Immobilien, Yachten, Rennpferde oder andere außergewöhnliche Sachwerte beziehen.

Bei der beschriebenen Vorgehensweise legt Pierrets besonderen Wert auf die Feststellung, dass seine Sondereinheit ausschließlich gegen Kriminelle ermittelt, die schwerste Straftaten verüben. Hierzu zählen unter anderem Bandendiebstähle, Brandstiftung, Erpressung, Menschenhandel, Überfälle auf Banken und Geschäfte, Falschgelddelikte und Geiselnahme. Sehr häufig kommt

sein Spezialkommando zum Einsatz, wenn herkömmliche Ermittlungsmethoden nicht greifen und zum Teil jahrelang vergeblich versucht wurde, diese mit allen Wassern gewaschenen Kriminellen zu überführen.
Neben den büromäßigen Recherchen erfolgen Ermittlungen vor Ort, werden Personen befragt und Observationen durchgeführt. Mosaiksteinchen für Mosaiksteinchen wird gesammelt und zu einem Gesamtbild zusammengefügt. Die Ergebnisse sind oft sehr aufschlussreich und bieten in einer Vielzahl von Fällen neue Ermittlungsansätze.
Zusammen mit seinem Team konzentriert Peer Pierrets sich nach Überprüfung mehrerer Personen und der Auswertung aller Fakten auf einen Mann namens Edgar Janosch. Die Kriminalakte dieses Berufsverbrechers spricht eine deutliche Sprache. Sie ist so umfangreich, dass sie alphabetisch in drei Ordner unterteilt werden musste.
Bereits als Jugendlicher war er wiederholt straffällig geworden und zu mehrjährigen Jugendstrafen in Niedersachsen und anderen Bundesländern verurteilt worden. Weitere Freiheitsstrafen zogen sich auch als Erwachsener durch sein gesamtes Leben. Freiheitsentziehungen erfolgten unter anderem wegen schweren gemeinschaftlichen Diebstahls, gemeinschaftlichen Raubes, Verstoß gegen das Waffengesetz, Verstoß gegen das Kriegswaffenkontroll- und Betäubungsmittelgesetz sowie wegen Körperverletzung, um nur die wesentlichen Delikte zu nennen. Insgesamt waren die Aufenthalte hinter Gittern länger als sein Leben in Freiheit. Die letzte rechtskräftige Verurteilung lag allerdings schon mehrere Jahre zurück. Das konnte daran liegen, dass er aufgrund seines Alters zur Vernunft gekommen war oder aber, dass er noch vorsichtiger und raffinierter geworden war. Nicht auszuschließen war allerdings auch, dass er als Chef einer kriminellen Vereinigung nur noch im Hintergrund agierte und die Drecksarbeit von anderen ausführen ließ.
Was auch immer der Grund ist, Peer Pierrets will es herausfinden. Von Informanten wurde verschiedentlich erwähnt, dass er möglicherweise als Geldgeber am internationalen Autohandel beteiligt ist. Konkrete Angaben konnte oder wollte man jedoch nicht machen. Auch war niemand zur gezielten Informationsbeschaffung bereit. Sicherlich aus gutem Grund.

Edgar Janosch, bereits 46 Jahre alt, lebt mit seiner Lebensgefährten in einer gemieteten Villa, die durch einen hohen, kunstgeschmiedeten Eisenzaun hermetisch von der Außenwelt abgeriegelt ist. Neben dem mit Schiefer eingedeckten Hauptgebäude befinden sich drei Garagen, die mindestens die Grundfläche eines Zweifamilienhauses haben. Die Sicht auf das Anwesen wird größtenteils durch immergrüne Pflanzen versperrt. Darüber hinaus wird das Grundstück durch schwenkbare Überwachungskameras gesichert. Zwei frei laufende Doggen sichern zusätzlich das Grundstück und machen das gesamte Anwesen praktisch zu einer uneinnehmbaren Festung.
Die Villa gehört einem Industriellen, der sie nach dem Tod seiner Frau möbliert für monatlich zweitausendvierhundert Mark vermietet hat. Eine Miete, von der andere Familien bequem die Abträge für einen Neubau finanzieren.
Nach Auskunft des Straßenverkehrsamtes verfügt Edgar Janosch über zwei Personenkraftfahrzeuge und zwei Motorräder. Bei den Fahrzeugen handelt es sich um einen Mercedes 600 SL, einen Mercedes-Sportwagen, ein BMW-Krad und eine Harley Davidson. Allein die beiden Personenkraftwagen haben in der entsprechenden Ausstattung zusammen einen Wert von über 190.000 DM.
Über das Grundbuchamt erfahren sie außerdem, dass er im Besitz eines mehrere Hektar großen Waldgrundstücks mit einem angrenzenden Angelsee ist. Dieses Anwesen hatte er erst im Jahr zuvor auf einer Zwangsversteigerung im zweiten Termin für 90.000 DM erworben.
Da Janosch zur örtlichen Szene so gut wie keinen Kontakt hat, geht Peer Pierrets davon aus, dass er sein Betätigungsfeld nach außerhalb, möglicherweise sogar ins Ausland verlegt hat. Für Pierrets steht fest, dass Edgar Janosch weiterhin von kriminellen Handlungen lebt. Alle Umstände sprechen dafür.
Einer geregelten Arbeit geht er offensichtlich nicht nach. Durch sporadische Observationen haben die Männer der Sondereinheit herausgefunden, dass er sich tagelang zu Hause oder auf seinem Freizeitgelände aufhält. Um zu erkunden, welche Aktivitäten er wann entwickelt und womit er sein Geld verdient, versuchen die Beamten, ein genaues Bewegungsdiagramm von ihm zu erstellen. Eine äußerst schwierige und zeitintensive Angelegenheit, wie sich schon bald herausstellt.

Es hat den Anschein, dass Janosch permanent davon ausgeht, observiert zu werden. Nach Verlassen seines Grundstücks fährt er grundsätzlich irgendwelche Schikanen, parkt in Hoch- oder Tiefgaragen, rangiert, fährt rückwärts und hält auffallend nach allen Seiten Ausschau. Die Beamten sind sich nicht sicher, ob dieses Verhalten noch als Vorsichtsmaßnahme zu werten ist oder ob es schon erste Anzeichen von Paranoia sind.
Pierrets und sein Team reagieren entsprechend und nehmen die Observation in der Folgezeit erst Kilometer von seinem Anwesen entfernt auf. Sie haben inzwischen herausgefunden, dass Janosch schwerpunktmäßig in den Abend- bzw. Nachtstunden aktiv wird und sich vornehmlich in einer Bar bei Bremerhaven aufhält. Die Aufenthalte dauern oft bis in die Morgenstunden.
Durch routinemäßige Verkehrskontrollen konnte festgestellt werden, dass er offensichtlich keinen Tropfen Alkohol trinkt. Seine bevorzugten Getränke in der Bar scheinen Wasser mit Zitrone oder Früchtetees zu sein. Ein wirklich cooler Typ. Sein jetziges Verhalten zeugt von äußerster Selbstdisziplin. Sicherlich war das nicht immer so.
Peer Pierrets will nach Möglichkeit versuchen, Kontakt zu Janosch aufzunehmen. Da dieses auf direktem Wege unmöglich ist, beauftragt er Jens und Markus, zwei verdeckte Ermittler, ihr Betätigungsfeld nach Bremerhaven zu verlegen. Sie sollen zunächst versuchen, Kontakt zu den führenden Personen der örtlichen Szene herzustellen, um so möglicherweise an die maßgeblichen Leute um Janosch heranzukommen. Wenn überhaupt, scheint das der einzige Erfolg versprechende Weg zu sein.
Für diesen Einsatz wird Markus mit einer lupenreinen Vita eines soeben entlassenen Häftlings aus einer süddeutschen Strafanstalt ausgestattet. Die noch druckfrischen Entlassungspapiere haben allerdings nur symbolischen Charakter, ausweisen wird er sich damit sicherlich nicht. Auch Jens verfügt über Ausweispapiere, die ihm eine neue Identität verleihen.

Es ist ein Freitag, als Jens und Markus gegen 23.30 Uhr mit ihrem getunten BMW, achter Serie, das erste Mal auf den Parkplatz der Bar fahren und diesen demonstrativ in der Nähe des Eingangsbereiches abstellen. Der Wagen ist tiefer gelegt, hat zusätzliche Front- und Heckspoiler und ist mit vielen Extras ausgestattet.

Als sie die Bar betreten, strömt ihnen ein süßlicher Geruch entgegen. Ein untrügliches Indiz. Hier werden in einer Ecke der verwinkelten Bar sicherlich »Tüten« geraucht. Es riecht nach Haschisch, möglicherweise schwarzem Afghanen. Jens und Markus kümmert es nicht. Ihre Zielrichtung ist heute eine andere. In der Bar ist noch alles übersichtlich. Nur auf den Barhockern rund um die Theke sitzen bereits einige Gäste und lassen sich von den hübschen, leicht bekleideten Bardamen bedienen.
Jens und Markus halten Ausschau nach einem Platz, von dem aus sie nach Möglichkeit viel von den Räumlichkeiten und den Gästen sehen können. Sie versuchen, sich zwischen den auf Barhockern sitzenden Gästen und einer rückwärtigen Wand hindurch zu zwängen, um in einer Ecke Platz zu nehmen. Hierbei kommt es zu einer ersten verbalen Auseinandersetzung mit einem Gast, als dieser versehentlich angestoßen wird.
»Eh, pass besser auf, du Penner«, ist dessen überzogene Reaktion. Markus bleibt ruhig. Er ignoriert den Typ und lässt sich nicht weiter provozieren. Das aber auch nur, weil er in diesem Laden weder Personen noch Hierarchien kennt. Unter anderen Umständen hätte er eine solche Äußerung nicht ungestraft hingenommen. Ein Pferdekuss oder ein hochgezogenes Knie wäre vermutlich die kommentarlose Antwort gewesen. So belässt er es bei einem strafenden Blick.
Auch Jens hätte gerne seinen Beitrag geleistet. Obgleich er mit seinen 1,80 Metern relativ klein wirkt, nimmt er es doch mit jedem auf. Er ist mehrfacher Danträger und hat bereits an verschiedenen internationalen Judo- und Karatemeisterschaften teilgenommen.
Während Jens ein alkoholfreies Getränk bei einer hübschen Bedienung in Auftrag gibt, bestellt Markus einen Whisky mit Cola.
»Ist sie nicht hübsch«, beginnt Jens die Unterhaltung als die Bedienung sich umdreht, um die Getränke zu holen.
»Ja, ganz nett«, antwortet Markus und wendet sich wieder den anderen Gästen zu. Er spürt, dass sie von einigen Besuchern sehr genau beobachtet werden. Die Bedienung kommt mit zwei Gläsern zurück und stellt sich ganz demonstrativ vor Jens in Positur.
»Sagten Sie nicht soeben, dass sie mich ganz nett finden? Ist das ehrlich gemeint oder sagen Sie das zu allen Frauen?«

Jens ist überrascht. »Nein, das stimmt nicht, ich sagte hübsch! Aber das war eigentlich nicht für Ihre Ohren bestimmt. Ich wollte lediglich meinen Bekannten auf Sie aufmerksam machen. Da Sie es aber ohnehin schon gehört haben, ich meine es ganz ehrlich.«

»Das ist nett von Ihnen. Ich mag Sie auch!«

Nachdem sich beide eine Weile unterhalten haben, fragt sie Jens, ob sie sich ein Glas Champagner einschenken darf.

»Sie dürfen, weil Sie so nett sind und ich mir keine charmantere Gesprächspartnerin vorstellen kann.«

»Schmeichler«, ist ihre knappe Erwiderung. Kurz danach stoßen sie auf einen schönen Abend an. Die Unterhaltung ist sehr angeregt. Schließlich erzählt sie ihm, dass sie studiert und diesen Job nur nebenbei macht und das auch erst seit fünf Tagen. Jens muss schmunzeln.

»Was ist los, warum grinsen Sie?« ist ihre erstaunte Frage.

Jens lächelt immer noch, »Weil alle Barfrauen, die ich kenne, angeblich Studentinnen sind.«

»Das ist gemein«, sagt sie schmollend. »Was sollte ich für einen Grund haben, Ihnen nicht die Wahrheit zu sagen. Ich studiere wirklich Germanistik und Sport. Wenn Sie wollen, kann ich Ihnen auch meine Immatrikula…«

Weiter kommt sie nicht. Während der Unterhaltung wird sie unvermittelt von einer mit einem schillernden Kostüm gekleideten Frau angesprochen. »Eyreen, kommst du bitte mal.« Der Ton ist streng, herrisch. Beide Frauen verlassen den Barraum und begeben sich in einen durch eine Spiegelglastür getrennten hinteren Raum. Erst nach etwa fünf Minuten kommt sie wieder. Ihre Stimme ist belegt, die Augen immer noch feucht.

»Was ist los? Was ist passiert?«

»Ich habe Schimpfe bekommen. Ich soll nicht soviel mit Ihnen reden, sondern mehr Umsatz machen und mich auch um andere Gäste kümmern.«

Jens beugt sich vor und flüstert. »Wer war das überhaupt?«

»Das ist hier die Geschäftsführerin, die Freundin von Harry.«

»Und wer ist Ha…?« Jens stockt, als er erkennt, dass sie abermals im Fokus der soeben erwähnten Dame stehen.

»Schenk dir noch ein Glas Champagner ein. Dann können wir uns jedenfalls noch etwas unterhalten und deine Chefin hat keinen Grund zu meckern.«

»Danke, lieb von dir.« Aus dem förmlichen »Sie« ist ganz unvermittelt ein persönliches »du« geworden.
Mittlerweile graut der Morgen und Markus drängt zum Aufbruch. Trotz mehrerer Gläser Whisky, die er im Laufe der Nacht getrunken hat, ist er hellwach. Seinem geschulten Blick ist nichts entgangen.
»Was habe ich da mitbekommen, der Laden gehört einem Harry?«
»Ja, das hat Eyreen jedenfalls gesagt.«
»Ich meine, um den sollten wir uns mal kümmern.«
»Ja, ich glaube aber nicht, dass das so einfach ist. Aber was soll's, schließlich war es unser erster Abend in der Bar.«
»Hast du was von Janosch gesehen oder gehört?«
»Nein, der war heute nicht da.«
»Dann eben ein andermal, wir haben Zeit.«
Es ist kurz vor 6.00 Uhr in der Frühe, als Jens und Markus ihren Wagen in einer angemieteten Garage abstellen. Beide sind »hundemüde« und müssen erst einmal ausschlafen, bevor sie Pierrets im Laufe des Nachmittags telefonisch Bericht erstatten und ihre Anträge auf Erstattung »besonderer Fahndungskosten« schreiben. Der Abend in der Bar war nicht billig.
In der Nacht von Sonnabend auf Sonntag fahren sie erneut nach Bremerhaven und suchen die Bar auf. Sie verfolgen kein besonderes Ziel, sondern möchten lediglich schauen, wie der Laden läuft und selbst gesehen werden. Da der Parkplatz belegt ist, parken sie ihr auffälliges Fahrzeug erneut in unmittelbarer Nähe des Eingangs außerhalb der vorgesehenen Markierungen.
Nachdem Jens wiederum sein Wasser mit Zitrone und Markus seinen Whisky-Cola bestellt hat, kommen sie zufällig mit einem Typen ins Gespräch, der auch schon am Abend zuvor in dem Laden war und der sie ganz unverhohlen gemustert hat.
»Was macht ihr für Geschäfte?« ist seine direkte Frage, nachdem er zuvor allerlei belangloses Zeug geredet hatte. »Habt ihr Interesse an Unterhaltungselektronik? Die kann ich euch ganz billig anbieten. Braucht nur zu sagen, was ihr haben wollt!«
»Nein danke, ist nicht unsere Richtung.« Markus wehrt ab und versucht das Gespräch zu beenden. Doch sein Gegenüber bleibt hartnäckig.
»Was wollt ihr? Ich kann euch alles besorgen. Schmuck, Uhren, Camcorder, die teuersten Brillen und die besten Hifi-Anlagen. Ich

komme überall 'ran. Außerdem kenne ich eine Menge Leute. Ihr müsst mir nur sagen, was ihr braucht.«
»Ne, ne, lass mal, es sei denn, du hast auch 'ne Connection zu Autos?« Markus ist sich nicht sicher, ob er diese Frage zu spontan gestellt hat.
»Zu Autos? Hm, nicht direkt, aber ich kenne jemanden, der euch da weiterhelfen kann. Kostet allerdings 'ne Kleinigkeit.«
»Ist klar, kannst dich ja mal umhören, soll dein Schaden nicht sein.«
»Okay, mach ich.« Dann trinkt er sein Glas aus und verabschiedet sich mit den Worten »man sieht sich.«
Markus wendet sich wieder Jens zu. »Glaubst du auch, dass der jetzt raus geht um unseren Wagen abzuchecken? Wir müssen aufpassen. Möglich, dass er wissen will, wo wir hinfahren.«
Eine halbe Stunde später drängt Jens zum Aufbruch. »Lass uns fahren, für heute reicht es! Besser konnte der Einstieg nicht laufen.«
»Die Hauptsache ist, dass das kein Spinner ist und er in der Szene auch anerkannt wird.«
»Ich denke schon, eigentlich macht er einen ganz soliden Eindruck. Wir werden sehen.«
Als beide sich auf dem Heimweg befinden und jeder seinen Gedanken nachhängt, will Markus plötzlich von Jens wissen, wo heute eigentlich die nette Bedienung war.
»Woher soll ich das wissen?«
»Na, du hast dich doch gestern die ganze Nacht mit ihr unterhalten und nur Augen für sie gehabt.«
Jens spielt den Entrüsteten. »Eh, Alter, was soll das heißen? Das habe ich alles nur im Interesse der Sache getan. Wer hat denn schließlich erfahren, dass ein gewisser Harry hier der große Boss ist? Das war doch wohl ich!«
»Okay, okay, ist schon gut, war ja nicht so gemeint!«
Jens und Markus warten bis zum nächsten Wochenende, um die Bar erneut aufzusuchen. Als sie dort in der Nacht von Freitag auf Sonnabend gegen 1.00 Uhr eintreffen, ist der Parkplatz bis auf den letzten Platz gefüllt. Da sie diesmal nicht die geringste Chance haben, ihren Wagen dort in absehbarer Zeit zu parken, drehen sie erneut eine Runde, um hoffentlich in einer Seitenstraße unweit des Lokals einen Platz zu finden. Während sie langsam durch

die nächtlichen Straßen fahren und Ausschau nach einer Parklücke halten, sehen sie unvermittelt Janoschs Sportwagen.
»Da, sieh mal«, ruft Markus voller Begeisterung, »den Schlitten kennen wir doch. Unser Freund Janosch.«
»Das verspricht eine interessante Nacht zu werden. Vielleicht bekommen wir heute ja noch Kontakt zu ihm, auszuschließen ist das jedenfalls nicht.«
Als sie die Bar betreten, kommt ihnen eine dicke Qualmwolke entgegen. Die Luft ist stickig, es riecht nach Schweiß. Der Raum ist bis auf den letzten Platz gefüllt. Die Leute stehen in Zweierreihen vor der Theke. An den Tischen sieht es ähnlich aus. Die Musik und das Stimmengewirr sind so laut, dass man sein eigenes Wort kaum verstehen kann. Nicht unbedingt ein geeigneter Ort, um mit irgendwelchen Leuten über Geschäfte zu reden.
Jens' erster Blick geht in Richtung Theke und sein Gesicht hellt sich auf, als er Eyreen erblickt. Sie ist mit dem Füllen und Verteilen von Getränken beschäftigt, so dass sie keine Zeit hat, sich um einzelne Gäste zu kümmern. Er versucht, einen Blickkontakt herzustellen. Vergebens. Sie hat kaum Gelegenheit, die Gäste in der ersten Reihe anzuschauen. Nur wenn sie einem Gast ein Getränk reicht, lächelt sie kurz, um gleich danach voll konzentriert die nächste Bestellung entgegenzunehmen. Jens stellt sich bewusst in ihre Bedienzone und wartet geduldig bis er an der Reihe ist. Als sie ihn erblickt, nickt sie ihm freundlich zu.
»Guten Abend«, ruft er über die Köpfe der anderen hinweg. »Ich hoffe, wir haben später Gelegenheit zu einem kleinen Plausch. Jetzt hätten wir gerne ein Wasser mit Zitrone und einen Jack Daniel's.« Dabei reicht er ihr die Verzehrkarte und berührt bewusst ihre Hand. Ein kurzer Blick verrät ihm, dass sie seine Geste verstanden hat.
Markus, der mit seinen fast zwei Metern Länge die meisten Gäste überragt, hält Ausschau nach Janosch. Er kann ihn weder im Thekenbereich noch an irgendeinem Tisch ausmachen. Dafür sieht er aber seinen Gesprächspartner der letzten Woche, der ihn offensichtlich gleich beim Betreten der Bar bemerkt hat und ihm jetzt zuwinkt. Markus hebt gleichfalls kurz die Hand und macht deutlich, dass auch er ihn gesehen hat.
Es ist fast 4.00 Uhr, als sich die Bar soweit geleert hat, dass Jens und Markus einen Platz an der Theke finden.

Eyreen wirkt müde und abgespannt. Bisher brauchte sie keine Gäste zum Trinken zu animieren. Sie hatte genug damit zu tun, die einzelnen Bestellungen entgegenzunehmen und die Getränke zu verteilen. Jetzt wurde es Gott sei Dank etwas ruhiger. Auch der Lärmpegel hält sich mittlerweile in Grenzen, so dass man sich wieder normal unterhalten kann.
Jens freut sich, in Eyreens Nähe zu sein und sucht das Gespräch. »Darf ich dir einen Champagner ausgeben oder darfst du heute nicht trinken?«
»Doch, ich darf und von dir nehme ich ihn gerne!« Sie lächelt ihm zu.
»Heute war ja bei euch der Teufel los«, setzt Jens die Unterhaltung fort. »Ist das immer so?«
Eyreen schaut ihn prüfend an. »Das kann ich dir nicht sagen, ich habe dir doch erzählt, dass ich erst seit kurzem hier arbeite. Hast du das vergessen oder glaubst du mir immer noch nicht?«
»Oh, ja, entschuldige bitte, ich habe nicht daran gedacht.«
Jens kann nicht erkennen, ob sie die Entschuldigung angenommen hat, da sie sich im gleichen Moment zwei Gästen zuwendet, die erneut eine Bestellung aufgeben möchten. Als sie zurückkommt, bemüht er sich, das Gespräch erneut aufzunehmen.
»Hast du letzte Woche noch Ärger mit deinem Chef oder deiner Chefin bekommen?«
»Mit meinem Chef? Wen meinst du?«
»Na, diesen Harry, das ist doch dein Chef, oder?«
»Nein, Harry ist nicht mein Chef, dem gehört nur die Bar. Aber der sitzt hinten und pokert mit irgendwelchen Bekannten.«
Als Eyreen außer Hörweite ist, um einen anderen Gast zu bedienen, stößt Jens Markus mit dem Fuß an und flüstert ihm zu: »Hast du das mitbekommen, die zocken in irgendwelchen Hinterzimmern. Kein Wunder, dass wir ihn hier nicht ausmachen können.«
»Habe ich. Damit hat sich für heute wohl alles Weitere erledigt.«
»Ja, glaube ich auch.«
Beide wollen schon aufbrechen, als der Typ mit der Unterhaltungselektronik auf sie zukommt, sich zwischen sie stellt und Jens dabei ganz demonstrativ den Rücken zudreht.
»Kann das Babyface auch was anderes als poussieren?« Dabei nickt er mit dem Kopf nach hinten und gibt unmissverständlich zu verstehen, dass er Jens meint.

Ohne eine Antwort oder Reaktion abzuwarten, fährt er fort: »Wenn du Interesse hast, kann ich dich mit jemanden bekannt machen, der sich auf Autos spezialisiert hat. Aber alleine! Er sitzt da hinten am Tisch.«
»Schwanz 'drauf, wenn wir Geschäfte machen, nicht ohne meinen Partner. Sag das deinem Typen. Außerdem wollten wir gerade gehen.«
Markus pokert hoch! Er will keinen Zweifel aufkommen lassen, wer hier die Vorgaben macht.
»Moment, Moment«, lenkt sein Gesprächspartner hektisch ein. »Ich habe ihn extra deinetwegen mitgebracht. Wart' mal einen Moment, ich hole ihn.«
Nach wenigen Augenblicken kommt er mit einem Typen zurück, der fast so groß wie Markus ist.
»Hey, ich heiße Stanislav, habe gehört, du interessierst dich für gute Gebrauchte?«
»Markus«, entgegnet er und ergreift die ihm gereichte Hand zur Begrüßung.
»Nicht nur für Gebrauchte, die können auch neu sein. Ist alles 'ne Frage des Preises und der Organisation.«
»Woran hast du gedacht, wie viele brauchst du?«
»Wie viele kannst du liefern?« will Markus wissen.
»Wenn ich Rücksprache mit meinem Boss nehme, so viel du willst!«
»Klingt gut. Besorge aber erst einmal einen. Einen neuwertigen Mercedes Sportwagen, 300 SL, oder ähnlich. Dann können wir weiter sehen.«
Bei der Bestellung des Fahrzeugs macht Markus bewusst viele Vorgaben. Er beschreibt die bevorzugte Farbe und die technischen Daten, die der Wagen nach Möglichkeit haben soll.
»Und was willst du dafür ausgeben?«
»Bis fünfzehn Riesen, maximal!«
»Okay, ich weiß Bescheid, gib mir deine Telefonnummer, ich rufe dich an.«
Markus gibt ihm die konspirative Nummer seiner Dienststelle.
»Gibst du mir deine Nummer auch?«
»Muss nicht sein, vielleicht später!«
Obgleich Markus sich über die Äußerung ärgert, lässt er sich nichts anmerken und verabschiedet sich kurz danach von Stanislav durch

Abklatschen der Hände. Hierbei flüstert er ihm kaum wahrnehmbar ins Ohr: »Und wehe, ihr versucht uns zu linken!«
Der lächelt nur. »Ciao, Alter, wir hören voneinander.«
Dann dreht er sich um und verlässt gemeinsam mit seinem Partner das Lokal.
Jens und Markus sind mit dem Verlauf der Verhandlungen sehr zufrieden. Nie hätten sie es für möglich gehalten, so schnell Kontakt zur örtlichen Szene zu bekommen. Bei anderen verdeckten Geschäften dauerten das gegenseitige Abchecken und die Vorverhandlungen oft Wochen oder Monate. Schade nur, dass sie keine Telefonnummer bekommen haben.
Als beide wenig später die Heimreise antreten wollen und Jens sich von Eyreen per Handschlag verabschiedet, übergibt sie ihm unauffällig einen gefalteten Zettel, auf dem mit rotem Lippenstift geschrieben steht: »Kannst du Mittwochabend kommen? Meine Chefin ist nicht da! Alleine, ohne deinen Freund? Ich würde mich freuen! Eyreen.«
Im Auto zeigt Jens Markus den Zettel.
»Hier, lies mal. Was rätst du mir, was soll ich machen?«
Markus überlegt eine Weile.
»Ja, mein Lieber, das ist nicht leicht. Da können wir eigentlich nur das Für und Wider ganz nüchtern abwägen. Im Interesse der Sache würde ich sagen, dass es sich durchaus lohnen kann. Die Kleine kann dir bestimmt noch viele Informationen bezüglich des Ladens und des Personals geben und möglicherweise erfährst du auch noch einiges über Harry oder über sein Umfeld. Soweit die positive Seite der Medaille. Auf der anderen Seite sehe ich eine große Gefahr, die darin besteht, dass Eyreen sich ernsthaft in dich verliebt. Ich habe nämlich das Gefühl, die mag dich und das wäre wiederum nicht gut. Weder für dich noch für sie. Wie willst du ihr irgendwann einmal erklären, dass alles, was du gemacht hast, zielgerichtet nur der Überführung und Festnahme einiger Ganoven diente. Du würdest sie sicherlich maßlos enttäuschen und das zu Recht. Ich weiß nicht, ob du das mit deinem Gewissen vereinbaren kannst. Eine dritte Möglichkeit sehe ich im Moment leider nicht. Du musst schon alleine entscheiden, was du willst.«
Jens schaut ihn an. »Klasse, du bist mir ein echter Freund und Ratgeber. Jetzt bin ich genau so schlau wie vorher.« Seine Enttäuschung wirkt dennoch nur vordergründig.

Es ist Mittwochnacht, als Jens mit einem Golf GTI in Richtung Bremerhaven unterwegs ist. Alleine!
Er hat sich ordnungsgemäß beim Lage- und Führungszentrum angemeldet und sein Einsatzgebiet verschlüsselt über Funk durchgegeben. Peer Pierrets weiß ebenfalls Bescheid. Er ist über den Sachverhalt informiert und hat seinem Mann die Entscheidung überlassen. Als langjähriger Leiter der Sonderheit ist er sich der Brisanz einiger Einsätze sehr wohl bewusst. Sein Leitspruch lautet aber seit eh und je: »Außergewöhnliche Rechtsverstöße erfordern auch außergewöhnliche Ermittlungsmethoden.« Der Erfolg hat ihm in unendlich vielen Fällen Recht gegeben.
Als Jens die Bar betritt, wird er sogleich von Eyreen wahrgenommen. Sie strahlt und gibt ihm ein Zeichen, in die äußerste Ecke der Theke zu kommen. Dann begrüßt sie ihn herzlich.
»Schön, dass du gekommen bist. Ich habe schon den ganzen Abend gewartet. Jedes Mal wenn die Tür aufging, habe ich gehofft, dass du herein kommst. Na, jetzt bist du jedenfalls da. Ich freue mich. Was möchtest du trinken?«
»Wasser, wie immer. Du weißt, wenn ich Auto fahre, trinke ich nicht.«
»Schade, ich hätte dich so gerne mal beschwipst erlebt, du bist sonst immer so ernst.«
Die Stunden in der Bar vergehen wie im Flug. Obgleich Eyreen zwischendurch auch andere Gäste bedienen muss, bleibt genügend Zeit für eine angeregte Unterhaltung und einen intensiven Flirt. Ihre Augen strahlen.

Der Ankauf eines gestohlenen Wagens steht bevor. Wie üblich bei verdeckten Ermittlungen, geschieht alles in enger Absprache mit der Staatsanwaltschaft und mit den geschädigten Versicherungen oder einem Haftpflichtverband.
Nach intensiven Verhandlungen gelingt es Markus und Jens, von einer geschädigten Versicherung 20.000 DM Einweggeld für den Kauf eines Fahrzeugs zu erhalten. Durch den Ankauf eines Wagens erhoffen sich die verdeckten Ermittler weitere Erkenntnisse über Personen, Strukturen und über die genaue Vorgehensweise beim Stehlen und Verschiebungen der Fahrzeuge, dem »modus operandi«.
Es vergehen genau sechs Tage, bis das konspirative Telefon klingelt und Stanislav sich mit einem kurzen »Hallo« meldet. »Hast du mor-

gen Zeit? Ich schlage vor, wir treffen uns um 16.00 Uhr im Stadtcafé in Bremerhaven. Mein Bekannter will dich kennen lernen.«
Markus ist erstaunt. Eigentlich hatte er einen telefonischen Übergabetermin erwartet und keine erneute Begegnung mit einem Unbekannten. Dennoch willigt er ein.
Als Jens und Markus zum verabredeten Termin das Café betreten, werden sie bereits erwartet. Stanislav sitzt in einer Ecke des Cafés. Neben ihm sitzt ein Typ, der sich kurz mit Harry vorstellt und sofort zu verstehen gibt, dass er der Wortführer ist. Markus schätzt ihn auf Mitte dreißig. Er vermittelt den Eindruck eines smarten Geschäftsmannes oder aber, bei kritischer Betrachtung, den eines Lebemannes oder Zuhälters. Seine Kleidung ist extravagant. Die mit Seide unterfütterten Ärmel seines Jacketts sind drei Zentimeter umgeschlagen, so dass seine Rolex und eine schwere goldene Panzerkette an seinem Armgelenk unübersehbar sind. Die gewellten, schulterlangen Haare glänzen und lassen hin und wieder einen Brillanten im Ohr zum Vorschein kommen, die Fingernägel sind manikürt.
Seine Aussprache ist sehr leise und betont, als er Markus ohne Umschweife fragt, woher sie kommen und ob sie den Wagen für eigene Zwecke haben wollen.
Die folgende Unterhaltung dauert ungefähr eineinhalb Stunden, bis Markus und Jens offensichtlich akzeptiert werden und Harry die Übergabe des Fahrzeugs bereits für den nächsten Tag vorschlägt. Einen genauen Zeitpunkt und den Übergabeort nennt er noch nicht.
»Wir telefonieren morgen«, ist sein einziger Kommentar. Dann steigt er zusammen mit Stanislav in einen sehr gut gepflegten roten Porsche E 911, Baujahr 1975, mit Hamburger Kennzeichen und fährt davon.
Eine Telefonnummer haben sie immer noch nicht. Dennoch sind Jens und Markus zufrieden. Sie sind auf der richtigen Spur. Ihre neuen Bekannten sind offensichtlich genau die Leute, die sich seit Jahren auf Blitzeinbrüche in Juwelier- und Optikergeschäfte und auf den Diebstahl von hochwertigen Limousinen spezialisiert haben. Die zeitaufwendigen Barbesuche und die damit verbundenen hohen Geldausgaben für Getränke scheinen sich auszuzahlen.
Das Telefonat am nächsten Tag ist kurz. »Mitternacht auf dem Parkplatz ›Grundbergsee‹, Fahrtrichtung Bremen.« Danach wird

aufgelegt. Auch war es nicht Stanislav, sondern Harry, der das Gespräch geführt hatte. Offensichtlich befürchtet er, abgehört zu werden und ist deswegen so vorsichtig!

Peer Pierrets überlässt Jens und Markus die Entscheidung für ihr weiteres Vorgehen. In dieser Phase der Ermittlungen sind sie die Protagonisten und können die Situation am besten beurteilen. Verschiedene Möglichkeiten, beispielsweise die einer Observation, einer fingierten Fahrzeugkontrolle oder der Einsatz technischer Geräte werden nur kurz angedacht und sofort verworfen. Beide verdeckten Ermittler sind lange genug im Geschäft, um auf sich und die 20.000 DM zu achten. Pierrets teilt lediglich drei Fahrzeugbesatzungen ein, die sich im Großraum des Übergabeortes aufhalten und über Funk die Gespräche mithören. Eingreifen sollen sie jedoch nur, wenn sie ausdrücklich angefordert werden.

Der Übergabezeitpunkt rückt näher. Jens und Markus sind bereits eine halbe Stunde vor der geplanten Übergabe am Einsatzort. Sie stellen ihr Fahrzeug am Rande des Parkplatzes so ab, dass sie den gesamten Platz übersehen können.

Pünktlich zum verabredeten Zeitpunkt fahren zwei Fahrzeuge auf das Gelände und drehen bei mäßiger Geschwindigkeit eine große Runde. Als sie den abseits stehenden Wagen von Markus und Jens sehen, fahren sie direkt auf ihn zu und parken ihre Fahrzeuge in unmittelbarer Nähe. Harry steigt aus einem nicht sehr standesgemäßen französischen Mittelklassewagen aus, während der Fahrer des Mercedes 300 SEL im Fahrzeug sitzen bleibt.

Jens bleibt gleichfalls im Fahrzeug sitzen. Auch Markus ist ausgestiegen und geht auf Harry zu.

»Habt ihr die Kohle«, ist dessen erste Frage nach einer kurzen Begrüßung.

Markus dreht seinen Kopf in Richtung seines BMW. »Im Wagen«, ist seine ebenso knappe Antwort.

Dann geht er zum Mercedes und fordert den Fahrer auf, auszusteigen. Er inspiziert das Auto eingehend. Unterhalb des Türschlosses ist offensichtlich manipuliert worden. Auch das Lenkradschloss wurde mit brachialer Gewalt geknackt, so dass einige Kabel von der Lenksäule herunter hängen. Ansonsten macht der Wagen jedoch einen Top-Eindruck. Die lederne Innenausstattung ist wie neu. Auch die Lackierung ist in einem tadellosen Zustand und weist nicht die geringsten Gebrauchtspuren auf.

»Was musst du dafür haben?«

»Achtzehn Riesen«, ist Harrys Antwort.

»Sechzehn! Okay?«

»Ne, einigen wir uns auf Siebzehn. Einverstanden?«

»Okay, weil es das erste ist, will ich nicht weiter handeln. Die nächsten müssen aber billiger werden.«

Markus geht zum BMW, lässt sich von Jens mehrere Fünfhunderter und Tausender geben und reicht sie Harry. Nachdem dieser die Scheine gezählt hat, verabschieden sich die Männer mit einem kurzen »man sieht sich.« Dann steigen er und der unbekannte Fahrer des entwendeten Mercedes in ihr Auto und fahren davon. Harry hat es eilig. Die ganze Aktion hat keine zehn Minuten gedauert.

Markus, der hinter dem Lenkrad des Mercedes Platz genommen hat, bemüht sich zunächst vergebens, den Motor in Gang zu setzen. Er weiß nicht, welche Kabel verdrahtet werden müssen. Auch er ist angespannt und so dauert es eine ganze Weile, bis er den Motor starten kann. Als die beiden endlich losfahren können, ergibt sich schon bald die nächste Schwierigkeit. Bei jedem Umlenken arretiert der Bolzen des Lenkradschlosses und muss jeweils mit einem kräftigen Ruck wieder in die neutrale Stellung gebracht werden. Außenstehende müssen den Eindruck einer Trunkenheitsfahrt haben.

Markus und Jens sind froh, als sie in den Morgenstunden die Dienststelle erreichen. Die übrigen Kollegen, die teilweise zunächst die Rückfahrt gesichert haben, warten bereits. Sie sind neugierig auf den gestohlenen Wagen.

Bereits am nächsten Tag wird der PKW in eine Polizeiwerkstatt gebracht, wo er nach Pierrets Vorgaben umgerüstet wird. Die beschädigte Tür wird repariert, das komplette Lenkrad ausgebaut und durch ein Lenkrad aus Rosenwurzelholz ersetzt. Danach wird es mit einem neuen Kennzeichen und viel zusätzlichem Chrom ausgestattet, so dass es im Zuge dieser Ermittlungen erneut eingesetzt werden kann. Eine Genehmigung der Staatsanwaltschaft liegt vor.

Es vergehen drei Wochen, bis Markus und Jens zum ersten Mal wieder Kontakt zu Harry haben. Alle drei treffen sich ohne Absprache in der Bar bei Bremerhaven. Harry ist zuerst geschockt, als er hört, dass sie mit dem gestohlenen Wagen unterwegs sind. Dieses Entsetzten schlägt aber schon bald in Bewunderung um, als er das aufgemotzte Fahrzeug sieht und hört, dass die Fahrzeugpapiere ebenfalls Originale sind und jeder Kontrolle Stand halten. Er ist begeistert.

Die drei verbringen eine lange Nacht in der Bar. Jens und Markus vermeiden an diesem Abend bewusst über Folgegeschäfte zu sprechen. Für heute haben sie ihr Ziel erreicht. Sie sind sich sicher, dass die Story mit ihrem Mercedes die Runde macht.

Er behält Recht. Es dauert keine Woche bis das »Konspi-Telefon« erneut klingelt.

»Harry hier. Habt ihr in den nächsten Tagen Zeit? Wir würden uns gerne mit euch treffen. Ort und Zeitpunkt überlassen wir euch.«

Markus triumphiert innerlich. Wieder einmal scheint die so oft angewandte Taktik erfolgreich zu sein. Sie sind es, die erstmals den Treff vorgeben. Ein bedeutsamer Schritt bei allen folgenden Aktionen.

»Nächste Woche klappt es nicht, da sind wir in England. Aber wenn ihr wollt, können wir uns gleich zu Beginn der übernächsten Woche sehen.« Er zögert den nächsten Treff bewusst hinaus.

»Und wo?«

»Ich schlage vor, im Restaurant der bekannten Raststätte, Zeit wie gehabt.«

»Okay, einverstanden, bis dann.«

Markus und Falko erreichen die Raststätte Grundbergsee zur verabredeten Zeit. Falko ist ebenfalls ein erfahrener Mann. Er ist älter und wirkt seriöser als Jens. Ihm kommt die Rolle des Zwischenhändlers zu. Diesmal ist es umgekehrt, als beide den Gastronomiebereich betreten, werden sie bereits erwartet.

Auch Harry ist in Begleitung einer Person, die bisher noch bei keinem Treff dabei war. Doch bevor Harry den Vornamen seines Bekannten nennt, wissen Markus und Falko, mit wem sie es zu tun haben. Es ist Edgar Janosch persönlich. Auch wenn die letzte erkennungsdienstliche Behandlung Jahre zurückliegt, ist die Ähnlichkeit mit dem dreiteiligen Lichtbild unverkennbar.

Nachdem sich die Vier bekannt gemacht haben, kommt Harry ohne Umschweife auf das Geschäft zu sprechen. Er bietet fabrikneue Mercedes-Fahrzeuge der gehobenen Klasse in beliebiger

Stückzahl an. Die Fahrzeuge stünden bereits auf Abruf und könnten in den nächsten Tagen übergeben werden.
Markus und Falko haben Mühe, ihr Hochgefühl unter Kontrolle zu halten. Nach einigem Zögern schlägt Markus ein. Die Preise sind sensationell. Dass er sich bezüglich der Stückzahl nicht festlegen kann und erst Rücksprache mit seinem Geldgeber nehmen muss, wird problemlos akzeptiert.
Harry verspricht, sich in den nächsten Tagen erneut zu melden. Er ist immer noch nicht bereit, seine Telefonnummer herauszugeben.

Die folgenden Tage sind ausgefüllt mit Besprechungen und Planspielen. Peer Pierrets beabsichtigt, soviele Fahrzeuge wie möglich zu bestellen, um eine entsprechend große Zahl von Festnahmen durchführen zu können. Am liebsten würde er die gesamte Gang geschlossen aus dem Verkehr ziehen. Dies scheint allerdings kaum vorstellbar, zumal nicht einmal die genaue Anzahl der Bandenmitglieder bekannt ist.
Zunächst konzentriert Pierrets sich darauf, einen geeigneten Übergabeort zu finden. Der Platz für das Verladen der Fahrzeuge muss so beschaffen sein, dass ein dreiundzwanzig Meter langer Autotransporter problemlos rangieren kann. Auch muss hinter dem Transporter so viel Platz sein, dass der Ladevorgang ohne Schwierigkeiten von rückwärts erfolgen kann. Hierzu benötigen die Fahrer der zu verladenden PKWs eine entsprechend lange Anfahrt, zumal der Ladevorgang über schmale Metallrampen ohnehin schon schwierig genug ist und großes fahrerisches Können erfordert. Auch sollte der Platz möglichst geschützt sein und wenig Einsicht von außen bieten, damit das Geschäft bzw. der Ladevorgang in Ruhe abgewickelt werden kann.
Nach langem Suchen erscheinen ihm zwei Plätze besonders geeignet. Es handelt sich jeweils um Verladeplätze in Industriegebieten, die nahe der Autobahn Hamburg - Bremen gelegen sind. Beide Plätze erfüllen alle Voraussetzungen für eine ungestörte Übergabe. Pierrets Vorbereitungen sind akribisch.
Um die große Anzahl der externen Einsatzkräfte später effektiv einsetzen zu können, benötigt er Übersichtsaufnahmen der ausgewählten Plätze mit ihren Zuwegungen und den umliegenden Örtlichkeiten. Um das zu ermöglichen, nimmt er Rücksprache

mit der dort zuständigen Hubschrauberstaffel und bittet um Unterstützung für den bevorstehenden Einsatz. Die Piloten sind dankbar für jeden Einsatz außerhalb ihrer Autobahn-Kontrollflüge. Während eines Fluges machen Pierrets und sein Vertreter Barkemeyer mit ihren Spezialkameras gestochen scharfe Bilder von den Plätzen, den umliegenden Wegen und Örtlichkeiten. Diese brillanten großformatigen Luftaufnahmen bilden später die Grundlage des Einsatzes. Anhand der Bilder und unter Zuhilfenahme einer entsprechenden Generalstabskarte werden dann die verschiedenen Standorte der Einsatzkräfte festgelegt.
Als nächstes muss die Frage des Transportes geklärt werden. Pierrets' Einschätzung nach wäre es unprofessionell, für die Übergabe beziehungsweise für den Abtransport der Fahrzeuge zehn oder zwölf Personen einzusetzen.
Die Lösung ist ein Autotransporter, und zwar ein Original. Um in den Besitz eines solchen Gefährts zu kommen, nimmt er zunächst Kontakt zu dem Leiter der Motorisierten Autobahnpolizei auf und erkundigt sich, welche Autotransportfirmen zuverlässig sind und ob gegebenenfalls sogar persönliche Kontakte bestehen. Da Letzteres nicht gegeben ist, ermitteln zwei Teams bei verschiedenen, ihnen empfohlenen Firmen.
Das Ansinnen der Teams, natürlich ohne den realen Hintergrund zu benennen, stößt bei den jeweiligen Geschäftsleitern sowohl auf Zuspruch als auch auf Ablehnung. Eine Firma ist schließlich bereit, einen Transporter samt Hänger zur Verfügung zu stellen. Das Entgegenkommen geht in diesem Falle soweit, dass gleichfalls ein Fahrer für den Transport bereitgestellt werden soll. Dieses wird von den Beamten jedoch aus verständlichen Gründen dankend abgelehnt. Dafür will man ihnen aber zu gegebener Zeit die Handhabung und Technik des Beladens zeigen. Ein Vorgang, der durchaus gelernt sein will.
Pierrets ist froh, das Problem gelöst zu haben und unterschreibt gerne eine Erklärung, in der Regressansprüche jeglicher Art an die Firma ausgeschlossen werden.
Als nächstes ist die Frage des Zugriffs zu klären. Er plant, wenn möglich, acht Fahrzeuge aufzukaufen. Das bedeutet, dass mindestens acht Täter sowie zwei oder drei weitere Personen, die den Rücktransport übernehmen müssten, an der Aktion beteiligt sein werden.

Für die Zugriffskräfte bedeutet das eine gewaltige Herausforderung. Um zu vermeiden, dass sie sich auf der Fahrt zum Übergabe- bzw. Festnahmeort gegenseitig mit ihren Fahrzeugen behindern oder aber von der Gegenseite zu früh erkannt werden, plant Pierrets außerdem die Anmietung eines Viehtransporters, auf dem alle Zugriffskräfte gleichzeitig Platz haben. Die Aufbauten eines Viehtransporters bieten den außerordentlichen Vorteil, dass sich die Beamten des Festnahmetrupps bereits während der Anfahrt durch die in unterschiedlichen Höhen angeordneten beweglichen Belüftungsklappen orientieren können. Ein Umstand, der entscheidende Sekunden beim Zugriff ausmachen kann. Dabei muss zwangsläufig auch mal in Kauf genommen werden, dass die Ladefläche nicht hygienisch sauber ist. Doch die Zugriffskräfte tragen ohnehin Kampfanzüge.
Als weitere externe Maßnahme beabsichtigt Pierrets die Anmietung eines Wohnwagens, der als Basisfahrzeug dienen soll und aus dem er später den gesamten Einsatz vor Ort leiten wird. Diese Anmietung erfolgt bereits einige Tage vor dem Übergabetag, ist offiziell und somit völlig problemlos.
Neben dem Bereitstellen von Einsatzmitteln erwirkt Pierrets bereits im Vorfeld einen Durchsuchungsbeschluss beim zuständigen Amtsgericht für Janoschs gesamtes Anwesen. Das letzte Zusammentreffen seiner verdeckten Ermittler mit Harry und Janosch in der Autobahnraststätte Grundbergsee hat deutlich gemacht, dass er ganz klar der Kopf der Organisation ist. Auch wenn er ausschließlich im Hintergrund agiert. Ohne sein »Okay« läuft nichts.

Es vergehen fünf Tage bis Harry sich erneut meldet, um sich mit Markus zu treffen. Pierrets und sein gesamtes Team sind erleichtert, dass ihre Befürchtungen irgendwelche Mitglieder der Gang könnten zufällig wegen anderer Straftaten festgenommen worden sein, doch unbegründet waren. Das hätte mit Sicherheit dazu geführt, dass alle weiteren Aktivitäten der übrigen Bandenmitglieder vorläufig eingestellt worden wären. Doch es ist gut gegangen.
Harry und Markus verabreden sich noch am Abend auf einer Raststätte in der Nähe der Übergabeplätze.
Harry ist diesmal in Begleitung von zwei nicht allzu freundlich wirkenden Typen; Markus hat Falko an seiner Seite. Harry bestätigt abermals, dass das Geschäft jederzeit »laufen« kann. Einzige

Einschränkung ist, dass insgesamt nur sieben unbeschädigte Mercedes-Neufahrzeuge geliefert werden können. Bei einer größeren Stückzahl müssten erneut Beschädigungen im Türbereich und am Lenkradschloss in Kauf genommen werden. Markus überlegt kurz und entscheidet sich für die sieben unbeschädigten Fahrzeuge. Dann macht er den Vorschlag, sich die Übergabeplätze anzusehen.
Sowohl Harry als auch seine Begleiter sind mit beiden Plätzen einverstanden. Markus gibt auch jetzt den Ton an und entscheidet sich kurzerhand für den Platz bei Stade. Danach legt er den genauen Übergabetermin für den kommenden Freitagabend um 22.00 Uhr fest. Er wählt diesen Zeitraum, weil sie sich zuvor davon überzeugt haben, dass der normale Geschäftsverkehr im Industriegebiet um diese Zeit bereits stark eingeschränkt ist und sie folglich nicht mit Störungen rechnen müssen.

Peer Pierrets bleiben drei Tage für die restlichen Vorbereitungen. Da die Übergabemodalitäten und der Ort der Übergabe festgelegt sind, besucht er am nächsten Tag die Firmenleitung eines Metall verarbeitenden Betriebes, um die Genehmigung zum Aufstellen des Wohnwagens zu bekommen. Der Betriebsleiter, ein freundlicher älterer Herr, ist sehr entgegenkommend und bietet Pierrets gleich einen Hoftorschlüssel an, weil die Betriebsangehörigen freitags bereits um 16.30 Uhr Feierabend machen. Somit hat Pierrets jederzeit Zutritt zum Firmengelände.
Vier seiner Beamten haben zwischenzeitlich von einem Angehörigen der Transportfirma Unterricht im Be- und Entladen von Fahrzeugen erhalten. Ein Unterfangen, das Schwindelfreiheit und großes fahrerisches Können voraussetzt. Auch wenn alle Beamten der Sondereinheit mehrfach an unterschiedlichen Gefahrentrainingsprogrammen teilgenommen haben, ist es für sie gleichsam das erste Mal, Personenkraftwagen über ca. fünfunddreißig bis vierzig Zentimeter breite Metallrampen etwa drei Meter hoch auf einen Autotransporter zu lenken.
Die Übergabe des Autotransporters ist für Freitag, 16.00 Uhr, vorgesehen. Der Wohnwagen steht zu diesem Zeitpunkt bereits vierundzwanzig Stunden auf dem Werksgelände der Schlosserei.
Peer Pierrets hat für Freitag, 13.30 Uhr eine abschließende Einsatzbesprechung auf seiner Dienststelle anberaumt. Da es sich

nach bisherigen Erkenntnissen gleichsam um überörtliche Täter handelt, die darüber hinaus auch aus verschiedenen Bundesländern kommen, befinden sich unter den beteiligten Kräften auch Beamte aus dem benachbarten Bremen und aus Hamburg. Dass die Kollegen der örtlichen Schutzpolizei und insbesondere der Hundestaffel beteiligt sind, ist selbstverständlich. Auf einen weiteren Hubschraubereinsatz hat er aufgrund der zum Übergabezeitpunkt herrschenden Dunkelheit verzichtet.
Nach der einleitenden Lagedarstellung nimmt er anhand von großformatigen Luftaufnahmen die Einteilung der Kräfte mit ihren unterschiedlichen Funktionen vor. Während einige Beamte für eventuell anstehende Verfolgungen eingeteilt werden, übernehmen andere Teams die weiträumige Absperrung des Geländes. Ein starkes Kontingent ist für den Zugriff, für die Beweissicherung, für den Abtransport der Festgenommenen und für die anschließende Rückführung des Diebesgutes vorgesehen. Darüber hinaus gibt es verschiedene Durchsuchungstrupps, die unmittelbar nach den Festnahmen aktiv werden und die Wohnungen der Straftäter und insbesondere das Anwesen von Janosch durchsuchen sollen. Wiederum andere Beamte bilden die Reserve. Da nicht auszuschließen ist, dass es bei diesem Einsatz mit hohem Gefährdungsgrad auch zum Schusswaffengebrauch kommt, informiert Pierrets vorsorglich den leitenden Arzt eines nahen Krankenhauses über den bevorstehenden Großeinsatz.
Der von Anfang an involvierte zuständige Staatsanwalt, Herr Dr. Steinwedel, kann wegen eines wichtigen auswärtigen Termins nicht persönlich an der Aktion teilnehmen. Er bedauert dies außerordentlich und besteht darauf, dass vor Beginn der kritischen Phase eine Standleitung geschaltet wird und er somit über alle Einzelheiten unmittelbar informiert werden kann.
Nach der ca. zwei Stunden dauernden Einsatzbesprechung fährt Peer Pierrets mit seinem Vertreter Barkemeyer und seiner Kollegin Svenja zur Schlosserei, um noch während der Geschäftszeit bzw. des Feierabendgetümmels den Wohnwagen zu beziehen.
Während Pierrets und Barkemeyer gemeinsam den Einsatz leiten, wird Svenja, da sie noch relativ neu in der Einheit ist, sich das Geschehen unmittelbar vor Ort ansehen und darüber hinaus Protokoll über den gesamten Funkverkehr führen.

Die für den Einsatz erforderlichen Kommunikationsmittel und Aufzeichnungsgeräte sind in wenigen Minuten angeschlossen, da die Halterungen und Batterien bereits in den Tagen zuvor installiert wurden.
Dann folgen routinemäßige Überprüfungen der unterschiedlichen Funkkreise und Verständigungsproben. Ansonsten heißt es warten, es ist jetzt 17.30 Uhr und die meisten Einsatzkräfte haben ihre Position noch gar nicht eingenommen.
Um sie herum ist es ruhig geworden. Viele Firmen haben mittlerweile die Arbeit eingestellt und die Werkstore geschlossen. Nur hin und wieder ist in der Ferne das Geräusch einer Schleifmaschine zu hören. Irgendwo wird geschweißt, das Aufblitzen eines blau-weißen Lichtkegels ist auch über eine größere Entfernung deutlich erkennbar. Es dämmert bereits.

19.00 Uhr, die Zeit vergeht nur langsam. Nach und nach melden die unterschiedlichen Teams ihre Einsatzbereitschaft. Darüber hinaus ist strengste Funkdisziplin angesagt. Bisher läuft alles nach Plan.
Eddy und Frank, die beiden Fahrer des Autotransporters sind bereits unterwegs in Richtung Stade. Alle Zeiten sind minutiös festgelegt. Beide sind völlig auf sich allein gestellt. Auf das Tragen von konspirativen Funkgeräten haben sie verzichtet. Zu ihrem persönlichen Schutz tragen sie lediglich ihre Revolver im Hosenbund.

Es ist 21.15 Uhr. Markus und Jens befahren mit ihrem BMW langsam das Industriegebiet. Noch können sie keine Besonderheiten melden. Die Spannung steigt langsam. Alle blicken angestrengt in die Dunkelheit, jedes Scheinwerferlicht, jedes Fahrzeug wird aufmerksam registriert.

21.34 Uhr. Deutlich ist das Motorengeräusch des Transporters zu hören. Eddy steuert das Riesengefährt langsam auf den vorgesehenen Platz, neben ihm sitzt Frank und leistet bei halb geöffneter Tür Rangierhilfe. Der Motor wird abgeschaltet. Beide steigen aus. Frank geht um das Fahrzeug herum und steckt sich eine Zigarette an. Erneutes Warten.

21.39 Uhr. Ein Außenposten meldet einen Porsche, besetzt mit zwei Personen, der sich in Richtung Industriegebiet bewegt. Markus und Jens hören jedes Wort, noch ist ihr konspiratives Funkgerät auf »Wechsel« geschaltet. Sie lenken ihr Fahrzeug auf die dem Transporter abgewandte Seite. Der Motor läuft, das Abblendlicht bleibt eingeschaltet.
Der Porsche erreicht den Verladeplatz und dreht eine langsame Runde. Am Steuer sitzt Harry, der Beifahrer ist nicht bekannt. Er fährt am Transporter vorbei, ohne erkennbar Notiz zu nehmen und lenkt seinen Wagen direkt neben den BMW.
Der Funk im BMW ist zwischenzeitlich auf »Dauer« geschaltet, das heißt, jedes im Auto gesprochene Wort wird übertragen. Bei geöffneter Tür des BMW hören Pierrets und alle eingesetzten Kräfte jedes Wort mit.
Es folgt eine knappe Begrüßung. »Alles klar?«
»Alles klar!«
»Wo sind die Fahrzeuge?«
»Die kommen, wenn wir das Geld gesehen haben!«
»Verdammt, so war das nicht geplant. Die Fahrzeuge sollten bei der Geldübergabe bereit stehen.«
Markus ist kompromisslos. Er droht, das Geschäft platzen zu lassen.
»Ohne Fahrzeuge läuft hier gar nichts.« Er meint es ernst. Der Deal hängt am seidenen Faden. Doch die Gegenseite bleibt misstrauisch. Harry nimmt seinen Begleiter zur Seite. Beide beratschlagen kurz. Die Spannung ist fast unerträglich. Dann kommen sie zurück.
»Okay, wir holen die Fahrzeuge.«
Sie fahren los und versprechen, in einer halben Stunde zurück zu sein. Erneutes Warten.

Pierrets atmet auf, jedenfalls für den Moment. Für ihn ist der Deal allerdings noch längst nicht in trockenen Tüchern. In dieser entscheidenden Phase musste schon so manches Geschäft abgebrochen werden, weil irgendwelche Bedingungen seitens der Gegenseite nicht eingehalten wurden.
Die halbe Stunde vergeht und noch immer sind keine Fahrzeuge zu sehen. Die Anspannung steht allen ins Gesicht geschrieben. Sollten die kostspieligen Stunden in der Bar, die

aufwendigen Vorbereitungen und der Einsatz von so vielen Kräften vergebens sein? War unter Umständen doch nur ein Raubüberfall geplant? Sollte das Geld beim Vorzeigen einfach entwendet werden? Vielleicht gar mit Waffengewalt? Es wäre nicht das erste Mal gewesen.

Alle Fragen werden zwei Minuten später beantwortet. Eine Kontrollstelle meldet den Porsche in Begleitung von zwei dunkelblauen oder schwarzen Mercedes-Limousinen, die auf das Industriegebiet zufahren.

Harry fährt seinen Wagen erneut neben den BMW und steigt aus. Die Fahrer der anderen Fahrzeuge parken abseits mit laufenden Motoren. Harry verlangt erneut, jetzt das gesamte Geld prüfen zu wollen. Zweihunderttausend in bar. Erst dann würden die restlichen Fahrzeuge geliefert.

Markus wiederholt die Worte. »Du musst also erst das ganze Geld sehen!« Alle hören mit.

Für ihn wird klar, dass Harry nur auf Anweisung handelt und keine eigene Entscheidungsfreiheit hat. Er willigt ein. Ein Gefühl sagt ihm, dass er den Bogen nicht überspannen darf.

Beide gehen zum Kofferraum des BMW. Markus öffnet einen ledernen Aktenkoffer und ermöglicht Harry die Überprüfung des Geldes. Dann weist er unmissverständlich darauf hin, dass das Geld bis zur Übergabe des letzten Fahrzeuges im Kofferraum bleibt. Jens steht währenddessen seitlich vom Fahrzeug und beobachtet den Typen im Porsche. Es knistert vor Spannung. Schließlich ein zustimmendes Nicken. Der Unbekannte im Porsche rauscht davon. Harry winkt den Mercedesfahrern zu und beide setzen sich in Bewegung Richtung Autotransporter.

Eddy und Frank haben in der Zwischenzeit die obere Bühne des Hängers gesenkt und die stählernen Rampen montiert. Bei dem spärlichen Licht der hohen Straßenlaternen wahrlich keine leichte Aufgabe. Die Ausmaße des Fahrzeuges scheinen größer und größer zu werden. Es ist ein beängstigendes, doch zugleich faszinierendes Bild.

Dann der erste Versuch. Der Fahrer lenkt den Mercedes über die Rampe und die abgesenkte Bühne des Hängers auf die obere Ladebühne der Zugmaschine. Es rumpelt und scheppert. Alle halten den Atem an. Doch es klappt, der Wagen steht am vorgesehenen Platz. Der Fahrer, offenbar auch froh, das Auto unversehrt auf die

obere Bühne gebracht zu haben, steht in drei Metern Höhe und hebt den Daumen. Geschafft!
Der Fahrer des zweiten PKW steht bereits mit eingeschalteter Beleuchtung hinter dem Transporter. Er scheint nervös, steigt noch einmal aus, schaut auf die Rampe und wechselt mit dem Fahrer des ersten Fahrzeugs ein paar Worte. Dann steigt er ein und gibt Gas. Die Lichter der aufgeblendeten Scheinwerfer züngeln wie zwei drohende Finger in den Nachthimmel und verheißen nichts Gutes. Es dauert nur Bruchteile von Sekunden, dann ein hartes metallenes Geräusch. Die vorderen Räder des Fahrzeugs sind aus der Spur gekommen. Die Felgen liegen teilweise auf, die Reifen zur Seite gequetscht. Alle sind starr vor Schreck. Dann öffnet der Fahrer ganz vorsichtig die Tür und schaut aus fast vier Metern Höhe auf den schwarzen Schotterplatz. Noch zögert er. Dann zwängt er sich langsam aus der Tür und hangelt vorsichtig an den Querstreben des Transporters nach unten. Er zittert am ganzen Körper, ist leichenblass und muss sich übergeben. Ende! Mit absoluter Sicherheit bewegt dieser Mann heute Nacht kein Fahrzeug mehr.
Eddy und Frank überwinden den Schreck schnell. Sie klettern am Fahrzeug hoch und erkennen, dass die Situation nicht unbedingt bedrohlich ist. Frank zwängt sich hinter das Lenkrad, legt den Rückwärtsgang ein und fährt den Wagen ganz langsam, Millimeter für Millimeter, zurück in die Spur. Geschafft!
Fünfzehn Minuten später, Frank ist noch mit dem Befestigen der Fahrzeuge beschäftigt, melden die Außenposten Bewegungen. Kurz danach wird der ganze Platz von Scheinwerfern ausgeleuchtet. Es tauchen hintereinander sieben Fahrzeuge auf. Fünf Mercedes, der Porsche und ein VW Bulli. Das müssen alle sein. Alle am Deal beteiligten Personen mit ihren Autos.
Die heiße Phase beginnt. Jetzt heißt es Ruhe bewahren. Die folgenden Maßnahmen müssen zielstrebig und umsichtig ausgeführt werden. Pierrets und sein Team dürfen sich keinen Fehler, nicht das kleinste Missgeschick erlauben.
Über Funk zieht Pierrets die eingesetzten Außenposten näher an den Übergabeplatz heran, alle umliegenden Straßenzufahrten werden abriegelt. Jedes Team kennt seinen neuen Standort, alles ist bis ins Detail festgelegt. Die »Füße« schleichen sich bis auf ca. fünfzig Meter an den Übergabeort heran und verharren im Schutz

der Dunkelheit. Sie warten auf das bevorstehende Feuerwerk und auf ihren Einsatz.

Zur selben Zeit erreicht der Viehtransporter mit den Zugriffskräften in unauffälliger Fahrweise den Übergabeplatz. Einige Personen schauen kurz auf, nehmen aber ansonsten keine große Notiz von dem Lastwagen. Pierrets hat zwischenzeitlich nochmals die Einsatzbereitschaft aller Teams überprüft. Dann gibt er den Zugriff frei.

Sekunden danach hört man das Quietschen von Bremsen. Die hintere Ladeklappe des Viehtransporters fliegt auf und kracht zu Boden. Fast gleichzeitig springen die Zugriffskräfte mit lautem Getöse von der Ladefläche, die Hunde vorweg.

»Polizei, Hände hoch.« Mehrere Beamte brüllen diese Aufforderung gleichzeitig. Es fallen Schüsse. Leuchtspurraketen steigen in den tiefschwarzen Himmel und leuchten den Platz taghell aus. Das Chaos scheint perfekt. Überall rennen oder kämpfen Männer. Die ersten liegen bereits wenige Augenblicke später auf der Erde. Die Arme mit stählernen Handschellen auf dem Rücken gefesselt. Über den Kopf eine schwarze Kapuze gestülpt. Einige fliehen zu Fuß, versuchen sich über die angrenzenden Umzäunungen in Sicherheit zu bringen. Vergebens! Die Hunde sind schneller. Wenn sie Glück haben und rechtzeitig stehen bleiben, passiert ihnen nichts, wenn sie sich aber wehren oder weiter laufen, werden sie von den Hunden zu Boden gerissen. Sie sind absolut chancenlos!

Andere leisten Widerstand und werden von den Zugriffskräften unter Anwendung aller zulässigen polizeilichen Zwangsmittel niedergerungen. Blitzschnell und kompromisslos. Die Beamten sind gnadenlos und gehen kein Risiko ein. Zwei Typen, die zufällig noch in ihren Fahrzeugen sitzen, geben Gas und rasen davon. Doch auch sie haben nicht die geringste Chance. Nur einige hundert Meter, dann werden auch sie von Beamten der äußeren Absperrung unter Vorhalt von Maschinenpistolen gestoppt, unsanft aus den Fahrzeugen gezogen und festgenommen. Der Ring hat sich hermetisch geschossen. Es gibt kein Entkommen.

Auch Pierrets' verdeckte Ermittler werden vorläufig festgenommen. Sie sind darauf eingestellt und liegen auf der Erde, bevor sie von den Zugriffskräften dazu gezwungen werden. Bei Einsätzen mit hohem Gefährdungspotential und vielen externen Einsatz-

kräften zählt jede Sekunde. Da bleibt für eine Selektion nach Gut oder Böse, Freund oder Feind keine Zeit.
Einige Täter sind bewaffnet, tragen Schusswaffen und Schlagringe bei sich. Dennoch ist es nicht zu einem Schusswechsel gekommen. Die Überraschung war zu groß. Da auch von Peers Leuten bei dem Handgemenge niemand ernsthaft verletzt wurde, ist die Aktion vor Ort ein voller Erfolg. Auch Dr. Steinwedel, der über Telefon die heiße Phase des Einsatzes mitbekommen hat, ist begeistert.
Insgesamt können zehn Personen festgenommen werden. Janosch ist jedoch leider nicht dabei. Unmittelbar nach dem Zugriff gibt Pierrets den Befehl für die Durchsuchung von Janoschs Anwesen. Ein starker Durchsuchungstrupp macht sich an die Arbeit. Janosch ist erwartungsgemäß nicht zu Hause, dafür aber seine Lebensgefährtin. Nachdem die Hunde eingesperrt wurden, erfolgt die systematische Durchsuchung des Wohngebäudes mit sämtlichen Nebengebäuden. Die Durchsuchungskräfte werden in mehrfacher Hinsicht fündig. Ohne einen im Boden eingelassenen Tresor bereits geöffnet zu haben, finden sie große Bargeldbeträge und geringe Mengen Kokain. Auch kostbarer Schmuck und hochwertige Elektronikgeräte werden sichergestellt bzw. beschlagnahmt, wenn sie nicht freiwillig herausgegeben werden. Anhand der Fabrikationsnummern können einige Teile sofort verschiedenen Straftaten zugeordnet werden.
Haben die Beamten Janosch überschätzt? Ist er doch nicht so clever und cool, wie angenommen? Solche Fehler dürfen einem Profi nicht unterlaufen.
Die Durchsuchung des Anwesens dauert bereits Stunden, als Janosch zu nächtlicher Zeit in Begleitung eines Rechtsanwaltes sein Haus betritt. Er tobt, brüllt lautstark herum und droht, die Hunde frei zu lassen. Dann fordert er seinen Rechtsanwalt auf, die Beamten des Hauses zu verweisen und kündigt einen eigenhändigen Hinauswurf an.
Vergebens. Ihm wird der Tatvorwurf des Bandendiebstahls, der Bandenhehlerei und der Bildung einer kriminellen Vereinigung unterbreitet. Die Verdachtsmomente sind überwältigend. Auch er wird festgenommen, in Handschellen gelegt und dahingehend belehrt, dass bei einem Fluchtversuch sofort von der Schusswaffe Gebrauch gemacht wird. Danach machen sie ihn in Gegenwart seines Anwaltes mit seinen Rechten als Beschuldigter vertraut.

Als Janosch erkennt, dass sein Anwalt ebenfalls keine Handhabe gegen das rechtmäßige Einschreiten der Beamten hat, wird er richtig wütend. Ausdrücke wie »ihr Scheißbullen«, »Nazischweine«, »Hühnernöker, »Igeltitten« und andere beleidigende Kraftausdrücke heizen die ohnehin gespannte Lage noch auf. Einige der Durchsuchungskräfte sind schon bis aufs Äußerste gereizt. Als er weiterhin keine Ruhe gibt, ergreifen sie ihn kurzerhand und verfrachten ihn trotz massiver Gegenwehr in einen Streifenwagen, um ihn der Dienststelle zuzuführen. Dass er hierbei nicht gerade mit Samthandschuhen angefasst wird, ist selbstredend. Den Rest der Nacht, bis zur Vorführung beim Haftrichter, muss er in einer nüchternen Polizeizelle verbringen.
Die Durchsuchung dauert etwa noch eine Stunde. Außer den bereits erwähnten Gegenständen, finden die Beamten im Tresor einige hochkarätige Diamanten, verschiedene Blanko-Fahrzeugbriefe und erhebliche Mengen Bargeld.
Unabhängig von dieser Durchsuchung erfolgen in direktem Zusammenhang mit den Festnahmen zehn weitere Wohnungs- bzw. Hausdurchsuchungen, bei denen zum Teil auch umfangreiches Beweismaterial sichergestellt werden kann.

Der Morgen graut bereits, als die letzten Einsatzkräfte nach Durchführung ihrer Einzelaufträge zur Dienststelle zurückkommen. Jedes Team wird mit Spannung erwartet. Alle sind neugierig, wie die eine oder andere Durchsuchung verlaufen ist. So wurde zum Beispiel während einer Durchsuchung versucht, Beweismaterial in der Toilette verschwinden zu lassen. In einem anderen Fall flüchtete ein Liebhaber unter Zurücklassen seiner Schuhe aus dem Fenster des ersten Stockwerks und landete fast in den Armen eines Beamten der äußeren Absperrung. Wiederum andere wussten zu berichten, dass sie unmittelbaren Zwang gegen Sachen anwenden mussten. Im Klartext bedeutet das, dass sie gezwungen waren, die Türen aufzubrechen, weil ihnen der Zutritt zur Wohnung verwehrt wurde.
Diese Schilderungen machen einerseits deutlich, dass selbst simple Wohnungs- bzw. Hausdurchsuchungen nicht ungefährlich sein können, andererseits bieten sie so manche Kuriosität, über die man schmunzeln oder im Nachhinein auch laut lachen kann. Gesprächsstoff für viele Abende in gemütlicher Runde.

Peer Pierrets ist stolz auf die erbrachten Leistungen und fasst die wesentlichen Ergebnisse der monatelangen Ermittlungen und der heutigen Nacht noch einmal für alle beteiligen Einsatzkräfte kurz zusammen:
»Kollegen, zunächst möchte ich mich bei Ihnen allen für das gezeigte Engagement bedanken und uns gemeinsam zum Erfolg gratulieren. Dank Ihrer Umsicht und Ihres zielstrebigen Handelns wurde bei dem Einsatz niemand ernsthaft verletzt. Insgesamt konnten bei der Aktion elf Festnahmen durchgeführt werden. Darüber hinaus wurden sieben Mercedes Limousinen und ein Mercedes 300 SL (Vertrauenskauf), sowie ein Porsche und ein VW Bulli sichergestellt. Auch konnten große Mengen Bargeld, Schmuck und Diamanten von bisher unbekanntem Wert sowie Kraftfahrzeug-Blankobriefe beschlagnahmt werden. Ein überaus positives Ergebnis, das sowohl den hohen Aufwand an Geld als auch an Zeit rechtfertigt.«
Als er dann abschließend die besonderen Verdienste von Jens, Markus und Falko erwähnt, meldet Markus sich zu Wort: »Einspruch Euer Ehren. Für Jens war es der reinste Urlaubsflirt auf Staatskosten.« Dabei gibt er ihm einen freundschaftlichen Stoß gegen die Schulter. »Stimmt doch, oder?« Es folgt allgemeines Gelächter, wobei nur wenige der Anwesenden den tieferen Sinn dieses Ausspruchs kennen.
Obgleich allen eingesetzten Beamten die Anstrengungen des letzten Tages und der Nacht deutlich anzusehen sind, verzichtet niemand auf eine kühle Flasche Bier oder einen Schluck Whisky mit Cola. Ein unbeschreibliches Wir-Gefühl hat alle am Einsatz beteiligten Personen erfasst. Sie wissen, nur durch Teamgeist und gemeinsame Anstrengungen ist es gelungen, mehrere gefährliche Rechtsbrecher aus dem Verkehr zu ziehen und sie der Justiz zuzuführen.
Peers Pierrets hat wieder einmal Recht behalten: »Außergewöhnliche Rechtsverstöße erfordern außergewöhnliche Ermittlungsmethoden.«
Gegen alle Tatverdächtigen werden am folgenden Tag Haftbefehle erlassen. Eine weitere Festnahme mit anschließender Wohnungsdurchsuchung erfolgte im Zuge der Folgeermittlungen. Ein Mitarbeiter eines Autohauses hatte die Ersatzschlüssel beschafft und so die Autodiebstähle möglich gemacht. Auch gegen ihn wurde ein Haftbefehl erlassen.

In einer später anberaumten Gerichtsverhandlung wurden alle Beschuldigten zu langjährigen Freiheitsstrafen verurteilt. Die Fahrzeuge, soweit sie im Eigentum der Straftäter standen, wurden eingezogen, ebenso das Bargeld und andere Wertgegenstände.

Schutzgelderpressung

Die Drogenszene ist in Aufruhr. In Oldenburg, einer Stadt mit ca. 150.000 Einwohnern, hat es in vierzehn Tagen bereits den dritten Drogentoten gegeben, im gesamten Regierungsbezirk sind es zum gleichen Zeitraum bereits sieben.

Die Ursachen hierfür liegen nicht etwa darin begründet, dass das Heroin gestreckt oder stark verunreinigt ist. Das Gegenteil ist der Fall, anhand von toxischen Feinuntersuchungen konnte zweifelsfrei festgestellt werden, dass der ungewöhnlich hohe Reinheitsgehalt des Stoffes ursächlich für den Tod so vieler junger Menschen ist.

Die Ermittlungen der Beamten des zuständigen Fachkommissariates laufen auf Hochtouren. Zudem nimmt Stephan Ellenhausen, Leiter des Kommissariats, Kontakt zu Peer Pierrets auf und bittet ihn um Unterstützung.

»Peer, könnt ihr möglicherweise durch verdeckte Ermittlungen die Quelle des tödlichen Rauschgiftes ermitteln? Mit unseren Mitteln und den wenigen Leuten schaffen wir es nicht.«

Peer sichert seine Unterstützung zu und beauftragt zwei Teams mit weiteren Nachforschungen. Während Holger und Jens Kontakt zu den Dienststellen aufnehmen, in deren Zuständigkeitsbereich ebenfalls Drogentote gemeldet wurden, bemühen sich Heino und Claas um die örtliche Szene. Hierbei gehen sie zunächst einem Hinweis nach, der von dem Inhaber einer Friedhofsgärtnerei kommt. Dieser macht in einem Telefonat darauf aufmerksam, dass in einer Neubaupassage unweit seines Geschäftes ein neuer Blumenladen eröffnet hat. Betreiber des Geschäftes sollen zwei männliche Personen sein, von denen sich eine Person allerdings nur stundenweise in dem Geschäft aufhält. Auch will der Hinweisgeber beobachtet haben, dass dort wiederholt Typen verkehren, die sich längere Zeit im Geschäft aufhalten, ohne Blumen zu kaufen.

Ein zweiter anonymer Hinweis ist über den polizeilichen Notruf 110 eingegangen. Hier verweist eine Person mit offenbar verstellter Stimme auf eine »Mafia Connection« im Zusammenhang mit den Drogentoten.

Heino und Claas beschließen, sich den Blumenladen einmal genauer anzusehen. Noch können sie den ersten Hinweis nicht einordnen. Entweder handelt es sich bei dem Anzeigenerstatter um einen verantwortungsvollen Bürger, der sich aufgrund der Veröffentlichung in der Presse Sorgen über die gefährliche Entwicklung des Drogenmarktes macht, oder hier soll lediglich mit unlauteren Mitteln die Konkurrenz ausgeschaltet werden.

Sie ziehen zunächst über die Gewerbeabteilung der Stadtverwaltung Erkundungen über den Verantwortlichen des Geschäftes ein und stellen fest, dass der Laden zu einer Kette namens Blumenhaus »Chrysantheme« gehört und von einer Familie Woyzeck betrieben wird.

Während Heino und Claas das Geschäft über mehrere Tage observieren, um sich ein Bild von der Kundschaft zu machen, können Holger und Jens ermitteln, dass in einem Bezirk nahe der holländischen Grenze ebenfalls eine Filiale der Blumenkette ansässig ist. Auch hier wurde ein Drogentoter in einer völlig verwahrlosten Wohnung gefunden, der an einer Überdosis Heroin verstorben war.

Bei ihren intensiven Recherchen vor Ort stellen die beiden Ermittler außerdem fest, dass dort freitags neben der Geschäftsführerin eine junge Frau tätig ist, die die gelieferte Ware früh morgens in Empfang nimmt. Angeliefert werden die Blumen und Grünpflanzen mit einem großen, geschlossenen Lastwagen, in dem auf mehreren Etagen Tausende von Blumen transportiert werden.

Schon als fünfjähriger Junge interessierte sich Rado Woyzeck für Blumen. Auf der Fensterbank seines kleinen Eckzimmers standen selbst gefertigte Blumentreppchen, die er aus Sperrholz gesägt

hatte und auf denen sich überwiegend Kakteen und Sukkulenten befanden.
Wann immer er beim Spielen oder bei gemeinsamen Spaziergängen mit seinen Eltern in einem Blumenfester Ableger entdeckte, klingelte er an der Haustür und bat darum, diese geschenkt zu bekommen. Da ihm diese ungewöhnliche Bitte nur ganz selten abgeschlagen wurde, hatte er es mittlerweile zu einer recht ansehnlichen Sammlung gebracht. Auch hatte er anlässlich eines Urlaubs seiner Eltern im Blanes-Kakteen-Park bei Barcelona heimlich verschiedene Kakteenfrüchte gesammelt und aus dem Samen eigene Kakteen gezüchtet.
Ein besonderes Highlight war es für ihn, wenn die Eltern einmal im Jahr zusammen mit ihm in der Innenstadt ein Blumengeschäft aufsuchten, in dem während der Nachtstunden eine Selenicereus grandiflorus, die »Königin der Nacht«, blühte. Schon als Kind konnte er sich an der außergewöhnlichen Schönheit, an den bis zu dreißig Zentimeter großen Blüten, erfreuen. Jahre später, als er seine eigene Königin hatte, war es nicht nur die Blütenpracht, sondern auch der betörende Duft, der ihn faszinierte.
Bei seiner Liebe zu den Pflanzen war es nicht verwunderlich, dass er sofort nach der Schule eine Lehre in einem Gärtnereibetrieb anstrebte und schon mit zweiundzwanzig Jahren seinen Gärtner- und Floristenmeister machen konnte. Bereits zwei Jahre später bekam er Gelegenheit, einen kleinen Blumenladen mit einem dazugehörigen Gewächshaus zu übernehmen. Durch seinen Fleiß und seine außergewöhnliche Kreativität folgten schon bald weitere Geschäftseröffnungen im gesamten norddeutschen Raum. Es entstand die Blumenkette »Chrysantheme«.
Später, Woyzeck hatte es mittlerweile zu einem ansehnlichen Vermögen gebracht, heiratete er seine Frau Selma, die ihm zwei reizende Töchter schenkte.

Eine dramatische Änderung dieser positiven Entwicklung kam für alle plötzlich und mit unvorstellbarer Brutalität.
Eines Nachmittags tauchten in einer seiner Filialen zwei Typen auf und verlangten den Chef zu sprechen. Als die Geschäftsführerin ihnen mitteilte, dass Herr Woyzeck im Hauptgeschäft in Oldenburg anzutreffen sei, verließen die Männer grußlos den Laden und fuhren in einer dunklen Limousine davon.

Kurze Zeit später tauchten sie in Oldenburg auf und boten Woyzeck an, seine Geschäfte gegen Überfälle und Zerstörungen zu schützen. Woyzeck war erbost.
»Schert euch zum Teufel, von mir habt ihr nichts zu erwarten. Ich brauche keinen Schutz, und wenn, kann ich mich alleine schützen. So, und jetzt raus aus meinem Laden!«
Dieser unmissverständlichen Aufforderung kamen die beiden nur zögerlich nach und beim Hinausgehen äußerten sie mit einem widerlichen Grinsen im Gesicht: »Wie du willst. Wir haben dich gewarnt!«
Bereits in der nächsten Nacht wurde Woyzeck an die grinsenden Gesichter der beiden Typen erinnert. Gegen 4.00 Uhr in der Frühe wurde er telefonisch von der Polizei geweckt. In einer Außenfiliale hatten unbekannte Täter brennende Gummireifen durch ein aufgekipptes Oberlicht geworfen. Nur durch Zufall hatte ein Passant die brennenden Reifen entdeckt und die Feuerwehr alarmiert. Diese konnte aber lediglich verhindern, dass das Feuer auf das Gebäude übergriff. Der gesamte Verkaufsraum, einschließlich aller Blumen und Pflanzen, war hingegen mit einer schmierigen schwarzen Rußschicht überzogen. Der komplette Wareneinsatz, er ging in die Tausende, war vernichtet.
Doch nicht nur der Totalverlust des Inventars war schmerzlich. Hinzu kamen aufwendige Renovierungsarbeiten des gesamten Geschäftes, die einen normalen Geschäftsablauf für Tage unmöglich machten.
Die folgenden Aufräumarbeiten gestalteten sich, wie erwartet, äußerst schwierig. Die feinen Gummipartikel waren bis in die kleinsten Ritzen gedrungen. Nur mit Spezialreinigungsmittel war es möglich, wenigstens den gröbsten Schmutz zu entfernen.
Woyzeck war verzweifelt. Nie hatte er damit gerechnet, dass die Typen ihre Drohung so schnell wahr machen würden. Angst, Hilflosigkeit und Wut machten sich breit.
Während der polizeilichen Befragung verschwieg er allerdings die Begegnung vom Vortag. Auch die Schutzgelderpressung erwähnte er mit keiner Silbe. Dennoch war er nicht bereit, sich den Forderungen dieser Verbrecher zu beugen. Als Gegenmaßnahme beauftragte er einen Wachdienst, der seine Geschäfte in unregelmäßigen Abständen anfahren und überwachen sollte.
Es waren vierzehn Tage vergangen, ohne dass es zu weiteren Zwischenfällen kam. Woyzeck glaubte schon, die Sache ausgestanden

zu haben, als erneut zwei finstere Typen auftauchten und die Forderung nach dem Schutzgeld wiederholten. Einen Betrag nannten sie nicht. Woyzeck war außer sich. Die Brandstifter wagten es tatsächlich ein zweites Mal in seinen Laden zu kommen. Wutentbrannt trat er hinter dem Verkaufstresen hervor, um beide unsanft in Richtung Ausgang zu drängen.

Es kam zur Rangelei. Die Männer hatten Schlagringe an ihren Händen und fügten Woyzeck schwere Verletzungen zu. Er war chancenlos. Erst als er zusammengekrümmt und stöhnend am Boden lag, ließen sie von ihm ab. Beim Verlassen des Geschäftes wiederholten sie ihre Drohung: »Überleg es dir. Wir kommen wieder!«

Nur zwei Tage später wurde Frau Woyzeck gegen 14.15 Uhr vom Städtischen Krankenhaus benachrichtigt, dass ihre zwölfjährige Tochter mit einer Beinfraktur eingeliefert wurde. Nach Aussagen des Kindes und einiger Zeugen war sie gerade mit dem Fahrrad auf dem Weg von der Schule nach Hause, als sie von dem Fahrer eines Lastkraftwagens auf einem höhengleichen Bahnübergang rücksichtslos von der Fahrbahn gedrängt wurde. Dabei geriet das Vorderrad in die Bahnschienen und es kam zum Sturz, bei dem das Mädchen sich den Unterschenkel brach.

Obgleich es Zeugen gab, die den Vorfall beobachtet hatten, konnte sich niemand daran erinnern, dass an dem Fahrzeug ein Kennzeichen angebracht war. Sollte tatsächlich eines vorhanden gewesen sein, war es auf jeden Fall dermaßen verdreckt, dass es nicht lesbar war.

Als Rado Woyzeck von dem Unfall hörte, eilte er nach Hause zu seiner Frau. Beide wussten, das war kein Zufall. Das war absoluter Vorsatz. Diese gemeinen Verbrecher waren skrupellos, machten vor nichts Halt. Sie vergriffen sich selbst an wehrlosen Kindern. Woyzeck und seine Frau Selma hatten unbeschreibliche Angst. Sie fürchteten um die Gesundheit und das Leben ihrer Kinder. Sie mussten sich schnell entscheiden und einen Ausweg wählen. Welche Möglichkeiten hatten sie? Die Polizei einschalten oder zahlen.

Nach stundenlangen, zermarternden Überlegungen entschieden sie sich für Letzteres. Sie hatten Befürchtungen, dass die Polizei ihre Kinder nicht rund um die Uhr beschützen konnte. Zudem wussten sie nicht, wie stark die Organisation war, von der sie erpresst

wurden. Auch konnten sie nicht ermessen, wozu diese Bestien in Menschengestalt noch fähig waren. Zunächst wollten sie abwarten, wie hoch die Forderungen der Verbrecher ausfielen. Zur Polizei konnten sie gegebenenfalls immer noch gehen.
Die nächsten Tage vergingen, ohne dass etwas geschah. Tage und Stunden, die lähmten, die keinen normalen Tagesablauf zuließen. Jeder Schritt eines Familienmitgliedes außerhalb des Hauses wurde von Todesängsten begleitet.
Rado Woyzeck und seine Frau konnten diesen Druck nicht länger aushalten und hofften inständig, endlich von den Erpressern kontaktiert zu werden, um ihnen ihre Bereitschaft zur Zusammenarbeit mitzuteilen. Ihr Leben war unerträglich geworden. Doch die Erpresser ließen sich Zeit. Vermutlich wussten sie, welch enormer Druck auf allen Familienmitgliedern lastete.
Dann endlich, vierzehn unerträgliche Tage später, betraten erneut zwei Männer das Geschäft. Einer von ihnen trug einen grauen Straßenanzug, der andere war mit einer Lederjacke bekleidet. Sie schauten sich um und da außer Woyzeck keiner im Geschäft anwesend war, erkundigen sie sich ohne Umschweife zunächst nach dem Befinden des Kindes. Dann wechselten sie unvermittelt das Thema.
»Sind Sie jetzt zu einer konstruktiven Zusammenarbeit bereit?« Der Tonfall des Mannes im grauen Anzug war betont höflich. »Wenn nicht, gehen wir sofort wieder. Einen Zwischenfall, wie beim letzten Besuch, wird es nicht wieder geben.«
»Es kommt darauf an!« Woyzeck hoffte, dass seine Stimme hielt, dass diese Männer seine panische Angst nicht bemerkten.
»Worauf kommt es an?«
»Ob ich ihre Bedingungen akzeptieren kann!«
»Oh, Sie können, da sind wir uns ganz sicher! Haben wir Gelegenheit, uns irgendwo ungestört zu unterhalten?«
»Ja, im Vorraum zum Gewächshaus, da stört uns keiner!«
Die drei Männer verließen den Verkaufsraum und gingen in den rückwärtig gelegenen Zwischenraum.
»Wir erwarten für unsere Dienste«, beginnt der Wortführer, »dass Sie zunächst in mindestens zwei Filialen je eine Mitarbeiterin beziehungsweise einen Mitarbeiter von uns einstellen. Da beide Personen keine ausgebildeten Floristen sind und darüber hinaus nur stundenweise arbeiten, genügt es, wenn sie das gleiche Gehalt

wie ihre Geschäftsführer bekommen. Allerdings in bar. Weitere Bedingungen stellen wir nicht. Als Gegenleistung sorgen wir dafür, dass sich Ereignisse, wie sie bedauerlicherweise in der Vergangenheit passiert sind, nicht wiederholen.«
Dann folgte eine kurze Pause.
»Können Sie diese Bedingungen akzeptieren?«
Woyzeck konnte seine Verwunderung kaum verbergen. Mit allem hatte er gerechnet, nur nicht damit, neue Mitarbeiter einstellen zu müssen.
»Sind das die einzigen Bedingungen?« Er war immer noch ungläubig.
»Ja, das sind unsere Bedingungen!«
Woyzeck war unendlich erleichtert und konnte gar nicht abwarten, seiner Frau diese wunderbaren Neuigkeiten mitzuteilen.

Heino und Claas haben während der Observation des Geschäftes mehrere Personen erkannt, von denen bekannt war, dass sie mit Drogen handeln. Der Verdacht erhärtet sich somit, dass die Blumenläden als Umschlagplatz für Drogen genutzt werden.
Peer Pierrets ist zufrieden. Für ihn genügen die gewonnenen Erkenntnisse, um alle acht Geschäfte der Blumenkette »Chrysantheme« über einen längeren Zeitraum zu observieren. Eine personalintensive Maßnahme, bei der fast alle Beamten seiner Einheit zum Einsatz kommen.
Auffälligkeiten ergeben sich lediglich in zwei Geschäften. Ebenso wie in Oldenburg, verkehren in einer Filiale unweit der Stadt Lingen amtsbekannte Drogendealer in dem Blumenladen. Auch wird der Hinweis untermauert, dass alle Geschäfte der Blumenkette jeweils freitags mit neuer Ware beliefert werden und das sowohl in Oldenburg als auch in Lingen an diesem Tag besonders viele bekannte Drogenhändler in den Geschäften auftauchen.
Sollte der Hinweis auf eine Mafia Connection zutreffen? Werden gleichzeitig mit den Blumen auch Heroin und andere Drogen über die Grenze geschmuggelt? Die Hinweise verdichten sich.
Gemeinsam mit seinem Vertreter, Kriminalhauptkommissar Werner Barkemeyer, arbeitet Pierrets einen Einsatzplan für die kommende Woche aus. Die Ermittlungen konzentrieren sich in erster Linie auf den Blumentransporter und auf die beiden auffälligen Geschäfte.

Es ist Freitag, 5.15 Uhr. Alle Teams haben die ihnen zugewiesenen Positionen bezogen. Peer Pierrets lenkt sein Führungsfahrzeug eigenhändig. In seiner Begleitung befindet sich Henning Stuckenheim, ein Ratsanwärter, der aufgrund seiner hervorragenden theoretischen Kenntnisse und erstklassigen Zeugnisse sicherlich noch eine steile Karriere bei der Polizei vor sich hat. Pierrets wurde von seinem Dezernatsleiter angewiesen, diesen Mann »an die Hand« zu nehmen und ihn mit kleinen Führungsaufgaben zu betrauen, um ihn so ganz langsam an die Praxis heranzuführen.
Henning Stuckenheim ist aufgeregt. Er hat zwar schon einmal an einer Razzia* teilgenommen und auch bei Verkehrskontrollen mitgewirkt, bei denen nach Drogen gefahndet wurde, aber einen richtigen gefährlichen Einsatz, zusammen mit den Männern des Mobilen Einsatzkommandos, das Glück hatte er noch nicht.
Pierrets hat als externe Kräfte für den bevorstehenden Einsatz noch zwei Sachbearbeiter des zuständigen Kommissariats und von der Schutzpolizei zwei Hundeführer mit ihren Rauschgiftsuchhunden eingeplant.
Pierrets Vertreter Barkemeyer und Kriminaloberkommissar Eike Hansen haben an der Grenze Aufstellung genommen. Sie haben den Auftrag, die Ankunft des Blumentransporters den anderen Einsatzkräften mitzuteilen und diesem unauffällig zu folgen.
Die Aufgabenverteilung ist klar umrissen. Barkemeyer ist für alle folgenden operativen Maßnahmen verantwortlich, die im Zusammenhang mit dem Lingener Tatort* stehen. Pierrets hingegen übernimmt die Observation des Transporters und die Einsatzgestaltung in Oldenburg.

Es ist 6.00 Uhr. Pünktlich taucht der riesige Blumentransporter an der deutsch-holländischen Grenze auf. Die Einsicht der Transportpapiere dauert nur wenige Sekunden. Ohne einen Blick auf die Ladung zu werfen, wird der Fahrer von dem deutschen Zöllner zur Weiterfahrt aufgefordert. Das sieht nach absoluter Routine aus! Werner gibt den Zeitpunkt des Passierens über Funk an alle Einsatzkräfte durch. Langsam steigt die Spannung.

»Zeit: 6.37 Uhr. Der LKW-Fahrer hat den Blumenladen erreicht. Er wird bereits vor dem Geschäft von einer weiblichen Person

erwartet. Offensichtlich unsere Zielperson. Der Fahrer ist ca. fünfunddreißig bis vierzig Jahre alt, ca. 1,80 Meter groß, untersetzte Figur, Teilglatze. Bekleidet ist er mit einem grünen Arbeitskittel. Beide Personen begrüßen sich kurz. Fahrer fährt eine seitlich eingebaute, dreistufige Treppe aus. Zielpersonen begeben sich ins Innere des Fahrzeugs. Sichtkontakt unterbrochen.«
Diese kurzen, präzisen Mitteilungen kommen von dem in A-Position befindlichen Team. Wenige Augenblicke ist die Stimme erneut zu hören.
»Achtung! Die Frau kommt wieder raus, trägt in den Armen mehrere Bündel Blumen. Geht ins Geschäft. Jetzt kommt auch der Fahrer, er trägt einen Container, auf dem sich mehrere Kakteen befinden. Die Frau kommt wieder aus dem Geschäft, holt aus dem Wagen erneut bündelweise Blumen. Der Fahrer kommt ebenfalls zurück, geht zum Blumenwagen und holt einzelne große Topfpflanzen. Die Fahrzeugtür wird geschlossen, die Treppe eingefahren. Beide Zielpersonen befinden sich im Geschäft. Kein weiterer Blickkontakt. Zeit: 6.53 Uhr.«
Mehrere Teams haben mit ihren Fahrzeugen eine weiträumige Glocke um das Geschäft gebildet. Andere sind für eine anschließende Observation des Zielfahrzeugs eingeteilt.

»Achtung, es geht los. Der Fahrer verlässt das Geschäft, geht zum Fahrzeug und fährt los. Zeit: 7.10 Uhr.«
Die Fahrt geht in Richtung Oldenburg. Pierrets und einige seiner Männer folgen unbemerkt. Barkemeyer und die übrigen Observationskräfte machen es sich in ihren Fahrzeugen bequem. Sie stellen sich auf eine längere Ruhephase ein. Zu dieser Zeit schlafen die meisten Drogendealer gewöhnlich noch. Barkemeyer will abwarten, bis der erste bekannte »Kunde« das Geschäft wieder verlässt, um ihn anschließend, außer Sichtweite des Ladens, zu kontrollieren.
Doch es kommt anders. Kurz nachdem der Lastwagenfahrer das Geschäft verlassen hat, taucht im Eingangsbereich eine männliche Person auf, schaut vorsichtig in beide Straßenrichtungen und geht zu Fuß in Richtung Innenstadt. Die Tür wird hinter ihm geschlossen.
»Werner, hast du das mitbekommen? Der Typ muss die ganze Zeit im Geschäft gewesen sein!«

»Ja, habe ich! Den Burschen schnappen wir uns. Hannes, fahrt ihr so, dass Wolfgang ihm zu Fuß entgegenkommen kann. Sobald er auf gleicher Höhe ist, soll er ihn ›platt‹ machen. Der darf keine Gelegenheit haben, etwas wegzuwerfen oder 'runter zu schlucken. Eike und ich folgen ihm zu Fuß. Die anderen halten sich zurück.«

»Okay, habe verstanden!«

Minuten voller Spannung vergehen. Kurze Zeit später meldet Wolfgang sich über sein konspiratives Funkgerät.

»Der Typ kommt mir entgegen, er ist noch ca. einhundertundfünfzig Meter von mir entfernt. Hoffentlich wechselt er nicht noch die Straßenseite.«

Es wird ruhig. Alle warten gespannt auf die nächsten Sekunden. Dann endlich, der erwartete Funkspruch:

»Wolfgang hier. Festnahme durchgeführt. Alles okay.«

Er atmet schwer. Möglicherweise hat der Täter sich gewehrt und musste durch einfache körperliche Gewalt außer Gefecht gesetzt werden.

»Werner und Eike sind bei mir und durchsuchen den Typen. Eike zieht ihm gerade einen Plastikbeutel aus seinem Jackensaum. Es sind mindestens zweihundert bis zweihundertfünfzig Gramm Heroin.«

Augenblicke später meldet Barkemeyer sich über Funk.

»Hat alles bestens geklappt. Die Menge ist okay, das reicht für einen Haftbefehl. Hannes und Wolfgang fahren den Festgenommenen zum Kommissariat! Die anderen machen sich für einen Einsatz im Blumengeschäft bereit. Helge, kommst du mit deinem Hund zu mir? Sagt mir Bescheid, wenn ihr das Geschäft umstellt habt. In den Laden gehen zunächst nur Helge mit seinem Hund, Eike und ich.«

Das Geschäft ist umstellt, hermetisch abgeriegelt. Barkemeyer tritt zunächst alleine an die verschlossene Eingangstür. Er klopft. Im Inneren taucht eine Frau auf, die durch Handbewegungen zu verstehen gibt, dass das Geschäft noch geschlossen ist.

»Kriminalpolizei, machen sie auf, ich habe einen Durchsuchungsbeschluss.«

Gleichzeitig hält Werner seine Kriminalmarke gegen die Scheibe. Doch die Frau macht keine Anstalten, die Tür zu öffnen und zieht sich in einen hinteren Raum zurück. Barkemeyer wartet keine

Sekunde. Er geht ein paar Schritte zurück und zertrümmert mit einem mächtigen Tritt die Scheibe der Eingangstür. Glassplitter fliegen in den Raum und die aus Leichtmetall gefertigte Tür verkantet so stark, dass der Schlossriegel aus dem Schließblech der Zarge springt. Er hechtet durch die jetzt geöffnete Tür. Eike und Helge folgen. Helge hat seinen Hund auf dem Arm. Unter ihren Schritten knirscht das zerbrochene Glas. Im angrenzenden, nicht einsehbaren Aufenthaltsraum befindet sich niemand. Wo ist die Frau?

Dann hören sie Geräusche im Nachbarraum. Ohne Rücksicht tritt Werner die gefüllte Holztür ein und kann im letzten Moment verhindern, dass die Frau etwas in die Toilettenspülung schüttet. Nach einem kurzen Handgemenge kann er ihr mehrere Plastikbeutel entreißen, in denen sich insgesamt mindestens zwei Kilogramm Heroin befinden. Doch die Frau gibt keine Ruhe, sie keift und kratzt und will sich der Festnahme widersetzten. Der Alptraum eines jeden Kriminalbeamten. Nur durch einen gezielten, schmerzhaften Polizeigriff kann sie schließlich zur Vernunft gebracht und dem Kommissariat überstellt werden.

Die folgende gründliche Durchsuchung des Geschäftes, einschließlich aller Nebenräume, verläuft hingegen erfolglos. Der Rauschgiftsuchhund hat lediglich an einer Stelle angeschlagen, wo der Stoff vermutlich vorher gebunkert war. Nach Abschluss der Durchsuchung wird die zertrümmerte Eingangstür des Geschäftes von einer benachrichtigten Tischlerfirma provisorisch gesichert.

Als Pierrets über sein Autotelefon von der erfolgreichen Aktion hört, ändert er seine bisherigen Pläne ganz spontan. Nachdem er zuerst seinen Kollegen über den neuen Plan informiert, gibt er über einen Sonderkanal folgenden Funkspruch an die übrigen Observationskräften ab:

»Peer hier, an alle! Erstens: Phase eins des Einsatzes erfolgreich abgeschlossen. Zwei Personen festgenommen. Sicherstellung von mindestens zwei bis zweieinhalb Kilogramm Heroin. Schnelltest weist einen hohen Reinheitsgehalt auf. Zweitens: Änderung des bisherigen Einsatzplanes. Zugriff auf den Blumentransporter erfolgt bei der nächsten sich bietenden Gelegenheit. Die eingeteilten Männer fertig machen für den Zugriff! Drittens: Wir fahren vor und suchen nach einer geeigneten Stelle zum Anhalten. Ende Peer!«

Er hat seinen Funkspruch noch nicht beendet als über Funk lauter Jubel ausbricht. Klasse, dieser Einsatz hat sich jetzt schon gelohnt.

Pierrets fährt mit seinem schnellen Einsatzwagen vor. Ein Parkplatz zwischen Cloppenburg und Thüle scheint geeignet, den Blumentransporter aus dem Verkehr zu ziehen.

Nachdem er sich für einen Parkplatz entschieden hat, fährt er zurück, um sich erneut in die laufende Observation einzuschalten. Etwa einen Kilometer vor dem Parkplatz überholen sie den Transporter und Henning Stuckenheim gibt dem Fahrer mit einer Anhaltekelle zu verstehen, dass er ihnen folgen soll. Sie befinden sich bereits kurz vor dem Parkplatz, als unmittelbar hinter oder neben ihnen ein Schuss fällt. Das Geräusch ist eindeutig, ihr Wagen ist getroffen. Der Schuss muss aus unmittelbarer Nähe abgefeuert worden sein. Pierrets zuckt zusammen, dann tritt er aufs Gaspedal. Der Wagen schießt mit quietschenden Reifen nach vorne. Ein paar Meter, dann sind sie aus der Gefahrenzone.

»Verdammt, das Schwein schießt. Unser Wagen ist getroffen. Verschärfter Zugriff! Sofort!«

Der Befehl ist eindeutig. Alle Männer kennen das Kommando. Die schnellen Einsatzfahrzeuge rasen nach vorn. Gleich mehrere Fahrzeuge setzen sich vor und seitlich neben den Transporter. Die Seitenfenster sind offen. Die maskierten und mit schweren Schusswesten geschützten Zugriffskräfte hängen mit den Oberkörpern aus ihren Fahrzeugen. Ihre Waffen sind auf den Fahrer gerichtet. Noch bevor der Wagen zum Stillstand kommt, springen die Männer aus ihren Fahrzeugen, die Maschinenpistolen weiterhin im Anschlag.

Lautstark fordern sie den Fahrer auf, mit erhobenen Händen das Fahrzeug zu verlassen. Die nächsten Sekunden sind entscheidend für den Zugriff. Der Fahrer öffnet die Fahrertür, will aussteigen. Doch seine Füße haben den Boden noch nicht erreicht, als er von den Zugriffskräften in Empfang genommen und mit gezielten Griffen auf den Boden gedrückt wird. Nur Sekunden später schließen sich stählerne Handschellen um seine Gelenke.

»Wo ist die Waffe? Los, Waffe raus!«

Die Männer sind nicht zimperlich. Ihre Haltung ist weiterhin bedrohlich. Noch immer halten zwei Beamte ihre Maschinenpistolen im Anschlag. Die Mündungen zielen auf den Festgenommenen. Der zittert am ganzen Körper, ist völlig geschockt und kann nur noch stammeln.

»Gummimanschette, Schalthebel!«

»Was? Unter der Gummimanschette?« Pierrets kann es nicht fassen. »Los, seht nach, unter der Manschette des Schalthebels«, ruft er seinen Leuten zu.

»Ja, hier ist sie, wir haben sie, eine geladene Walther PP, Kaliber 7,65.«

Die Zugriffskräfte riechen am Lauf und sind verwundert. Mit Sicherheit ist daraus seit längerer Zeit kein Schuss abgefeuert worden.

»Damit ist nicht geschossen worden«, sagt der Beamte, der Pierrets die Waffe übergibt, »die riecht bestenfalls nach Firnis oder Waffenöl.«

Alle wundern sich.

»Verdammt, das kann nicht sein. Irgendjemand hat geschossen! Wir haben den Einschlag bei uns im Wagen ganz deutlich gespürt!«

Im gleichen Moment wird Pierrets von Henning Stuckenheim zur Seite genommen.

»Peer, kommst du mal kurz?«

»Ja, was ist?« fragt dieser gereizt.

»Ich muss dir was zeigen. Siehst du das Loch in der Beifahrertür? Ich muss vor lauter Aufregung an den Abzughahn des Revolvers gekommen sein, so dass sich ein Schuss gelöst und die Kugel die Verkleidung und das Blech der Tür durchschlagen hat. Es tut mir wirklich leid! Sorry!«

Pierrets ist geschockt, kann nicht glauben, was er soeben gehört hat. Ihm wird im Nachhinein noch ganz mulmig.

»Ja, bist du denn wahnsinnig! Der Schuss hätte genauso in die andere Richtung gehen können, dann hättest du mich erwischt.« Peer kann es immer noch nicht fassen. Jetzt muss er sogar den Kritikern Recht geben, die von vornherein gesagt haben, dass ein Hospitant nichts bei Einsätzen dieser Art zu suchen hat.

»Egal, passiert ist passiert! Da haben wir beide wirklich einen riesengroßen Schutzengel gehabt. Das wäre vermutlich das Ende deiner Karriere gewesen. Trotzdem, nach dem Einsatz müssen wir unbedingt darüber reden, außerdem brauch' ich von dir eine schriftliche Meldung. Du weißt, dass ich jeden Schusswaffengebrauch melden muss.«

Stuckenheim ist erleichtert, jedenfalls fürs erste.

Die Durchsuchungskräfte sind weiterhin heiß. Sie drängen den Fahrer, das Drogenversteck zu benennen. Doch vergebens. Der hat sich von dem ersten Schock erholt und hüllt sich jetzt in Schweigen. Eine Zusammenarbeit lehnt er strikt ab. Noch! Die Überrumpelungstaktik mit der Pistole macht ihm sicher noch schwer zu schaffen. Zum Glück kennt er nicht den wahren Hintergrund!

Der Festgenommene wird dem nächsten Kriminalkommissariat zugeführt. Derweil lenkt ein Beamter den Blumentransporter auf den dafür avisierten Parkplatz. Die Durchsuchung beginnt. Jetzt schlägt die große Stunde des Hundeführers. Seine wunderschöne Dalmatinerdame »Armena« ist schon ganz unruhig. Sie tänzelt herum, winselt leise vor sich hin und kann ihren Einsatz offensichtlich kaum erwarten.

Als sie schließlich auf die Ladefläche gehoben und immer wieder von ihrem Herrchen zum Suchen aufgefordert wird, dauert es nur wenige Minuten, bis sie mit ihren Pfoten an einem riesigen, etwa fünfzig bis sechzig Zentimeter durchmessenden Goldkugelkaktus (Echinocactus grusonii) kratzt und diesen laut verbellt. Nur die außergewöhnlich vielen und langen Stacheln halten sie offensichtlich davon ab, in den Kaktus zu beißen.

Bei der anschließenden genauen Inaugenscheinnahme der Pflanze (auch Schwiegermutterstuhl genannt) können die Beamten aus dem völlig ausgehöhlten Kaktus weitere fünf Kilogramm Heroin sicherstellen. Die gesamte Mannschaft jubelt. Das war seit langem mal wieder eine Sicherstellung, die sich gelohnt hat. Der Verkaufswert geht in die zig Tausend.

Jetzt kommt es darauf an, über weitere intensive Vernehmungen herauszufinden, wer die Hintermänner dieser Connection sind.

Schwerpunktmäßig konzentrieren sich die folgenden Ermittlungen auf den Fahrer des Blumentransporters. Wenn es gelingt, diesen Mann »umzubiegen«, oder wie es im Amtsdeutsch heißt, zur Mitarbeit zu bewegen, können möglicherweise auch die Drahtzieher, die »big bosse«, ermittelt werden.

Das war auch der Grund für eine spontane Änderung des ursprünglichen Plans, wonach der Fahrer des Blumentransporters erst verhaftet werden sollte, nachdem verschiedene Filialen beliefert und in Oldenburg amtsbekannte Dealer nach Verlassen des Blumengeschäftes festgenommen werden konnten.
Pierrets rechnet jetzt damit, dass der Druck auf den Fahrer so groß wird - er muss aufgrund der Sicherstellung einer so großen Menge Heroin mit einer langjährigen Haftstrafe rechnen -, dass er zu einer Zusammenarbeit mit der Kriminalpolizei bereit ist und auch die Hintermänner benennt. Er ist das Bindeglied zwischen den einzelnen, hermetisch abgeschotteten Ebenen.
Da die Aufarbeitung des Gesamtkomplexes mit den bisherigen Festnahmen und erheblichen Sicherstellungen nur gemeinschaftlich von mehreren Kriminalbeamten bewältigt werden kann, kommt es zur Einrichtung einer Sonderkommission. Die »Soko Echino« wird gegründet. Ihr Ziel ist es, aufbauend auf den bisher gewonnenen Erkenntnissen, die konspirativen, hierarchischen Strukturen dieser kriminellen Vereinigung aufzudecken, zu zerschlagen und die Verantwortlichen dem Gericht zuzuführen.

Die Eheleute Selma und Rado Woyzeck leisteten bei der Aufklärung dieses brutalen Verbrechens einen signifikanten Beitrag.
Nachdem sie von den Ermittlungsbeamten mit den bisherigen Fakten konfrontiert wurden, gaben sie ihre Zurückhaltung auf und schilderten, was ihnen in den vergangenen zwei Jahren widerfahren war. Sie gaben zu, nicht nur die Hilfskräfte eingestellt zu haben, sondern darüber hinaus auch immer wieder Pakete in Empfang genommen und manchmal sogar Personen bei sich versteckt zu haben. Wenn sie auch nur ansatzweise versucht hätten, sich gegen diese Forderungen aufzulehnen, wurden sie brutal eingeschüchtert und mit einem Überfall bedroht.
Aufgrund ihrer richterlich bestätigten Aussage, konnten durch Lichtbildvorlagen und umfangreiche Ermittlungen schon nach kurzer Zeit weitere Festnahmen durchgeführt werden. Auch konnten sie glaubhaft machen, absolut nichts mit den Drogengeschäften zu tun zu haben. Die Anklage gegen die Beschuldigten beinhaltete somit nicht nur Verstöße gegen das Betäubungsmittelgesetz, sondern gleichzeitig Straftaten gegen das Leben und die persönliche Freiheit.

Der Fahrer des Blumentransporters konnte später ebenfalls durch eine freiwillige Offenbarung seines Wissens (§ 31 BtMG) wesentlich zur Aufklärung der Straftaten beitragen. Mit seiner Hilfe konnte auch der Nachweis erbracht werden, dass die Drogentoten an einer Überdosis Heroin gestorben waren, das zweifelsfrei aus den Blumenläden stammte.

Trotz des herausragenden Erfolges war es den Mitgliedern der Soko »Echino« leider nicht möglich, bis in die Spitze des organisierten Verbrechens vorzudringen. Vieles deutete darauf hin, dass die eigentlichen Drahtzieher der Politik sehr nahe standen und von einer undurchdringlichen Mauer des Schweigens umgeben waren.

Ein perfides Verbrechen

Dr. Klaas J. Schönwälders Privatklinik befindet sich in Rostrup, einem kleinen Ort im Ammerland, in unmittelbarer Nähe des »Zwischenahner Meeres«. Umgeben ist das Gebäude von gepflegten Grünflächen und jahrhundertealten Eichen und Buchen. In Ufernähe wachsen mehrere Trauerweiden, deren ausladende Zweige bis aufs Wasser reichen. Alle durch den Park führenden Wege sind mit weißem Kies ausgelegt und durch niedrige Buchsbaumhecken begrenzt. Sie führen vorbei an herbstlichen Blumenrabatten und lauschigen Sitzgelegenheiten, die zum Verweilen einladen.

Das moderne Wohnhaus der Schönwälders liegt gegenüber der Klinik am Ende des parkähnlichen Gartens. Es wird bewohnt von Dr. Schönwälder, seiner Ehefrau und den beiden Kindern im Alter von acht und zehn Jahren. In einem Anbau mit separatem Eingang befindet sich die Zweieinhalb-Zimmer-Wohnung der Kinderfrau.

Dr. Schönwälder arbeitet bereits seit vierzehn Jahren in der Klinik. Es war seine erste Anstellung als Assistenzarzt. Geführt wurde das Haus seinerzeit von Dr. Henry von Strüber, seinem späteren Schwiegervater. Dieser hatte das ehemalige Herrenhaus bereits im 20. Jahrhundert zu einer renommierten Schönheitsklinik ausgebaut und Patienten aus ganz Deutschland und aus dem benachbarten Ausland behandelt.

Schönwälder hatte sich kurz nach seinem Dienstantritt in die älteste Tochter seines Chefs verliebt und diese ein Jahr später geheiratet. Nach dem Tod seines Schwiegervaters übernahm er die Leitung der Klinik und ließ in der Folgezeit umfangreiche Erweiterungsmaßnahmen von verschiedenen Handwerksfirmen durch-

führen. Besonderen Wert hat er hierbei auf einen hellen Verwaltungstrakt und einen modernen Empfangs- und Aufnahmebereich gelegt. Hohe Edelstahlkonstruktionen mit eingelassenen Spiegelglasfeldern bilden eine Symbiose und stehen in eindrucksvollem Gegensatz zu dem mit Efeu überwucherten Hauptgebäude. Dr. Schönwälders Zimmer befindet sich direkt neben dem Zimmer seiner Sekretärin im neuen Teil der Klinik. Er bevorzugt helle freundliche Räume.
Es ist Samstagmorgen. Silvia Meinardus, Schönwälders langjährige Privatsekretärin, ist mit dem Öffnen der soeben eingegangenen Post beschäftigt, als ihr Blick auf einen weißen Umschlag fällt. Die ungewöhnliche Aufmachung des Briefes weckt ihre besondere Aufmerksamkeit. Sie betrachtet den Umschlag von beiden Seiten und liest:
»Dr. Schönwälder, Klinik am See, Persöhnlich.«
Die ohnehin nicht korrekte Anschrift ist aus verschiedenen Wörtern zusammen gesetzt und mit einer weißlichen Masse auf die Vorderseite des Umschlags geklebt. Außerdem ist die Anschrift mit einem Rotstift dick unterstrichen. Ein Absender ist nicht vermerkt.
Obgleich Silvia die Aufmachung des Briefes sonderbar findet, legt sie ihn ungeöffnet mit dem Stapel der übrigen Geschäftspost auf Schönwälders Schreibtisch und verrichtet weiterhin ihre Arbeit. Noch zwei Stunden, dann kann sie endlich ihr wohlverdientes Wochenende genießen.
Als Dr. Schönwälder wenig später gut gelaunt von der Visite zurückkommt und den Brief öffnet, glaubt er an einen üblen Scherz. In dem Brief steht:

»500 000 DM
keine Polizei
denken an Kinder«

Alle Wörter und der Geldbetrag sind ebenfalls aus einer Zeitung ausgeschnitten und auf ein Stück weißes Papier geklebt. Dr. Schönwälder geht zu seiner Sekretärin und zeigt ihr den Brief.
»Silvia, können Sie etwas damit anfangen?« Sie liest die Zeile und schüttelt den Kopf.
»Nein, keine Ahnung, dass muss ein Irrer sein. Ich weiß wirklich nicht, was das bedeuten kann.«

Beide sind ratlos und beschließen nach kurzer Überlegung, dem Brief keine weitere Bedeutung beizumessen, zumal bei der Forderung nach dem Geld weder eine Uhrzeit, ein Übergabetag noch ein Ort angegeben ist. Auch Silvia glaubt an einen üblen Scherz. Eine Woche später, niemand hat mehr an den eigenartigen Brief gedacht, befindet sich erneut ein Umschlag mit der gleichen Aufmachung in der Post. Diesmal ist das Wort »persönlich« richtig geschrieben. Zufall oder Absicht?

Da Dr. Schönwälder Silvia autorisiert hat, Briefe in ähnlicher Aufmachung zu öffnen, schlitzt sie ihn mit einem Brieföffner auf und nimmt das Schriftstück aus dem Kuvert. Silvia erschrickt, fängt an zu zittern und hastet in das Zimmer ihres Chefs.

»Dr. Schönwälder, sehen Sie! Der Verrückte droht, Mona zu ermorden, sollte das Geld nicht bezahlt oder die Polizei eingeschaltet werden.«

Wo und wann die Übergabe des Geldes stattfinden soll, ist allerdings aus dem Schreiben wiederum nicht ersichtlich. Dr. Schönwälder liest den Brief und ringt ebenfalls nach Luft. Der Täter kennt den Namen seiner kleinen Tochter und droht mit Mord. Sein Gesicht ist aschfahl, die Augen vor Entsetzen weit aufgerissen. Er greift zum Telefon und telefoniert mit seiner Frau. Seine erste Frage:

»Eleonore, wo ist Moni?«

»Warum? Was ist los? Sie ist hier und spielt in ihrem Zimmer, was ist denn passiert?«

»Gott sei Dank!« Erleichterung, jedenfalls für den Augenblick.

»Warte bitte einen Moment, ich komme sofort 'rüber.«

Er lässt alles stehen und liegen und eilt hinüber zum Wohnhaus, um seiner Frau den Erpressungsversuch zu schildern und ihr die Briefe zu zeigen. Eleonore Schönwälder glaubt nicht, was sie hört und liest. So etwas kann es nicht wirklich geben. Blankes Entsetzen macht sich breit und sie fordert ihren Mann auf, sofort die Polizei einzuschalten.

Oberkommissar Harald Stöver und Kriminalhauptmeister Werner Zweigle bekommen schon wenige Minuten nach Eingang der Meldung den Auftrag, die geschädigte Familie aufzusuchen, um erste Ermittlungen anzustellen. Als sie zwanzig Minuten später bei der Familie Schönwälder eintreffen, werden sie bereits ungeduldig erwartet.

Dr. Schönwälder schildert mit knappen Worten den bisher bekannten Sachverhalt und hält dabei die beiden Erpresserbriefe in seinen Händen. Als er sie übergeben will, bittet Oberkommissar Stöver um etwas Geduld, bis er seine Einweghandschuhe angezogen hat. Obgleich die Briefe bereits wiederholt von verschiedenen Personen angefasst wurden, möchte er nicht noch zusätzliche Spuren* legen.
Bedauerlich, die Spuren* des Urhebers sind vermutlich längst verwischt oder überlagert. Sei es drum, vielleicht lassen sich ja mit Hilfe eines Jodierverfahrens* latente Fingerabdrücke feststellen. Einen Versuch ist es allemal wert.
Nachdem Stöver den Brief sorgsam in einer Spurensicherungstasche verstaut hat, gibt er dem Ehepaar Schönwälder und der Sekretärin Verhaltensregeln, wie sie potentielle Erpresserbriefe in Zukunft behandeln sollen. Danach verabschieden sie sich, nicht ohne vorher darauf hinzuweisen, dass sich schon bald Spezialisten einer Sondereinheit bei ihnen melden würden.

Es ist Mittagszeit, als das Telefon klingelt. Gesine, Peer Pierrets Ehefrau, nimmt den Hörer ab. Am anderen Ende der Leitung meldet sich der Kommissar vom Lagedienst (KvL).
»Frau Pierrets, kann ich bitte ihren Mann sprechen? Es ist sehr dringend!«
»Ja, einen Moment bitte, ich hole ihn.« Dann eilt sie hinüber in das Atelier ihres Mannes. »Peer, Telefon! Ein Herr Schröder möchte dich sprechen. Es scheint dringend zu sein.«
»Ja, Pierrets hier!«
»Schröder, KvL! Herr Pierrets, wir haben soeben durch Beamte des Kriminaldauerdienstes erfahren, dass in Rostrup eine Erpressung läuft. Geschädigt ist eine Familie Schönwälder. Dr. Schönwälder ist Leiter der Schönheitsklinik am Zwischenahner Meer. Könnt ihr euch darum kümmern? Die Familie scheint sehr aufgebracht zu sein!«
»Ja, okay, machen wir. Gegebenenfalls melde ich mich später noch mal.«
Obgleich nach Pierrets Einschätzung im vorliegenden Fall keine akute Gefahrenlage gegeben ist, setzt er sich umgehend mit der Familie Schönwälder in Verbindung und informiert sich nochmals eingehend über den bisherigen Sachverhalt. Danach sichert er

der Familie Schönwälder zu, für den Rest des heutigen Tages und für den morgigen Sonntag eine zivile Streifenbesatzung einzusetzen, die in unregelmäßigen Abständen das entsprechende Wohngebiet kontrolliert. Eine Maßnahme, die bei den Betroffenen sicherlich ein subjektives Gefühl von Sicherheit aufkommen lässt. Darüber hinaus gibt er ihnen eine Telefonnummer, unter der er Tag und Nacht zu erreichen ist.
Peer Pierrets hat ebenfalls Kinder in dem Alter und kann sich gut in die Lage der betroffenen Familie hinein versetzen und ihre Ängste und Nöte verstehen. Für den Moment sieht er aber keinen weiteren Handlungsbedarf.
Am Montagmorgen nimmt er allerdings Kontakt zu dem Leiter des zuständigen Fachkommissariats auf, um mit ihm die Einrichtung einer Sonderkommission zu besprechen. Ein Name ist schnell gefunden: »Soko 14.9«. Das Datum, an dem Dr. Schönwälder der erste Erpresserbrief zugestellt wurde.
Die nächsten Tage sind mit Aktivitäten ausgefüllt. Für die Beamten der Soko gibt es keine geregelte Arbeitszeit mehr. Jeder Spur, jedem kleinsten Hinweis wird intensiv nachgegangen. Alle Teams sind hoch motiviert und kommen oft erst gegen Mitternacht zur Dienststelle zurück. Es werden alle erdenklichen Möglichkeiten in Erwägung gezogen und überprüft. Die Befragungen fangen im Kindergarten an und enden im Verwandten- und Bekanntenkreis. Auch Patienten werden in den Kreis der potentiellen Täter einbezogen. Darüber hinaus müssen eine Vielzahl von Handwerksbetrieben überprüft werden, die am Umbau der Klinik beteiligt waren. Es ist eine Sisyphusarbeit.
Dr. Schönwälder steht der ganzen Sache völlig hilflos gegenüber. Er kennt niemanden, dem er eine solche Tat auch nur ansatzweise zutrauen würde. Zwar musste er vor Jahren eine ehemalige Kinderfrau wegen Unregelmäßigkeiten fristlos entlassen, aber eine Entführung oder Morddrohung, nein, so etwas Entsetzliches, niemals!
Ermittlungstechnisch bieten sich auch keine weiteren Ansatzpunkte. Weder der Aufgabeort noch die Untersuchung der Briefe lassen Schlüsse zu, die in Richtung eines Tatverdächtigen zielen. Als Besonderheit ergibt sich lediglich, dass der Klebstoff, mit dem die Wörter der Erpresserbriefe auf den Untergrund geklebt wurden, aus Mehl und Wasser bestehen. Ungewöhnlich!

Die Beamten der Soko tappen weiter im Dunkeln, bis Donnerstag der darauf folgenden Woche. Die Erpresser haben sich erneut gemeldet und Dr. Schönwälder aufgefordert, am kommenden Sonnabend, um 14.42 Uhr, den E-Zug von Hude nach Emden zu benutzen. Vorgegeben wird außerdem, den letzten Waggon in Fahrtrichtung rechts zu besetzen und auf ein Lichtzeichen zu achten, um das Geldpaket sofort im Anschluss daran aus dem Fenster zu werfen. Im Übrigen wird die bereits bekannte Morddrohung wiederholt. Fingerabdrücke befinden sich nicht auf dem Brief, so dass mit Sicherheit davon auszugehen ist, dass der Täter beim Schreiben Handschuhe trägt.
Alle Vorbereitungen laufen auf Hochtouren. Pierrets Techniker sind zwischenzeitlich damit beschäftigt, ein der Situation angemessenes Geldpaket zu präparieren. Im Inneren des Paketes befinden sich ein Sender, Cemecal-Mace-Gas, eine Blendgranate und zwei 280-ml-Farbpatronen. Die äußere Hülle besteht aus Scheinen, die echten Geldscheinen täuschend ähnlich sind. Sollten der oder die Täter dieses Paket öffnen oder auch nur den Versuch unternehmen, werden sie es ein Leben lang nicht vergessen.
In dem Zusammenhang muss Pierrets an eine Begebenheit denken, die sich vor nicht allzu langer Zeit auf seiner Dienststelle zugetragen hat. An einem Freitagnachmittag – das gesamte Team kam von einem wochenlangen Einsatz zurück – sollte eine technische Büroangestellte, die für die Pflege und Wartung der leichten Einsatzgeräte verantwortlich war, unter anderem den Geldübergabekoffer in die Waffenkammer einschließen. Die Frau gehörte seit einem halben Jahr der Einheit an und war speziell in die Handhabung der technischen Geräte eingewiesen worden. Bei dieser Gelegenheit wurde sie auch auf den Inhalt des ledernen Aktenkoffers und auf dessen Gefährlichkeit im ungesicherten Zustand hingewiesen. Die Sicherung des Koffers bestand aus einer rot markierten Metallstange, die seitlich in die Verriegelung der beiden Schnappverschlüsse eingeführt wurde und somit ein Öffnen unmöglich machte. Im Normalzustand war der Koffer immer gesichert und konnte folglich auch gefahrlos transportiert werden. Nach dem Entfernen der Sicherungsstange und dem Betätigen der Verschlüsse wurde er jedoch scharf geschaltet und konnte beim weiteren Öffnen seine ganze Wirkung entfalten.

Was die Frau letztlich bewogen hatte, den Koffer zu öffnen, ist nicht bekannt. Möglicherweise waren es Neugier oder Wissensdurst. Fakt war, dass sie ihn entgegen aller Warnungen öffnete und somit die geballte Sprengladung zur Explosion brachte. Die Folge war, dass sie eine Woche keinen Dienst versehen konnte. Als Rechtfertigung führte sie später an, der Koffer sei ihr aus der Hand geglitten und unmittelbar danach explodiert.

Peer Pierrets hofft im vorliegenden Fall, dass es diesmal den oder die Richtigen trifft. Er plant die weitere Vorgehensweise des Einsatzes gemeinsam mit allen beteiligten Kräften. Jeder muss informiert sein und den gleichen Wissensstand haben. Kreativität ist gefragt!

Beim wiederholten Durchgehen der Fakten wird deutlich, dass die Zahl der Fragen größer ist, als die der Antworten. Warum gerade Hude, einem kleinen Ort bei Bremen? Warum die Strecke Emden? Warum die Übergabe am Tage? Noch kennen sie die Antworten nicht! Aber allein die Tatsache, dass die Geldübergabe tagsüber erfolgen soll, lässt Befürchtungen aufkommen, dass der oder die Erpresser Dr. Schönwälder kennen und wissen, wie er aussieht. Das aber bedeutet, dass der Einsatz eines Beamten als Geldüberbringer fraglich ist. Die endgültige Entscheidung darüber bleibt offen. Zunächst muss abgeklärt werden, wie Dr. Schönwälder über ein persönliches Mitwirken denkt und ob er überhaupt in der Lage ist, eine solche Stresssituation zu bewältigen. Sollte er als Geldüberbringer ausscheiden, bleibt Peer Pierrets nur der Weg zur Maskenbildnerin.

Ein weiteres Problem taucht bei der Auswertung des vorgegebenen Streckenabschnitts auf. Die insgesamt einhundertzwanzig Kilometer lange Gleisstrecke kann vom Boden aus nicht lückenlos überwacht werden. Zu viele Straßen, Feldwege, Brücken, Flüsse oder Unterführungen kreuzen den Bahnkörper. Dennoch muss absolut gewährleistet sein, dass das Geldpaket bei einem möglichen Abwurf aus dem fahrenden Zug unter Kontrolle bleibt. Die Lösung ist ein Hubschrauber. Pierrets plant den Einsatz des Polizeihubschraubers als Relais, als Empfangsstation für den Sender des Geldpaketes und als zusätzliches Fahndungsmittel. Er hat schon viele Stunden im Hubschrauber zugebracht und weiß die außerordentlichen Einsatzmöglichkeiten zu schätzen. Nachteilig

für den bevorstehenden Einsatz ist allerdings, dass der Flug sehr hoch und versetzt sein muss, um von den Tätern nicht wahrgenommen zu werden.
Sorge bereitet ihm weiterhin die Tatsache, dass der Abwurfplatz durch Blinkzeichen kenntlich gemacht werden soll. Selbst wenn hierfür eine starke Lampe mit einer großen Lichtaustrittsfläche benutzt wird, besteht die große Gefahr, diese Zeichen am lichten Tage zu übersehen.

Es ist Sonnabendmittag. Alle Vorbereitungen sind abgeschlossen. Während der Schlussbesprechung, an der auch Dr. Schönwälder teilgenommen hat, ist Pierrets den Ablauf des Einsatzes nochmals Punkt für Punkt durchgegangen und hat dabei wiederholt darauf hingewiesen, dass die Beweissicherung von eminenter Bedeutung ist. Aus Erfahrung weiß er, dass Verdächtige bei Erpressungsversuchen die Tat bis zum Schluss abstreiten und lediglich von Zufallsfunden reden, wenn sie bei der Geldaufnahme festgenommen werden.
Die Beamten sind sich der besonderen Bedeutung des Falles sehr wohl bewusst. Auch den jüngeren Kollegen ist klar geworden, dass der kleinste Fehler, die kleinste Unachtsamkeit, den gesamten Einsatz zunichte machen kann. Alle Einsatzkräfte sind hoch motiviert und hoffen, den oder die Täter schon bald dingfest machen zu können. Ein letztes Mal überprüfen sie ihre Einsatzkoffer, in denen sich ihr Handwerkszeug befindet. Danach holen sie aus der speziell gesicherten Waffenkammer schweres Einsatzgerät und verstauen es in den unterschiedlichen Einsatzfahrzeugen.
Dr. Schönwälder hat sich trotz anfänglicher Bedenken bereit erklärt, das Geldpaket persönlich zu transportieren. Absprachegemäß lässt er sich von seiner Sekretärin zum Bahnhof Hude fahren. Noch ist der Zug nicht eingelaufen. Er schaut sich um. Auf dem Bahnsteig stehen vereinzelt fröstelnde Bahnreisende und warten genau wie er auf die Ankunft des Zuges. Der Tag ist kalt und regnerisch, die Wolken hängen tief.
Nachdem der Zug eingefahren ist, begibt sich Schönwälder, wie im Erpresserbrief gefordert, in den letzten Waggon und hält Ausschau nach einem Fensterplatz auf der rechten Seite des Zuges. Das »Geldpaket« führt er in einer Ledertasche mit sich. Passieren kann nichts, der Sicherungsmechanismus ist so gearbeitet, dass

zuerst die äußere Verpackung gelöst werden muss, um die Sprengladung »scharf« zu machen.
Dennoch ist Schönwälder nervös, dreht sich ständig nach allen Seiten um und mustert kritisch seine Mitreisenden. Trotz des kühlen Wetters bilden sich Schweißtropfen auf seiner Stirn. Seine Hände zittern, obgleich er weiß, dass er nicht alleine fährt. Noch bevor er sich setzt, probiert er, ob sich das Fenster auch tatsächlich öffnen lässt.
Doch seine Aufregung und Ängste sind unbegründet. In Bremen sind bereits einige von Pierrets Leuten in den Zug gestiegen und haben sich unauffällig unter die Mitreisenden gemischt. Der für Schönwälder vorgesehene Platz war ebenfalls bis Hude besetzt und der Mechanismus des Fensters längst überprüft. Nichts wird dem Zufall überlassen. Alles ist erneut bis ins Detail geplant.
Die Bahnhöfe zwischen Hude und Emden sind von verdeckten Einsatzkräften besetzt. Ebenso die meisten Knotenpunkte zwischen der Bahn und den darunter verlaufenden Straßen. Peer Pierrets befindet sich zusammen mit den beiden Piloten und einem Mitarbeiter, der für das Peilgerät zuständig ist, im Hubschrauber. Sie fliegen in ca. 1000 Meter Höhe versetzt hinter dem Zug. Die Sicht ist gleich Null. Dennoch läuft alles planmäßig, die Peilung zum Geldpaket ist einwandfrei.
Der Zug erreicht den Hauptbahnhof Oldenburg, ohne dass sie bisher irgendein Lichtzeichen wahrgenommen haben. Nach zwölf Minuten Aufenthalt geht es weiter, nächste Station ist Bad Zwischenahn. Wieder nichts. Auch auf der verbleibenden Strecke über Leer nach Emden können keine Lichtzeichen ausgemacht werden. Verdammt, was ist passiert?
Da Pierrets vorsorglich beide Fensterseiten von mehreren Beamten besetzt hat, steht definitiv fest, dass unterwegs keine Lichtzeichen gegeben worden sind. Alle sind sauer und enttäuscht. Umsonst! Vorbei! »Übung beendet«! Dr. Schönwälder ist ebenfalls enttäuscht, wenn auch für den Augenblick erleichtert. Er nimmt im Imbiss des Bahnhofs Platz und wartet auf seine Sekretärin. Nachdem die eingesetzten Beamten in Emden ebenfalls keine verdächtigen Personen feststellen können, wird der Einsatz offiziell beendet.
Pierrets bittet alle beteiligten Kräfte, sich zu einer abschließenden Besprechung in den Räumen seiner Dienststelle einzufinden.

Auch Dr. Schönwälder nimmt erneut an der Besprechung teil. Gemeinsam mit allen Beamten überprüft Pierrets nochmals alle durchgeführten Maßnahmen. Doch auch bei kritischer Betrachtung können sie keine Fehler oder Versäumnisse feststellen. Sollte doch alles nur ein übler Scherz sein?

Für Familie Schönwälder wird der Druck immer unerträglicher. Besonders Eleonore, Schönwälders Ehefrau, ist der Situation nicht mehr gewachsen. Die Ungewissheit lässt sie verzweifeln. Sie klagt über unerträgliche Kopfschmerzen, Herzrhythmusstörungen und Schweißausbrüche. Nachts kann sie nicht mehr schlafen. Jedes Geräusch löst Panikattacken aus, jedes Läuten an der Haustür oder das Klingeln des Telefons lässt sie zusammen zucken. Sie wird von Weinkrämpfen geschüttelt.
Auch die Kinder haben mittlerweile mitbekommen, dass sich im Verhalten der Eltern etwas geändert hat und sie besonders vorsichtig sind. Während zu Beginn der Erpressung noch versucht wurde, den normalen Tagesrhythmus aufrecht zu halten und die Kinder uninformiert zu lassen, war dies aufgrund der erforderlichen umfangreichen Sicherheitsmaßnahmen auf Dauer nicht möglich. Spätestens nachdem eine telefonische Fangschaltung installiert wurde, ließ sich die Aktion vor den Kindern nicht mehr verheimlichen. Auch wenn die Tat bewusst heruntergespielt und immer wieder betont wird, dass nichts passieren kann, haben sich die Ängste der Mutter längst auf die Kinder übertragen. Auch sie sind nervös und unkonzentriert.
Eleonore Schönwälder lässt ihre Kinder nicht mehr ohne Aufsicht. Sie hat alle Aktivitäten außerhalb des Hauses auf ein Minimum reduziert. Kein Reiten, kein Tennis und keine Besuche bei Freunden mehr. Wie lange ist dieser Zustand noch zu ertragen? Die Angst wird größer, steigert sich von Tag zu Tag. Das Leben der Familie Schönwälder gerät durch die Morddrohung und Ungewissheit völlig aus dem Gleichgewicht. Das sichere Fundament einer intakten Familie bekommt Risse, gerät ins Wanken und droht einzustürzen. Sie sind der Situation schon längst nicht mehr gewachsen. Können einfach nicht fassen, Opfer einer so perfiden Straftat zu sein. Bisher waren solche Verbrechen nur abstrakt oder waren Grundlage irgendwelcher Fernsehkrimis. Frankfurt, Hamburg oder Berlin, ja, aber Rostrup? Unvorstellbar!

Eine Woche ist vergangen und nichts hat sich getan. Jeden Tag haben sie vergebens auf ein Zeichen der Erpresser gewartet. Vielleicht heute, Sonnabend. Vorsorglich hat Pierrets für alle bisher beteiligten Kräfte Bereitschaft angeordnet. Auch die Hubschrauberstaffel ist informiert und steht für einen erneuten Einsatz bereit.

10.30 Uhr, die Post ist pünktlich. Dr. Schönwälder und seine Sekretärin holen die Postsendung aus dem Briefkasten. Sie tragen vorsorglich Gummihandschuhe, um nicht irgendwelche Spuren* durch eigene Fingerabdrücke zu überlagern. Die Sendung besteht aus ca. zehn Briefen und verschiedenen Werbeprospekten. Zwischen der allgemeinen Geschäftspost befindet sich erneut ein Brief des Erpressers. Die äußere Aufmachung unterscheidet sich nur unwesentlich von den bisherigen Briefen.
Dr. Schönwälder ist augenblicklich schweißgebadet. Seine Hände zittern so stark, dass er nicht in der Lage ist, Pierrets Nummer zu wählen. Nach mehreren vergeblichen Versuchen bittet er Silvia es für ihn zu erledigen. Doch auch sie ist aufgeregt und hat Mühe, das Richtige einzugeben.
Als Peer Pierrets hört, dass ein erneuter Erpresserbrief eingegangen ist, überlegt er für einen Augenblick, persönlich nach Rostrup zu fahren. Dann entscheidet er sich dagegen. Das augenblickliche Risiko ist zu groß. Möglicherweise wird das Haus der Familie Schönwälder bereits von den Tätern beobachtet.
Er teilt seine Befürchtungen der Familie mit und bittet Dr. Schönwälder, den Brief vorsichtig zu öffnen und laut vorzulesen. Zuvor hat er sich erkundigt, ob alle anwesenden Personen Gummihandschuhe tragen. Es vergehen Minuten. Dann liest Silvia mit zittriger Stimme vor:

»heute 22.00 Uhr 500.000 DM
Oldenburg Brücke Badeanstalt Böschung
keine Polizei sonst Mona tot«

Danach ist Ruhe am anderen Ende der Leitung. Pierrets spürt, er muss etwas unternehmen. Die Familie Schönwälder ist am Ende, sie kann nicht mehr. Er ruft wiederholt ins Telefon bis Dr. Schönwälder sich endlich meldet. Er kann kaum sprechen. Pierrets versucht ihn zu beruhigen.

»Herr Dr. Schönwälder, sie müssen jetzt die Nerven behalten. Ich schicke ihnen sofort eine Kollegin, die den ganzen Tag bei ihrer Familie bleiben kann. Wenn ich es schaffe, schaue ich auch noch persönlich vorbei, um den Brief zu holen. Wir haben genügend Zeit, um alles Erforderliche zu unternehmen. Wir kriegen den Täter bestimmt.«

Es dauert dennoch zehn Minuten, bis Pierrets das Gefühl hat, dass Schönwälder sich wieder gefangen hat und er das Gespräch beenden kann.

Die Zeit drängt. Wenn mit »heute« tatsächlich der heutige Samstag gemeint ist, bleiben Pierrets noch genau elf Stunden und fünfzehn Minuten, um alle Maßnahmen auf die neue Situation abzustimmen. Für ihn ist zunächst vorrangig, sich ein genaues Bild von dem Übergabeort zu machen. Genaue Ortskenntnisse sind eine Grundvoraussetzung, um den Einsatz optimal leiten zu können. Aus dem Grund schließt er sich als erstes mit dem Leiter der Hubschrauberstaffel Oldenburg kurz und überfliegt das betreffende Zielgebiet. Gleichzeitig hat er mehrere Pärchen losgeschickt, die als Spaziergänger getarnt, Einsatzmöglichkeiten für die Zugriffskräfte erkunden sollen.

Die Örtlichkeit ist für einen Polizeieinsatz denkbar ungünstig. Die Brückenböschung einer Schnellstraße befindet sich unmittelbar neben einem etwa sechs bis acht Meter breiten Fluss mit steil abfallenden Uferzonen. Während auf der einen Uferseite grüne Wiesen bis ans Wasser reichen, befindet sich auf der anderen Seite ein zwei Meter breiter Fuß- und Radweg direkt neben dem Flussbett. Die Böschung, obgleich mit Quadersteinen befestigt, ist dicht mit Büschen und Sträuchern bewachsen. Ein Eingraben in unmittelbarer Nähe des Abwurfortes ist somit nicht möglich.

Das nächste Einfamilienhaus mit einem angrenzenden Garten befindet sich in etwa sechzig Metern Entfernung. Hier bietet sich die erste und einzige Gelegenheit, Erdlöcher für die Zugriffskräfte auszuheben. Für eine Beweisführung und lückenlose Dokumentation ist die Entfernung allerdings zu groß.

Pierrets will unter allen Umständen vermeiden, dass der oder die Täter später ihre Schuld vor Gericht leugnen können. Dass sie sich als harmlose Spaziergänger ausgeben, die zufällig am Übergabeort ein Paket gesehen haben.

Der Familie Schönwälder ist bereits unvorstellbares Leid zugefügt worden. Diese Straftat ist an Gemeinheit und Hinterhältigkeit kaum zu überbieten.
Für Pierrets hat eine lückenlose Beweisführung oberste Priorität. Um dieses Ziel zu erreichen, greift er auch auf außergewöhnliche Mittel zurück. In diesem Fall plant er den Einsatz von zwei Tauchern. Diese sollen später das Verhalten der Täter minutiös schildern können. Selbst wenn sie aufgrund ihrer schweren Tauchausrüstung nicht direkt am Zugriff beteiligt sein können, haben sie die Möglichkeit, aus unmittelbarer Nähe wichtige Informationen für den Zugriff zu übermitteln.
Die Einsatzbesprechung mit allen Beteiligten hat Pierrets für 17.00 Uhr anberaumt. Auch Dr. Schönwälder ist eingeladen. Während der Besprechung erfolgen die Aufgabenverteilung und die Positionsbestimmung. Die Taucher, die Zugriffskräfte und die Beamten der äußeren Absperrungen werden eingeteilt.
Es bleibt die Frage des Geldtransporteurs. Dr. Schönwälder scheidet aus. Die vergangenen Wochen haben seine Nerven zu sehr strapaziert. Die Verantwortung des Überbringers ist groß. Das Geldpaket muss so platziert werden, dass es nicht zufällig von einem unbedarften Abendspaziergänger oder Radfahrer entdeckt und aufgenommen werden kann. Pierrets will kein Risiko eingehen und da er altersmäßig und figürlich Dr. Schönwälder am ähnlichsten ist, übernimmt er die Aufgabe des Geldboten.
Dr. Schönwälder ist erleichtert. Er ist froh über diese Entscheidung und stellt Pierrets gerne seinen Personenwagen sowie seinen Mantel und Hut zur Verfügung. Zeit für einen Besuch bei einer Maskenbildnerin des Oldenburger Staatstheaters bleibt nicht mehr.
Noch sind es drei Stunden bis zur geplanten Geldübergabe. Doch die Einsatzkräfte stehen bereits jetzt unter Spannung. Sie sind heiß auf ihren Einsatz und wünschen nichts sehnlicher, als endlich losschlagen zu können. Alle sind überzeugt, heute klappt es. Heute werden sie die Täter festnehmen.

Es ist 21.00 Uhr. Fast alle Positionen sind besetzt. Das gesamte Einsatzgebiet ist weiträumig abgesperrt. Pierrets hat vier seiner besten Beamten ausgesucht, die in dem nahe gelegenen Garten Erdlöcher ausgehoben haben. Eine matschige Angelegenheit, der

Grundwasserspiegel in unmittelbarer Nähe des Flusses ist sehr hoch. Dennoch, es genügt, um Deckung zu haben und in der Dunkelheit nicht erkannt zu werden. Ihre Aufgabe ist es, den südlichen Teil des Weges abzuriegeln und gleichzeitig den Zugriff zu organisieren.
Vier weitere Zugriffskräfte haben hinter einer massiven Holzeinfriedung des Freibades Stellung bezogen und sichern den nördlichen Teil des Weges. Auch die beiden Taucher, Werner und Simon, haben ihre Neoprenanzüge angelegt und die Druckverhältnisse ihrer Sauerstoffflaschen überprüft. Sie sind bereit für ihren Einsatz unter Wasser.
Dr. Schönwälder bleibt gemeinsam mit einem Beamten auf der Dienststelle, um über einen gesonderten Funkkanal den gesamten Einsatz zu verfolgen. Er ist sehr angespannt und kann den Zeitpunkt der Geldübergabe kaum erwarten. Im Laufe des Nachmittags und des Abends hat er unzählige Tassen Kaffee getrunken.
21.45 Uhr. Alles ist bereit. Die Taucher haben im Schutz der Dunkelheit mehrere hundert Meter unter Wasser zurückgelegt und befinden sich in unmittelbarer Nähe des Übergabeortes.
Peer Pierrets hat sich ebenfalls umgezogen, er trägt einen auffallend hellen Trenchcoat, einen großen Schlapphut und ist mit Schönwälders Mercedes unterwegs zur Geldübergabe.
Das Ziel ist erreicht. Es ist genau 22.00 Uhr. Pierrets parkt seinen Wagen mit eingeschaltetem Standlicht demonstrativ auf dem Scheitelpunkt der Brücke, steigt aus und schaut sich bewusst nach allen Seiten um. Es ist fast dunkel, Nieselregen hat eingesetzt. Nur die Scheinwerfer der vorbeirasenden Autos erhellen jeweils für Sekundenbruchteile die Brücke.
Pierrets hat sein konspiratives Funkgerät auf »Dauersenden« geschaltet. Das Mikrofon ist unter dem Kragen seines Trenchcoats befestigt. Mit leiser Stimme kündigt er jeden seiner Schritte an. Alle hören mit.
Ganz langsam geht er zum eisernen Brückengeländer und weiter in Richtung Straßenböschung, dem Geldablageplatz. Das präparierte Paket hält er in seiner rechten Hand. Oberhalb der Böschung dreht er sich abermals nach allen Seiten um und wirft das Paket auf einen kleinen freien Platz inmitten der Büsche. Das Paket bleibt ca. zwei Meter oberhalb des Weges liegen, vom Gehweg aus nicht einsehbar. Perfekt!

Anschließend geht er betont langsam zum Fahrzeug zurück, startet es sehr geräuschvoll und schaltet das Abblendlicht sowie kurzzeitig auch die Innenbeleuchtung ein. Danach verlässt er die Schnellstraße über die Abfahrt Cloppenburger Straße. Weiter geht es über den »Damm« in Richtung seiner Dienststelle.
Das Funkgerät hat er mittlerweile wieder auf »Wechselsprechen« geschaltet, so dass er den gesamten Funkverkehr verfolgen kann.
Das erste, was er hört: »Die Peilung zum Geldpaket steht.«
Am Übergabeort bleibt es absolut ruhig. Nichts regt sich. Lediglich das Rauschen vorbeifahrender Fahrzeugreifen unterbricht die Stille.
Die beiden Taucher haben sich geteilt. Während Werner auf der gegenüberliegenden Uferseite im Schatten der Brücke Position bezieht und einen guten Gesamtüberblick hat, befindet sich Simon nur ca. fünfzehn Meter versetzt vom Geldpaket auf der Uferseite neben dem Gehweg. Er hält sich im Schilf verborgen. Die Tauchflasche hat er abgelegt. Notfalls kann er die Zugriffskräfte unterstützen. Die Stille ist kaum zu ertragen.
Dann endlich, Werner meldet über Funk die Ankunft eines Pärchens aus nördlicher Richtung. Er flüstert, seine Stimme ist kaum zu verstehen. Alle sind angespannt, horchen in die Dunkelheit. Die Stimmen und die Schritte auf dem Schotteruntergrund werden lauter und erzeugen unter der Brücke einen Widerhall.
Das Pärchen geht am Übergabeort vorbei. Die Unterhaltung ist gleichbleibend angeregt. Nein, das waren mit Sicherheit nur harmlose Spaziergänger und nicht die Zielpersonen. Sie müssen erneut warten, die Spannung herunterfahren. Hoffentlich sind die Vorbereitungen dieses Mal nicht wieder umsonst.
Als nächstes wird ein Radfahrer gemeldet. Doch auch der fährt vorbei, ohne den Ablageplatz zu beachten. Wieder nichts. Gleich ist es 22.40 Uhr und erste Anzeichen von Resignation werden deutlich.
Es ist 23.00 Uhr, als Werners Stimme erneut über den Funk zu hören ist:
»Achtung! Aus Richtung Innenstadt kommt ein Radfahrer. Er fährt ohne Licht. Fährt ganz langsam, ist noch einhundert Meter von der Brücke entfernt. Ob Mann oder Frau, kann ich noch nicht sagen. Halt, da kommt noch einer ungefähr fünfzig Meter hinter dem ersten. Hat ebenfalls kein Licht eingeschaltet. Jetzt ist der

erste an der Brücke, fährt drunter durch, fährt weiter. Der zweite fährt auch durch. Merde! Simon, kannst du übernehmen?«

»Ja, ich übernehme! Erste Person vorbei. Zweite folgt im gleichen Abstand. Ist auch vorbei. Personenbeschreibungen: Nummer eins, männlich, mittelgroß, ca. fünfundzwanzig bis dreißig Jahre alt, lange blonde Haare, Pferdeschwanz, trägt dunkle Hose, helle Windjacke. Fährt ein Damenfahrrad. Zweite Person ebenfalls männlich, älter, ich schätze so um die vierzig, ziemlich groß, untersetzt, dunkle Bekleidung, ebenfalls Damenfahrrad.«

Diese Angaben werden von den Zugriffskräften bestätigt, die sich im südwärts gelegenen Garten eingegraben haben. Ergänzt wird noch, dass es sich bei dem Fahrrad der ersten Person um ein rotes Hollandfahrrad handelt.

Es dauert keine fünf Minuten, bis beide Personen gemeinsam wieder zurückkommen. Die Beleuchtung an den Fahrrädern ist immer noch ausgeschaltet. Sie fahren betont langsam und stellen ihre Fahrräder unter der Brücke ab.

Werner, immer noch auf der gegenüberliegenden Seite des Radweges, taucht noch tiefer ins schwarze Wasser des Flusses. Er kann die Männer genau beobachten. Ihr Verhalten ist atypisch. Das müssen die Täter sein. Hoffnung macht sich breit.

Werner wagt nicht zu sprechen. Jetzt darf nicht der geringste Fehler passieren, kein Rauschen eines Funkgerätes und nicht das leiseste Plätschern im Wasser. Bis auf die Geräusche der vorbeifahrenden Autos bleibt alles ruhig.

Der Ältere geht zunächst in Richtung der nördlichen Brückenböschung. Er scheint gelangweilt, bleibt am Wasser stehen und dreht sich wiederholt um. Dann bückt er sich, hebt Steine auf und wirft sie anschließend ins Wasser. Der blonde Typ ist nur wenige Schritte von ihm entfernt. Sie flüstern.

Plötzlich springt der Jüngere mit zwei schnellen Schritten die nördliche Böschung hinauf und taucht zwischen den Büschen und Sträuchern unter. Nur sein helles Haupthaar verrät hin und wieder, wo er sich gerade befindet, ansonsten gibt es keinen Blickkontakt. Der Ältere bleibt unter der Brücke stehen und sichert nach beiden Seiten.

Es dauert eine Weile, dann steht der Blonde ganz unvermittelt wieder auf dem Fußweg. Wieder tuscheln beide. Jetzt geht er direkt zur südlichen Brückenböschung, dreht sich wiederum kurz

nach allen Seiten um und verschwindet abermals in den Büschen. Diesmal auf der für uns richtigen Seite.
Werner ist mittlerweile ganz sicher, das sind die Täter. Alle warten gespannt auf die nächsten Schritte.
Sekunden, Minuten, wie lange mag es dauern, bis er endlich das Paket findet? Die Einsatzkräfte warten voller Spannung auf ihren Einsatz. Werner ist der verantwortliche Einsatzleiter vor Ort. Er alleine bestimmt den Zeitpunkt des Zugriffs. Die Sekunden verstreichen. Noch wartet er.
Plötzlich überschlagen sich die Ereignisse. Ein greller Blitz zuckt auf, dann ein ohrenbetäubender Knall. Ein menschlicher Körper fliegt durch die Luft und bleibt am Fuße der Böschung liegen. Die Oberkleidung ist rot gefärbt. Farbe oder Blut? Die Person krümmt sich vor Schmerzen und schreit: »Hilfe, ich bin blind, ich bin blind!« Dann geht das Schreien über in leises Winseln.
Die Gier nach dem Geld war offensichtlich so groß, dass der Täter das Paket gleich an Ort und Stelle aufgerissen hat.
Sekunden danach brüllt Werner den alles entscheidenden Befehl in die Nacht. »Zugriff.«
Schlagartig ändert sich die Szene. Vorbei die trügerische Stille. Leuchtspurraketen jagen in den schwarzen Nachthimmel. Ihr gleißendes, weißes Licht wirft harte Schatten. Es ist taghell. Die Zugriffskräfte springen aus ihren Löchern und hetzen in Richtung Brücke. Die Revolver im Anschlag. Streifenwagen stoppen mit quietschenden Reifen auf der Brücke. Überall gehen Beamte mit schussbereiten Maschinenpistolen in Stellung und sichern den Tatort*.
Der zweite Täter versucht zu fliehen. Als er erkennt, dass ihm der Weg von den Zugriffskräften versperrt wird, springt er ins Wasser und taucht unter. Noch bleibt er unsichtbar. Dann ein Rascheln im Schilf auf der gegenüberliegenden Uferseite. Das muss er sein.
Simon ist mit ein paar Kraulschlägen am anderen Ufer. Er versucht den Flüchtigen zu ergreifen. Dann ein Aufschrei: »Das Schwein ist bewaffnet!« Simon stürzt zurück. Blut spritzt aus einer langen tiefen Gesichtswunde. Ihm wird schwarz vor Augen, er verliert das Bewusstsein. Nur der Neoprenanzug verhindert, dass er untertaucht.
Der Täter hat mit einem daumendicken, etwa achtzig Zentimeter langen Kabelende, das er mit einer Lederschlaufe am rechten

Armgelenk befestigt hat, brutal zugeschlagen. Er versucht, das Ufer zu erklimmen, um zu Fuß über die Wiese in Richtung Schleuse zu fliehen.
Ein Beamter gibt aus seiner Maschinenpistole einen kurzen Feuerstoß ab. Als Warnschuss. Gleichzeitig stürzen drei Beamte die Böschung hinunter. Einer springt ins Wasser und zieht Simon ans Ufer. Er ist im Gesicht schwer gezeichnet. Die anderen versuchen weiterhin den Täter an der Flucht zu hindern.
Es kommt zum erneuten Kampf. Der Täter schlägt wie von Sinnen mit dem Kabelende um sich und verletzt weitere Beamte. Der sich anschließende Kampf ist unerbittlich. Drei Zugriffskräfte schaffen es nicht, ihn zu Boden zu ringen. Der Mensch scheint überhaupt keine Schmerzen zu kennen. Erst als weitere Verstärkung kommt, können sie seinen Widerstand mit Gewalt brechen.
Die Verletzungen des jüngeren Täters halten sich in Grenzen. Bis auf »verblitzte Augen«, Hautabschürfungen und Prellungen, die er sich beim Sturz zugezogen haben muss, hat er offensichtlich keine weiteren Blessuren.
Der zweite Festgenommene muss hingegen unter strenger Bewachung dem Klinikum Oldenburg zugeführt werden. Neben erheblichen Rippen- und Gesichtsprellungen müssen ein gebrochener Arm und ein ausgekugeltes Schultergelenk behandelt werden. Gleichwohl, das Mitleid der Beamten hält sich in Grenzen, wenn Kollegen in Ausübung des Dienstes vorsätzlich verletzt werden.
Der jüngere Täter wird, nachdem er nach Waffen durchsucht worden ist, in Handschellen der Dienststelle zugeführt. Obgleich ihm seine Rechte als Beschuldigter sicherlich aus anderen Verfahren geläufig sind, wird er erneut darauf hingewiesen. In einem anschließenden Verhör gibt er zu, das Verbrechen zusammen mit dem zweiten Festgenommenen geplant und ausgeführt zu haben. Die erste Geldübergabe habe seinen Angaben zufolge lediglich als »Probelauf« gedient. Weitere Personen seien an dem Coup nicht beteiligt. Als Motiv führt er seine Heroinsucht an.
Die anschließende Wohnungsdurchsuchung verläuft ebenfalls positiv. In einem als Papierkorb umfunktionierten Weißblecheimer können Zeitungen und Zeitschriften sichergestellt werden, aus denen die einzelnen Wörter der Erpresserbriefe herausgeschnitten wurden.

Die verwendete Klebemasse, bestehend aus Mehl und Wasser, befindet sich ebenfalls in einer Schale auf dem Tisch. Die Reste sind bereits hart und rissig. Außerdem können in der heruntergekommenen Zweizimmerwohnung mehrere leere Heroinbriefchen und Fixerbestecke sichergestellt werden. Es stellt sich heraus, dass die beiden Damenfahrräder am Tag zuvor als gestohlen gemeldet wurden.
Dr. Schönwälder hat die ganze Aktion von Anfang an am Funkgerät verfolgt. Im gleichen Moment, als Werner über Funk durchgeben konnte, dass beide Täter festgenommen wurden, nimmt er Peer Pierrets ganz spontan in die Arme. Eine Zentnerlast scheint von seinen Schultern zu fallen. Seit Wochen hat er erstmals wieder das Gefühl, frei durchatmen zu können. Er ist überglücklich. Seine Augen sind feucht und seine Lippen zittern leicht, als er Eleonore am Telefon erleichtert mitteilt, dass die Täter gefasst sind und hinter Gitter kommen. Der Alptraum ist zu Ende. Eine wohltuende Entspannung macht sich breit.
Auch Pierrets und sein gesamtes Team sind froh, den Fall doch noch erfolgreich abgeschlossen zu haben. Die Enttäuschungen und Anstrengungen sind vergessen; alle Beteiligten sind stolz darauf, bei der Aufklärung dieses perfiden Verbrechens mitgewirkt zu haben.
Am nächsten Morgen werden die Beschuldigten dem zuständigen Haftrichter Dr. Schneider vorgeführt, der aufgrund des vorliegenden Geständnisses und der erdrückenden Beweislage gegen beide einen Haftbefehl erlässt.

Nach Abschluss der Ermittlungen werden die Täter unter großer Anteilnahme der Öffentlichkeit vom Oldenburger Landgericht zu mehrjährigen Freiheitsstrafen verurteilt und unmittelbar nach der Urteilsverkündung in Handschellen dem »Hundehotel« überstellt.

Doppelschlag

»Eh, Alter, jetzt kannst du sie vögeln. Wenn die ›gekokst‹ hat, ist sie scharf wie eine Ratte! Los, komm her.«
»Nee, nee, Ivan, lass mal, sie ist deine Freundin.«
Markus lehnt dankend ab und schaut dabei voller Mitleid und Ekel zugleich zu der auf einer Couch liegenden jungen Frau, die mit hochgeschlagenem Rock und entblößtem Unterkörper völlig apathisch gegen die Decke des riesigen, sehr modern eingerichteten Zimmers eines alten Bauernhauses stiert. Der Ausdruck ihrer Augen ist leer, die Pupillen sind riesig groß.
Markus ist nach einem abenteuerlichen, von vielen Rückschlägen gezeichneten Weg endlich am Ziel. Nach fast zwei Jahren verdeckter Ermittlungsarbeit hat er das Vertrauen einer Gang gewonnen, die fast ausschließlich von strafbaren Handlungen lebt. Drogen und Antiquitätendiebstähle im großen Stil sind das Hauptgeschäft.

Der Kopf der Bande, Ivan Raschenko, genannt »Nase«, ist ein Schlägertyp aus der Hamburger Szene, der sich vor gut zweieinhalb Jahren in der Nähe von Esens, einer kleinen lieblichen Stadt in unmittelbarer Nähe zur Küste, einen Resthof gekauft hat.
Dieser Hof ist umgeben von endlosen Feldern und Wiesen, die von tiefen Gräben durchzogen sind. Das nächste Anwesen liegt kilometerweit entfernt. Direkte Nachbarn gibt es so gut wie gar keine.
Aus seiner Kriminalakte geht hervor, dass er bereits etliche Male wegen Zuhälterei, Diebstahl, gefährlicher Körperverletzung und

Hehlerei vorbestraft ist. Auffallend ist auch, dass er die Straftaten zwar in wechselnder Beteiligung, aber immer mit Personen aus seinem unmittelbaren Nahbereich verübt hat. Als Besonderheit ist in der Kriminalakte vermerkt, dass Raschenko als ehemaliger Matrose nach wie vor enge Bindungen zum Wasser hat. In seiner Jugend soll er bei vielen internationalen Segelregatten vordere Plätze belegt haben. Später wurde er wiederholt wegen unsportlichen Verhaltens disqualifiziert.
Außerdem sind nicht nur er, sondern auch Rolf Wollsky und Anton Janssen, zwei nicht ungefährliche Mittäter aus der Hamburger Szene, zum selben Zeitpunkt nach Esens übergesiedelt. War ihnen der Boden in Hamburg zu heiß geworden? Oder folgten sie nur einem allgemeinen Trend, aufs flache Land zu ziehen, um von hier aus ihren dubiosen Geschäften nachzugehen.
Wollsky war mit seiner Lebensgefährtin, die zu Hause einen Privatpuff betreibt, in einer anonymen Wohnanlage untergekommen, Janssen hingegen in einem gemieteten Einfamilienhaus.

Jetzt feiert Markus gemeinsam mit diesen Leuten und einigen Gästen auf dem Bauernhof den Heiligen Abend. Eine »Feier«, wie er sie bisher noch nicht erlebt hat. Einige Personen sind schon am frühen Abend high. Alkohol, Heroin, Kokain, Haschisch und synthetische Drogen: Alles ist im Überfluss vorhanden. Auch Markus kommt nicht umhin, einige Joints zu rauchen.
Gegen 5.00 Uhr in der Nacht klingelt bei Peer Pierrets das Telefon.
»Peer? Markus hier, du musst mich sofort abholen. Ich steh' auf dem Parkplatz von Wedemeiers ›Waldklausel‹ Ich bin total vollgedröhnt und darf nicht mehr fahren.«
»Von wo aus rufst du an?«
»Na aus der Telefonzelle, vor Wedemeiers Lokal.«
»Und wo hast du den Wagen?«
»Den habe ich hinters Haus gefahren. Bring' unbedingt einen zweiten Mann mit. Der Wagen muss hier weg.«
»Ja, okay, setzt dich ins Auto und warte auf uns. Ich rufe Werner an, wir sind in ungefähr einer dreiviertel Stunde bei dir. Verhalte dich ganz ruhig.«
Pierrets und sein Stellvertreter Barkemeyer erreichen kurz vor 6.00 Uhr in der Frühe die Gaststätte »Waldklausel« und sehen

Markus' silbernen Manta in einer unbeleuchteten Ecke des Parkplatzes stehen. Markus sitzt auf dem Beifahrersitz. Er ist eingeschlafen. Als Pierrets gegen die Scheibe klopft, schreckt er hoch.
»Ja! Ach, ihr seid es. Gott sei Dank.«
»Das war eine Scheißnacht. Nicht nur, dass ich saufen und rauchen musste, jetzt bieten die mir auch noch ihre Weiber zum Bumsen an. Nur gut, dass ich schon vor längerer Zeit gesagt habe, dass ich gleich nach Weihnachten in die Sonne fliege. Mir wird die Sache jetzt wirklich zu heiß.«
Markus ist völlig übermüdet, schlecht gelaunt und klagt jetzt schon über Kopfschmerzen.
»Und, hast du was erfahren?«
»Ja, habe ich, aber leider nichts Genaues! Aber eines steht hundertprozentig fest: am Silvester-Abend läuft was. Die wollen nach Amsterdam und außerdem aus einem leer stehenden Gutshof Antiquitäten holen. Die Sore* soll anschließend mit einem Umzugswagen über Holland nach England ausgeführt werden. Irgendwie spielen Fahrräder da auch mit hinein.«
»Hast du mitbekommen, wo der Hof ist oder woher der Wagen kommt?«
»Wagen, weiß ich nicht, aber der Hof soll irgendwo bei Westersee liegen. Das muss ein Kaff irgendwo in Schleswig-Holstein sein. Mehr war nicht rauszukriegen.«
»Okay, Markus, du sagst, vor Silvester läuft da nichts. Dann bringen wir dich jetzt nach Hause und du schläfst heute erst einmal deinen Rausch aus. Wir treffen uns dann einen Tag nach Weihnachten auf der Dienststelle. Ich setzte gleich noch ein Fernschreiben nach Schleswig-Holstein ab. Die Kollegen sollen ermitteln, ob es diesen Gutshof bei Westersee gibt und wenn ja, ob er tatsächlich nicht bewohnt ist. Nach den Feiertagen treffen wir uns um 9.00 Uhr auf der Dienststelle wieder.«

Es ist Dienstagmorgen, das Weihnachtsfest ist vorüber. Mirja, die liebenswerte Geschäftszimmerdame, hat bereits um 7.30 Uhr ihren Dienst aufgenommen und frischen Kaffee gekocht. Das angenehme Aroma durchströmt den gesamten Besprechungsraum. Fein, so kann der Tag beginnen!
»Guten Morgen zusammen. Ich hoffe, ihr hattet ein geruhsames Weihnachtsfest«, begrüßt Pierrets seine Mitarbeiter.

»Ja, hatten wir, aber das war's dann auch wohl. Schau mal auf deinen Schreibtisch. Die Kollegen aus Schleswig-Holstein haben geantwortet. Den Gutshof gibt es, allerdings liegt er in Trentrade, einige Kilometer von Westensee entfernt. Auch heißt der Ort nicht Westersee sondern Westensee.«
Pierrets liest das Fernschreiben. Tatsächlich handelt es sich bei dem Objekt um ein unbewohntes, zugleich aber voll eingerichtetes, stattliches Herrenhaus mit etlichen Neben- und Wirtschaftsgebäuden. Darüber hinaus konnten weitere Einzelheiten bezüglich der Eigentumsverhältnisse aufgrund der Festtage und in der Kürze der Zeit leider nicht ermittelt werden.
»Ja, Leute, es hilft nichts, wir müssen uns das Objekt ansehen. Auch wenn die Straßenverhältnisse zurzeit bescheiden sind. Scheint ja doch alles sehr konkret zu sein. Soviel dann wohl auch zum Thema Überstundenabbau zwischen den Festtagen.«
»Wie machen wir das? Wenn es stimmt, dass die Gang Silvester gleich zweimal zuschlagen will, und daran besteht zurzeit nicht der geringste Zweifel, haben wir Probleme. Wir können unmöglich beide Einsätze gleichzeitig fahren, zumal Stephan, Holger und Kalle noch Urlaub eingereicht haben und vermutlich gar nicht zu Hause sind. Ich kann höchstens versuchen, die Landesbereitschaft für den Einunddreißigsten zu bekommen. Weiß jemand aus dem Kopf, welche Einheit Dienst hat?«
Werner und Markus schauen sich an. Beide schütteln den Kopf.
»Nee, keine Ahnung. Das ist ja wohl auch dein Job. Aber wie wäre es mal mit einer Unterstützung aus dem Dezernat? Die ›Sesselpuper‹ haben immer zwischen den Festtagen frei. Die können auch mal was tun.«
»Kann ich versuchen, aber erst einmal will ich beim Landeskriminalamt in Hannover anfragen. Vielleicht kann ich ja eine Gruppe zur Unterstützung bekommen.«
Negativ. Alle Gruppen sind ausgebucht. Offensichtlich nutzen auch andere Kriminelle den Jahreswechsel für irgendwelche dunklen Geschäfte.
Pierrets muss das Problem alleine lösen. Zunächst ruft er seine drei Urlauber an. In zwei Fällen hat er Glück. Stephan und Holger sind zu Hause und erklären sich sofort bereit, den Einsatz mitzumachen, obgleich die Ehefrauen sicherlich nicht begeistert sind. Aber sie kennen den Job ihrer Männer. Außerdem ist es nicht

das erste Mal, dass ein Theaterbesuch verschoben oder eine Festlichkeit dem Dienst geopfert werden muss. Drei Beamte aus dem Dezernat erklären sich überraschenderweise ebenfalls bereit und verzichten freiwillig auf ihre geplante Silvesterparty.
»Mit sehr viel Improvisation kann es klappen.« Pierrets verbreitet Zuversicht.
»Vielleicht ist Karl Heinz bis dahin ja auch aus dem Urlaub zurück. Möglicherweise bekommen wir auch noch Unterstützung von der Schutzpolizei. Besonders die Beamten mit ihren Rauschgiftsuchhunden könnten wir gut gebrauchen.«
Pierrets geht gedanklich alle Positionen noch einmal durch. Wenn er bei der Observation mehr Einzelfahrer einsetzt, kann es klappen. Das Hauptproblem besteht darin, genügend Männer für den Zugriff zu haben, denn hier können wegen des hohen Gefährdungsgrades ausschließlich besonders geschulte Kräfte eingesetzt werden.
Er geht davon aus, dass mit dem Verladen der schweren Antiquitäten mindestens vier Personen beschäftigt und dass bei der Fahrt nach Holland im ungünstigsten Fall ebenfalls vier Täter beteiligt sind. Das bedeutet, dass für beide Zugriffe insgesamt mindestens zehn Spezialkräfte erforderlich sind.

Die Vorplanung hat bereits soviel Zeit in Anspruch genommen, dass sich die Fahrt nach Schleswig-Holstein für heute nicht mehr lohnt. Im Radio wird außerdem immer wieder vor Blitzeis gewarnt. Pierrets und Barkemeyer verabreden sich für den nächsten Tag, um vor Ort in Westensee die Situation für einen eventuellen Zugriff zu sondieren.
Trotz der vereisten Schneedecke auf der A1 kommen beide in den frühen Morgenstunden des nächsten Tages recht zügig voran. Langeweile kommt ohnehin nicht auf. Da beide Familien befreundet sind und sie außerdem Kinder im gleichen Alter haben, gibt es auch außerdienstlich immer etwas Interessantes zu erzählen. Der Gesprächsstoff, insbesondere wenn es um die Kinder geht, ist quasi unerschöpflich.
Die Fahrt ab Westensee wird beschwerlich und es geht nur sehr langsam voran. Aufgrund der tagelangen ununterbrochenen Schneefälle, haben die Straßendienste nur die Autobahnen und Hauptverkehrsstraßen von den gewaltigen Schneemassen befreien können.

Ab Westensee in Richtung Trentrade wird es abenteuerlich. Rechts und links der Fahrbahn befinden sich Felder soweit das Auge reicht. Nur die am Straßenrand stehenden Bäume, deren Kronen vom vorherrschenden Westwind nach Osten geneigt sind, ermöglichen eine relative Orientierung. Die Fahrbahn ist eher zu erahnen als zu erkennen.
Hinzu kommt, dass der Wind an einigen Stellen gewaltige Schneeverwehungen aufgetürmt hat, die überwunden werden müssen. Sie bewegen sich nur noch im Schritttempo.
Endlich, nach Kilometern einer äußerst anstrengenden Fahrt, taucht am Horizont die Silhouette des Gutshofes auf.
Beim Näherkommen erkennen sie das imposante reetgedeckte Haupthaus mit den kreisförmig angeordneten Wirtschafts- und Nebengebäuden. Die Einfahrt zum Innenhof ist mit einem mächtigen Torhaus und kunstvollen Figuren überbaut. Ein wahrlich herrschaftliches Anwesen.
Barkemeyer und Pierrets stellen den Wagen auf der Straße ab und gehen die letzten einhundert Meter zu Fuß. Sie wollen kein Risiko eingehen. Der Schnee reicht ihnen bis zu den Knien. Es ist bitterkalt und der scharfe Ostwind erschwert das Atmen. Alle Wege, Gräben und Felder sind zu einer unübersehbaren weißen Fläche verschmolzen.
Beide arbeiten sich durch den Schnee bis zum Haupthaus vor. Die roten Backsteinmauern des mehrere hundert Jahre alten Gebäudes ruhen auf einem Sockel aus mächtigen, sicherlich noch von Hand behauenen Steinquadern. Die Fenster liegen hoch. Um in das Innere des Hauses blicken zu können, benötigen sie eine Leiter oder einen entsprechenden Untersatz. Sie haben Glück. Nach kurzer Suche finden sie in einer Remise eine hölzerne Anstellleiter. Mit ihrer Hilfe können sie durch die Fenster in das höher gelegene Erdgeschoss des Hauses schauen.
Sie trauen ihren Augen nicht. Alle Räume sind gefüllt mit kostbaren Antiquitäten und alten Gebrauchsgegenständen aus verschiedenen Zeitepochen. Schränke, Truhen, vergoldete Spiegel, alte Ölgemälde, Seidenteppiche und bis zur Decke reichende Standuhren stehen völlig ungeschützt in verschiedenen Räumen. Einige kostbare Sitzmöbel sind lediglich mit weißen Tüchern abgedeckt.
Es ist ganz offensichtlich, dass alle Räume seit längerer Zeit unbewohnt sind. Erkennbar ist aber auch, dass das Gebäude nicht

zusätzlich gegen Diebstahl gesichert ist. Die Fenster sind zum Teil nur mit Einfachglas versehen und das Zylinderschloss der Eingangstür bietet auch kein unüberwindbares Hindernis. Eine Alarmanlage gibt es offensichtlich nicht.
Unverantwortlich, dass diese unbeschreiblichen Werte in den feuchtkalten Räumen und in dieser Abgeschiedenheit ohne besondere Sicherheitsvorkehrungen zurück gelassen wurden. Sie laden geradezu ein, von dunklen Elementen entwendet zu werden.
Barkemeyer und Pierrets inspizieren die gesamte Anlage und erkennen dabei noch etliche Schwachpunkte, die einen Einstieg ohne erkennbare Spuren* von Gewalteinwirkung möglich machen. Die Einbrecher haben leichtes Spiel.
Allein Pierrets und Barkemeyer haben die Absicht, den Tätern diesen Einbruch gründlich zu verderben und sie bei dem Versuch in das Haus zu gelangen um die Antiquitäten zu stehlen auf frischer Tat zu stellen. Eine solche Chance bietet sich nicht oft.
Pierrets will ihnen einen schweren oder vollendeten Bandendiebstahl nachweisen. In beiden Fällen kann eine Freiheitsstrafe von bis zu zehn Jahren verhängt werden.
Pierrets und Barkemeyer überlegen, ob es gut wäre, den Zugriff aus den angrenzenden Wirtschaftsgebäuden heraus während des Einbruchsversuchs durchzuführen. Eine weitere, sicherlich einfachere Möglichkeit sieht Pierrets darin, den Lastwagen beim Abtransport des Diebesgutes auf der Autobahn zu stoppen.
Die endgültige Entscheidung darüber wollen beide allerdings von den vorherrschenden Witterungsverhältnissen zum Zeitpunkt der Tat abhängig machen. Bei einer geschlossenen Schneedecke können sie das Objekt unmöglich erreichen, ohne eigene Spuren* zu hinterlassen. In dem Falle müsste die Festnahme der Täter zwangsläufig außerhalb des Objektes erfolgen.
Nachdem Barkemeyer unterschiedliche Teilskizzen des gesamten Objektes angefertigt und diese mit Bildern einer Sofortbildkamera unterlegt hat, gehen sie zum Fahrzeug zurück. Ihre Fußspuren haben sie oberflächlich mit Zweigen verwischt. Neuschnee und Wind erledigen das Übrige.
Beide sind froh, die »Begehung« beendet zu haben. Hatten sie doch zeitweise ein mulmiges Gefühl, ohne ausdrückliche Genehmigung der Eigentümer oder aufgrund eines richterlichen Beschlusses ein fremdes Grundstück betreten zu haben. Selbst wenn

es zur Verhinderung bzw. Aufklärung einer schweren Straftat erforderlich war.

Während Pierrets und Barkemeyer in Schleswig-Holstein recherchiert haben, hat ein anderes Team versucht, im Großraum Wilhelmshaven, Wittmund, Jever und Umgebung Ermittlungen bezüglich einer LKW-Verleihfirma oder eines möglichen Möbeltransportunternehmens anzustellen. Alle Nachforschungen blieben jedoch zunächst ergebnislos.

Erst am Abend des 30. Dezember stellen zwei Beamte des Mobilen Einsatzkommandos fest, dass auf Raschenkos Hof ein geschlossener Kastenwagen mit Osnabrücker Kennzeichen steht. Die Aufbauten des Fahrzeugs sind neutral, es befindet sich weder ein Firmenlogo noch ein Schriftzug darauf. Eine Halterfeststellung ergibt allerdings, dass das Fahrzeug für einen Altmetallhändler zugelassen ist, der bereits wiederholt mit dem Gesetz in Konflikt geraten war. Das verheißt nichts Gutes.

Da nicht auszuschließen ist, dass die Fahrten nach Schleswig-Holstein oder Holland früher als erwartet losgehen, hat Pierrets mehrere Fahrzeugbesatzungen in die Nähe des Zielobjektes beordert. Die Männer haben sich so postiert, dass sie aus sicherer Entfernung alle Bewegungen auf dem Hof mitbekommen und die Observationen gegebenenfalls sofort aufnehmen können. Sie haben sich in dicke Eskimo-Schlafsäcke gehüllt und können abwechselnd ruhen. Außerhalb des Fahrzeugs weht immer noch ein eisiger Wind, der dichte, feine Schneeflocken vor sich her treibt und die Straßen stellenweise in Eisbahnen verwandelt.

Mit Ausnahme der Hundeführer, die sich während ihrer Bereitschaft zu Hause aufhalten dürfen, befinden sich alle anderen Kräfte einsatzbereit auf der Dienststelle und können noch ruhen. Sie sind in zwei Gruppen eingeteilt. Eine Gruppe hat den Auftrag, die mögliche Observation nach Holland durchzuführen, während die andere für den Zugriff in Trentrade zuständig ist. Pierrets leitet die Observation nach Holland, Barkemeyer hingegen den Einsatz des Antiquitätendiebstahls.

Die Fahrzeuge des gesamten Sonderkommandos sind mit allen erdenklichen technischen Geräten beladen, so dass die Fahrten jederzeit gestartet werden können.

Gegen 7.00 Uhr ist es soweit. Die Besatzung eines Observationsfahrzeuges meldet über Funk, dass in mehreren Zimmern des Zielobjektes Licht eingeschaltet wurde und dass der Einsatz möglicherweise unmittelbar bevorsteht. Kurze Zeit später zeigen sich mehrere Personen auf dem Hof. Offensichtlich brechen alle gemeinsam auf.
Pierrets und Barkemeyer fahren mit ihren Gruppen langsam in Richtung Wilhelmshaven und gehen am Stadtrand von Oldenburg in Position. Sie können sich sicher sein, dass, wohin die Täter auch fahren, sie zunächst Richtung Süden oder Westen aufbrechen, denn der Norden wird vom Meer begrenzt.
Es vergehen weitere dreißig Minuten, bis die Kräfte vor Ort melden, dass sich zwei Fahrzeuge in Bewegung gesetzt haben. Bei dem einen handelt es sich um den schon bekannten Lastkraftwagen, bei dem anderen um einen Opel Rekord mit Auricher Kennzeichen, auf dessen Dach vier Fahrräder montiert sind. Wie bereits vermutet, befinden sich in beiden Fahrzeugen je vier Personen. Im Personenwagen zwei Männer und zwei Frauen.
Obgleich die Straßen immer noch ziemlich glatt sind, kommen die Vier im PKW ziemlich zügig voran, so dass zu vermuten ist, dass das Fahrzeug mit Winterreifen ausgerüstet ist. Sie fahren über Wittmund und Sande direkt auf die Bundesstraße 69. Weiter geht es über Oldenburg und Cloppenburg in Richtung Meppen. Als dann kurz vor der holländischen Grenze ein Kreisverkehr mit einer hoch aufgetürmten Mittelinsel und einer Skulptur aus V2A-Stahl sichtbar wird, muss Pierrets an eine Fahrt vor einem dreiviertel Jahr denken. Damals ging es auch um eine Kurierfahrt nach Holland, als er und sein Fahrer Werner sich in A-Position befanden und hinter dem Zielfahrzeug auf den Kreisel zufuhren. Er erinnert sich genau seiner Worte, die er an die nachfolgenden Fahrzeugbesatzungen durchgegeben hatte:
»Zielfahrzeug fährt auf den Kreisel zu. Noch haben wir Sichtkontakt. Erste Ausfahrt, Position 3.00 Uhr, wird passiert. Fahrzeug verschwindet hinter der Mittelinsel und taucht nicht in Position 9.00 Uhr auf. Muss Kreisel in Position 12.00 Uhr verlassen haben.«
Dann die Überraschung, die anschließende kritische Situation, als die Zielpersonen kurz nach der Ausfahrt Position 12.00 Uhr angehalten hatten, um abzuchecken, ob sie verfolgt wurden.

Im allerletzten Moment gelang es Werner damals, das Fahrzeug nach rechts herumzureißen und den Kreisel zu verlassen, ohne dass die Zielpersonen etwas bemerkt hatten. Das war knapp und für den damaligen Erfolg von entscheidender Bedeutung. Heute waren sie auf eine ähnliche Situation gefasst.

Der Kreisel wird diesmal passiert, ohne dass irgendetwas Besonderes geschieht. Die Fahrt geht weiter in Richtung Grenze. Auch die Grenzkontrolle verläuft normal. Während auf deutscher Seite überhaupt nicht kontrolliert sondern durchgewunken wird, werden auf holländischer Seite die Ausweise lediglich oberflächlich eingesehen.

Es entsteht der Eindruck, dass die Beamten beiderseits der Grenze schon in Feiertagslaune sind.

Als Pierrets mit seinen Leuten etwa sechzig Kilometer vor Amsterdam ist, benachrichtigt er seine Kollegen und bittet um Unterstützung. Zwar kennt er die Stadt in groben Zügen aus vorherigen Einsätzen, dennoch ist es angenehmer, den Einsatz mit ortskundigen Kollegen zu fahren. Außerdem gibt es Vorschriften sowohl auf holländischer als auch auf deutscher Seite, die eine Benachrichtigung der jeweiligen Leitstellen bindend vorgibt.

Darüber hinaus freut es Pierrets, mit den holländischen Kollegen einen intensiven Informationsaustausch über Rauschgiftpreise und mögliche Neuentwicklungen vornehmen zu können.

Als der Leiter der örtlichen Observationsgruppe seine Einsatzbereitschaft über Funk durchgibt, erkennt Pierrets dessen Stimme sofort. Es ist sein alter Bekannter, Jaan van Hooven.

»Hey, Jaan! Peer hier, schön dich mal wieder zu hören. Man könnte glauben, dass immer nur dieselben Leute Dienst haben. Wie geht es dir?«

»Ja, mir geht es gut. Aber was ist mit dir, hast du kein Zuhause mehr? Was kann ich diesmal für dich tun? Ich hoffe nur, dass es nicht allzu lange dauert, wir wollen heute doch noch Silvester feiern.«

»Ihr auch? Das hoffen wir auch. Wir tun, was wir können! Jaan, wir befinden uns jetzt kurz vor Amsterdam auf der A1. Kommen aus östlicher Richtung und verfolgen einen grünen Opel Rekord, mit Auricher Kennzeichen. Das Fahrzeug ist mit

vier Personen besetzt und hat vier Fahrräder auf dem Dachgepäckträger. Es ist nicht zu übersehen. Melde dich kurz, wenn ihr das Fahrzeug aufgenommen habt. Kommen ob verstanden?«
»Habe verstanden, machen wir!«

»Peer von Jaan noch mal kommen.«
»Ja, Jaan, was gibt's?«
»Haben das Fahrzeug jetzt vor uns und übernehmen die Leitung der ›Obs‹. Halte deine Leute etwas zurück.«
»Verstanden, mach ich.«
»Wir sind jetzt auf dem Stadtring und fahren in Richtung Chinesen-Viertel. Vielleicht fahren die zur alten Adresse!«
»Ja, kann sein, wir werden sehen.«

Die bereits bekannte Adresse wird nicht angefahren. Dafür aber ein Lokal, das nur einen Steinwurf vom letzten Einsatzort entfernt liegt. Der Wagen fährt zielstrebig auf einen verwinkelten Hinterhof und ist von der Straße aus nicht mehr zu sehen.
Pierrets ist sich ganz sicher, dass die Zielpersonen diese Fahrt nicht zum ersten Mal durchgeführt haben. Dafür war die Anfahrt durch die vielen kleinen Straßen viel zu zügig und zielstrebig.
»Jaan von Peer noch mal kommen!«
»Ja, melden.«
»Jaan, kennst du diese Adresse?«
»Nein, da haben wir bisher nichts mit zu tun gehabt.«
»Okay, habe verstanden!«

Beim Bilden einer Glocke um den Einsatzort können dieselben Einsatzkräfte fast die gleichen Positionen wie bei dem Einsatz vor einem dreiviertel Jahr einnehmen. Déjá-vu?
Nein, es ist keine Déjá-vu – Erscheinung. Es ist nach wie vor bittere Realität. Nichts hat sich geändert. Immer noch laufen hoffnungslose, verlorene junge Menschen durch die Straßen auf der Suche und dem Zwang nach einem »Schuss« Heroin oder einer »Nase« Kokain. Sie verkaufen weiterhin für fünf Gulden ihre ausgemergelten, von Einstichnarben übersäten Körper, um Drogen zu kaufen. Nicht ums verrecken wollen sie einen Affen schieben* oder die Höllenqualen eines kalten Entzugs erleiden. Und das

schon gar nicht, an einem Tag wie diesem. Wenn sie es überhaupt noch mitbekommen.

Der einzige Unterschied zum letzten Einsatz besteht für Pierrets darin, dass das unbeschreibliche Elend heute durch dicke Winterbekleidung kaschiert wird. Die bittere Kälte ist für die abgemagerten und kranken Menschen eine zusätzliche, schwere Belastung.

Blanker Hass kommt auf, wenn Pierrets darüber nachdenkt, dass diese bedauernswerten Kreaturen möglicherweise von irgendwelchen skrupellosen Dealern »angefixt« wurden. Wie leicht kann es später auch die eigenen Kinder treffen. Da ist die soziale Schicht, der sie angehören, völlig unerheblich. Eine zufällige Begegnung, ein schwacher Moment kann die Weichenstellung für ein ganzes Leben bedeuten.

Im Laufe seiner Dienstzeit musste er wiederholt erleben, dass auch Kinder von Kollegen, Staatsanwälten, Richtern oder Medizinern Opfer dieser raffgierigen, menschenverachtenden Täter wurden.

Es ist mittlerweile 14.00 Uhr. Aufgrund der winterlichen Straßenverhältnisse hat die Fahrt nach Amsterdam mehr Zeit in Anspruch genommen als geplant. Niemand weiß, wie lange sich der Einsatz hinzieht, wann die Zielpersonen die Heimreise antreten.

Eines ist allerdings ganz sicher: Sollten unsere Tatverdächtigen die Rückreise antreten, wird Jaan, wie sonst üblich, den Laden heute nicht mehr »hochnehmen«. Sobald auf seine Unterstützung verzichtet werden kann, wird er Feierabend machen und seine Leute in das wohlverdiente Wochenende schicken, um den Jahreswechsel im Kreise der Familienangehörigen feiern zu können. Wie heißt es doch in Polizeikreisen? »Gute Kunden kommen wieder!« Ein Motto, dass Jaan in dieser Nacht mit absoluter Sicherheit beherzigt.

16.15 Uhr. Es dunkelt bereits, als von einem holländischen Kollegen gemeldet wird, dass unser Zielfahrzeug aus der Seitenstraße kommt und auf die Hauptstraße einbiegt.

»Gott sei Dank«, die Warterei hat ein Ende. Jetzt beginnt der spannende Teil der Aktion. Am Fahrzeug sind augenscheinlich keine Veränderungen vorgenommen worden. Auch die vier Fahrräder befinden sich weiterhin auf dem Dachgepäckträger.

Über den Stadtring geht es zurück in Richtung der holländisch-deutschen Grenze. Unsere Zielpersonen fahren betont defensiv. Die beiden Frauen haben auf den Rücksitzen Platz genommen.
Als das Zielfahrzeug den Zubringer zur A1 erreicht und feststeht, dass der Fahrer den direkten Weg nach Deutschland einschlägt, verabschiedet Jaan sich und wünscht dem gesamten Team viel Erfolg bei der Aktion und einen guten Rutsch ins Neue Jahr. Auch Pierrets bedankt sich nochmals für die Unterstützung und wünscht ebenfalls einen guten Rutsch und ein erfolgreiches Neues Jahr.
Die Observation bis zur Grenze verläuft ohne Zwischenfälle. Nur einmal wird die Fahrt zum Tanken unterbrochen.
Pierrets und sein Kraftfahrer Georg sind vorgefahren, um sowohl auf holländischer als auch auf deutscher Seite für eine reibungslose Grenzüberquerung zu sorgen. In beiden Fällen bedurfte es allerdings keiner großen Anstrengung. Pierrets hatte den Eindruck, dass die Grenzer ohnehin nicht sonderlich motiviert waren, da im Fernsehen bereits das Silvesterprogramm lief.
Nur noch dreieinhalb Stunden bis Mitternacht. Beim Passieren der Grenze wissen alle am Einsatz beteiligten Kräfte, dass keine Hoffnung mehr besteht, rechtzeitig zum Jahreswechsel zu Hause bei den Familien zu sein. Scheiß-Ganoven!
Wie es den anderen wohl ergangen ist? Pierrets versucht, über sein Autotelefon Kontakt zu Barkemeyer herzustellen. Vergebens. Er bekommt keinen Anschluss. Das Gerät ist nicht eingeschaltet. Auch eine Rücksprache bei der Funkeinsatzzentrale verläuft negativ. Barkemeyer hat sich noch nicht gemeldet.
Dann benachrichtigt er über sein Autotelefon den Hundeführer. Er soll sich bereithalten und sich ab Oldenburg den anderen Fahrzeugen anschließen.
Die Observation verläuft weiterhin ohne Zwischenfälle. Oldenburg ist erreicht. Wenn jetzt Schluss wäre, könnten die Einsatzkräfte gerade noch rechtzeitig bis Mitternacht bei ihren Ehefrauen, Männern, Freunden oder Freundinnen sein. Sicherlich haben viele diesen Gedanken.
Die ersten Böller werden bereits gezündet. Auch steigen vereinzelt Raketen auf und entfalten am klaren Himmel ihre ganze Pracht. Doch die Männer der Sondereinheit müssen weiter. Esens liegt noch siebzig Kilometer entfernt.

»Georg, was glaubst du, warum fahren diese Strolche im Winter ihre Fahrräder auf dem Dach spazieren? Das machen sie doch nicht umsonst! Das hat doch einen Grund!«
»Ja, vermute ich auch mal. Wenn die Heroin oder Kokain geholt haben, können sie das Zeug natürlich wunderbar in den Fahrradrahmen bunkern. Vier Stück, da passt schon 'ne Menge 'rein! Hatte Markus nicht ganz am Anfang gesagt, dass irgendetwas mit Fahrrädern gemacht wird?«
»Hat er! Auf jeden Fall werden wir die Dinger nachher gründlich unter die Lupe nehmen.«
Peer Pierrets ist vorgefahren. Fünf andere Fahrzeuge mit den Zugriffskräften ebenfalls. Zusammen mit diesen Beamten hat er im Schutz der Dunkelheit um und auf dem Hof Stellung bezogen.
Die Anspannung ist allen ins Gesicht geschrieben. Sie wollen eingreifen, sobald das Zielfahrzeug den Hof erreicht. Heute ist ein kurzer, trockener Einsatz mit einem überraschenden Zugriff geplant. Vier Festnahmen müssen heute genügen! Im Gegensatz zu vorangegangenen Einsätzen wollen sie nicht warten, bis irgendwelche Abnehmer auftauchen.
Das Zielfahrzeug erreicht den Hof. Die Männer steigen zuerst aus und strecken sich nach der langen Fahrt. Das ist der Augenblick des Zugriffs. Weiße Leuchtspurraketen jagen in den Himmel und leuchten den Hof taghell aus.
»Hände hoch, Polizei!« Die Beamten springen aus ihrer Deckung und reißen die Männer im gleichen Moment zu Boden. Die Frauen werden aus dem Fahrzeug gezerrt.
Alle sind geschockt und zeigen keine Reaktion, als sich metallene Handschellen um ihre Gelenke schließen. Sie sind kreidebleich und zittern am ganzen Körper, nicht nur die Frauen, den Männern geht es genauso.
Es muss ein wahrlich nicht zu beschreibendes Gefühl sein, aus dem Nichts heraus plötzlich von maskierten Kriminalbeamten umringt zu sein und Sekunden später mit Handschellen gefesselt auf dem Boden zu liegen. Eine Situation, die von den meisten Festgenommenen überhaupt nicht realisiert werden kann.
Die Männer des Mobilen Einsatzkommandos erleben es fast bei jedem Einsatz, dass die angeblich härtesten Ganoven für Stunden ihre Fassung verlieren.

Die sich anschließende körperliche Durchsuchung nach Waffen verläuft negativ. Positiv verläuft hingegen die Untersuchung der Fahrräder. Alle Rahmenteile, einschließlich der Lenker sind bis oben hin mit Heroin und Kokain gefüllt. Auch im Haus werden »nicht geringe Mengen« Drogen und mehrere zig Tausend Mark sichergestellt.

Im Fahrzeug selber wurde absolut nichts gefunden. Bei jeder normalen Kontrolle wären sie sicherlich unbehelligt davon gekommen. Vielleicht kann in einer späteren Vernehmung geklärt werden, wie oft die Beschuldigten auf diesem Weg Drogen aus dem benachbarten Holland geschmuggelt haben.

Nachdem die Durchsuchung abgeschlossen ist und die Beschuldigten in Aurich in Polizeigewahrsam genommen wurden, bemüht Pierrets sich erneut, Kontakt zu Barkemeyer aufzunehmen. Diesmal klappt es.

»Werner, wie sieht es bei euch aus? Wo seid ihr?«

»Bei uns ist alles bestens. Gregor hat schon ›Gummi gegeben‹ und ist vorgefahren. Das Evangelische Krankenhaus hat bei der Funkeinsatzzentrale angerufen: seine Frau hat einen kleinen Jungen bekommen. Das erste Kind im neuen Jahr. Wir haben schon in Hollenstedt Rast gemacht und den kleinen ›MEKi‹ pinkeln lassen. Sind jetzt in Höhe Grundbergsee. Der Einsatz war klasse. Wir haben die gesamte Sore* sichergestellt und vier Leute ›genagelt‹. Sitzen alle im Knast.«

»Und wie war's bei euch?«

»Auch gut, haben die Durchsuchung gerade abgeschlossen und insgesamt ca. vier Kilogramm Heroin und Kokain sichergestellt. Auch noch 'ne Menge Bargeld.«

»Prima, da haben sich die Einsätze jedenfalls gelohnt. Wann könnt ihr auf der Dienststelle sein?«

»Ich schätze in einer guten Stunde.«

»Okay, wir sind früher da, setzen dann schon mal Kaffee auf. Haben wir noch ›JB‹?«

»Ich schätze, ja!«

»Okay, bis dann.«

Es ist kurz nach 2.00 Uhr, als auch die Letzten in der Dienststelle eintrudeln und Barkemeyer mit kurzen prägnanten Sätzen den Einsatz in Trentrade schildert.

Da seinen Ausführungen zufolge die Schneedecke in Trentrade nach wie vor geschlossen war und außerdem noch an Höhe zugenommen hatte, konnten sie unmöglich an das Objekt heranfahren, ohne von den Tätern entdeckt zu werden. Sie mussten sich vielmehr darauf beschränken, die umliegenden Zufahrtsstraßen abzusperren und auf die Rückkehr der Täter zu warten.
Die Verbrecher waren, nachdem sie die Haustür aufgehebelt hatten, praktisch unter den Augen der Beamten des Mobilen Einsatzkommandos in das Gebäude eingestiegen und hatten die kostbarsten Gegenstände in ihren geschlossenen Kastenwagen geladen. Ein Vorgang, der körperlich nicht ohne Anstrengungen war und fast zwei Stunden in Anspruch nahm. Als sie dann mit ihrem Wagen am späten Nachmittag - es dunkelte bereits - die Heimfahrt antraten, wurden sie auf der Straße nach Westensee ausgebremst, indem sich mehrere Einsatzfahrzeuge vor, seitlich und hinter den LKW setzten. Nachdem das Fahrzeug zum Stehen kam, wurden die vier im Führerhaus befindlichen Tatverdächtigen unter Vorhalt von Maschinenpistolen aufgefordert, das Fahrzeug einzeln zu verlassen. Dann wurden ihnen nacheinander Handschellen angelegt. Bei der anschließenden Durchsuchung wurde bei einem Täter eine scharfe 9mm Pistole mit einem selbst gefertigten Schalldämpfer gefunden.
Nach der Festnahme wurden alle vier Täter den Kollegen des zuständigen Fachkommissariats übergeben. Das Diebesgut wurde sichergestellt und später an die Eigentümer ausgehändigt.
Da die Silvesterfeier für die Beamten des Mobilen Einsatzkommandos und den externen Kräften ohnehin verpatzt war, blieben die Frauen und Männer auch nach dem Einsatz noch auf der Dienststelle zusammen und feierten die Geburt des kleinen »MEKi«.

Schnee, der Schlüssel zur Hölle

Die Frühbesprechung hat gerade erst angefangen, als das Telefon klingelt.

»Hallo Peer! Rainer hier, ich brauche deine Unterstützung. Wir haben einen Ladendieb festgenommen, der angeblich was von einer ›K-Connection‹ weiß.«

»Okay, Falko soll sich mal mit dem Typen unterhalten. Vielleicht ist ja was dran. In letzter Zeit bekommen wir sehr viele Hinweise, dass im nordwestlichen Raum verstärkt mit Kokain gehandelt werden soll.«

Beim Betreten des Vernehmungszimmers erkennt Falko sofort, dass eine Befragung des Beschuldigten aufgrund seines übermäßigen Drogenkonsums zum augenblicklichen Zeitpunkt wenig Erfolg versprechend ist.

Der Typ ist ca. achtundzwanzig Jahre alt, groß, ausgezehrt. Seine Kleidung ist heruntergekommen, außerdem riecht er penetrant nach Körperflüssigkeit. Er ist mit Sicherheit seit längerer Zeit drogenabhängig. Das letzte Bad hat er vermutlich vor Monaten genommen.

Kein Wunder, dass der schon beim Versuch eines Diebstahls auffallen musste. Fast könnte man den Eindruck gewinnen, dass er die Straftat bewusst ausgeführt hat, um anschließend geschnappt zu werden und wenigstens für Stunden ein warmes Quartier zu haben. Draußen ist es bitterkalt.

Nach der Personalienaufnahme und einer erneuten erkennungsdienstlichen Behandlung bemüht sich Falko, Informationen bezüglich des Drogenhandels zu bekommen. Ein paar Fragen genü-

gen, um zu erkennen, dass diese Person keine konkreten Angaben zu einer bestimmten Person oder Sache machen kann. Sein vager Hinweis bezieht sich lediglich auf irgendeine Drogerie, eventuell aber auch auf eine Galerie.
Falko Stüver ist enttäuscht. Unverrichteter Dinge kehrt er zu seiner Dienststelle zurück, um Peer Pierrets Bericht zu erstatten.
»Leider nicht«, beginnt er seinen Vortrag. Als er dann in kurzen, knappen Worten eine Galerie erwähnt, horcht Pierrets auf.
»Stopp, Falko, warte 'mal. Holst du mir aus dem Geschäftszimmer bitte den Aktenordner ›Rauschgifthinweise‹. Ich habe vor gar nicht langer Zeit schon einmal 'was über eine Galerie gelesen.«

Der in der Akte befindliche anonyme Hinweis bezieht sich auf eine Galerie in der Nähe von Leer. Angeblich sollen die Beteiligten eines Verkehrsunfalls aus einer Galerie gekommen sein und dort zuvor Kokain konsumiert haben.
Das Fahrzeug war auf gerader Strecke ohne Fremdeinwirkung von der Fahrbahn abgekommen und in einen Strassengraben gefahren. Die Polizei wurde bewusst nicht eingeschaltet, weil alle Fahrzeuginsassen nach Angaben des Hinweisgebers »high« waren. Die Bergung des Fahrzeugs soll angeblich von einem Bauern mit seinem Traktor erfolgt sein.
Da beim erneuten Hinweis wiederum eine Galerie in Verbindung mit Drogen erwähnt wird, bekommen Falko Siebert und Frerk Habermann den Auftrag, verdeckte Ermittlungen aufzunehmen, um abzuklären, ob an den Hinweisen etwas dran ist.
Bereits am nächsten Tag, es ist ein Donnerstag vor dem Osterfest, fahren beide Ermittler nach Leer. Sie suchen das zuständige Fachkommissariat auf und erkundigen sich nach dem Betreiber einer außerhalb der Stadt gelegenen Galerie.
Die Informationen sind dürftig. Der Leiter des Kommissariats, Herr Holtermann, weiß lediglich, dass die Galerie vor ca. fünf Jahren von einer Frau eröffnet wurde und vor etwa zwei Jahren sehr aufwendig restauriert und erweitert wurde. Auch weiß er nicht ohne Stolz zu berichten, dass er persönlich zu der Wiedereröffnung eingeladen war, der Einladung aber leider aus familiären Gründen nicht Folge leisten konnte. Ansonsten sei der Betrieb völlig unauffällig. Hinweise auf Straftaten seien bisher nicht eingegangen.

Vom zuständigen Hochbauamt erfahren sie noch, dass die Umbaumaßnahmen sehr umfangreich und kostenintensiv waren, zumal strenge Auflagen des Denkmalschutzes zu beachten waren. Bei dem Objekt handelt es sich um eine ca. vierzig Meter hohe Achtkant-Kappenmühle aus dem 19. Jahrhundert, die auf einem Erdhügel erbaut wurde. In der Außenansicht durften nur unwesentliche Veränderungen vorgenommen werden. Lediglich die separaten sanitären Einrichtungen wurden von Grund auf erneuert und zusätzlich mit mehreren kleinen gusseisernen Bogenfenstern versehen.

Die Ausstellungsflächen im Inneren der Mühle erstrecken sich über zwei Etagen. Oberhalb der für die Öffentlichkeit zugänglichen Räume befindet sich eine kleine Wohnung, die offenbar von der Betreiberin, einer Frau um die Dreißig, genutzt wird.

Nachdem Falko und Frerk sich mit den wichtigsten Informationen eingedeckt haben, fahren sie zur Galerie, um sich einen persönlichen Eindruck von der Betreiberin und dem Gebäude zu verschaffen.

Bereits von weitem ist die auf einer künstlichen Erhöhung gebaute Mühle zu erkennen. Die sie umgebenden Wiesen scheinen endlos. Die einzigen, für das Auge kaum wahrnehmbaren Unterbrechungen, sind tiefe Gräben, die zu einem weit verzweigten Entwässerungssystem gehören und das ganze Jahr über Wasser führen. Zäune oder andere Einfriedungen sind daher nicht erforderlich. Nur hin und wieder wird die Ebene durch Gattertore aus Holz oder Rundeisen unterbrochen.

Der untere Teil der Mühle ist aus rotem Backstein gebaut, wobei erkennbar ist, dass einige Steine ausgewechselt und zum Teil neu verfugt wurden. Die Oberfläche des vor der Mühle befindlichen Parkplatzes besteht aus grauen Schotter, die einzelnen Parkboxen sind durch alte rotbraune Straßenklinker markiert.

Eine Postkartenidylle, die lediglich durch einige dort abgestellte Personenkraftwagen beeinträchtigt wird.

Frerk ist erstaunt. Fünf Fahrzeuge der gehobenen Klasse, das deutet auf einen regen Besucherverkehr hin. Mit Ausnahme eines Berliner Kennzeichens sind die anderen Fahrzeuge aus den umliegenden Landkreisen.

Als beide Kriminalbeamten sich dem mit einem Rundbogen versehenen Eingang nähern, fällt ihnen ein matt gebürstetes Mes-

singschild auf, auf dem in polierten Druckbuchstaben »Galerie Caroline« steht. Es folgen der Name Caroline von Stredenwalde, Galeristin und die Öffnungszeiten.
Neben dem Eingang steht eine antike hölzerne Staffelei, mit dem Hinweis, dass noch bis Ende April eine Sonderausstellung des Malers Schmidt-Oldenborg zu sehen ist.
Das Innere der Galerie besticht durch uralte rustikale Balken zwischen weiß gestrichenen Wänden und ca. fünf bis sechs Zentimeter starken Dielenbrettern aus Eichenholz. Auch das Mahlwerk mit zwei mächtigen Mühlsteinen ist vollständig im Original erhalten. Faszinierend, der Gegensatz zwischen Alt und Neu. Eine architektonische Meisterleistung.
In der unteren Etage sind moderne Bilder jüngerer Künstler ausgestellt. Im oberen Ausstellungsraum, der über eine schmale Holzstiege zu erreichen ist, hängen fast ausschließlich Exponate des Kunstmalers Schmidt-Oldenborg.
Aus seiner Vita geht hervor, dass er 1952 in Berlin geboren wurde, Malunterricht bei Wolfgang Winter hatte und später Meisterschüler von Professor Eberhardt Strass war. Hinweise auf unterschiedliche Preisverleihungen und Ausstellungen im In- und Ausland lassen auf ein großes Talent schließen.
Seine Bilder spiegeln vorzugsweise Küstenstreifen und Meerlandschaften wieder. Auffallend ist hierbei besonders sein pastöser Auftrag der Ölfarbe, der die Bilder fast plastisch erscheinen lässt.
Falko und Frerk schauen sich um. Wo sind die ganzen Besucher? Bisher haben sie weder in dem unteren noch im darüber liegenden Ausstellungsraum Personen gesehen. Auch wundern sie sich, dass keine Aufsicht oder Beratung zugegen ist.
Sie verhalten sich ruhig. Minuten vergehen. Nichts rührt sich. Nur aus dem oberen Geschoss kommt leises Stimmengewirr.
»Hallo, ist hier jemand?« Falkos tiefe Stimme ist unüberhörbar.
Ruhe. Nichts rührt sich, nur das Gemurmel verstummt. Erst nach einer Weile ist aus dem Stockwerk über ihnen eine weibliche Stimme zu hören:
»Ja bitte, kann ich ihnen helfen?« Gleichzeitig ist das unverkennbare Geräusch von Absätzen auf den Stufen der Holztreppe zu vernehmen.
Beide schauen gespannt nach oben und können ihre Überraschung und Bewunderung kaum verbergen, als sie die Person

erblicken. Sie ist auffallend schick, bekleidet mit einem roten Kostüm und dazu farblich abgestimmten Schuhen. Die langen, dunklen Haare leicht zerzaust. Sie bleibt auf der vorletzten Stufe stehen, ganz bewusst. Dann wiederholt sie ihre Frage noch einmal: »Womit kann ich den Herren dienen?« Ihre Stimme hat etwas Provozierendes.

Falko und Frerk blicken sich nur kurz an. Jeder weiß vom anderen, was er denkt. Bei der Frau ist alles einstudiert, der Gang, jede Geste, alles ist Aktion. Sie will Männern gefallen, möglicherweise auch mehr.

Trotz ihrer auffallenden Erscheinung wirkt sie zugleich müde, hohl und ausgebrannt.

»Wir sind auf dem Weg zur Küste und haben die vielen Autos vor der Galerie gesehen«, beginnt Falko das Gespräch. »Außerdem interessiere ich mich für Lithografien. Wir haben uns bereits umgesehen, aber ich musste zu meinem Bedauern feststellen, dass sie damit nicht dienen können.«

»Nein, zurzeit leider nicht, aber wenn sie einen bestimmten Künstler bevorzugen und mir ihre Adresse hinterlassen, nehme ich jederzeit herzlich gerne Kontakt zu Ihnen auf.« Falko horcht auf. War da nicht erneut der sonderbare Unterton in ihrer Stimme?

Mittlerweile ist sie die beiden letzten Stufen heruntergekommen und steht ihm gegenüber, so dass er den intensiven Duft ihres herben Parfüms riechen kann. Das Revers ihrer Kostümjacke ist tief angesetzt und wird nur durch einen überdimensionierten schwarzen Knopf unter der Brust zusammengehalten. Der tiefe Einblick ist gewollt. Provokativ!

»Wie lange bleiben Sie an der Küste? Eventuell kann ich Ihnen auch kurzfristig einige Exponate beschaffen!« Sie macht bewusst ein paar wiegende Schritte um die beiden herum und wendet sich Falko erneut zu. Er wehrt ab. »Vielen Dank, für Ihr Entgegenkommen, es ist nett von Ihnen, aber wir bleiben nur über Ostern.«

Frerk schaltet sich ein und versucht das Gespräch in eine andere Richtung zu lenken.

»Wie kommt es, dass auf dem Parkplatz so viele Fahrzeuge stehen? Haben wir etwas übersehen? Findet hier ein besonderes Event statt?«

»Nein, nein, das ist privat, es sind Freunde von mir. Wir feiern ein wenig.«

Frerk verkneift sich weitere Fragen, obgleich er sich am liebsten selbst eingeladen hätte, um den illusteren Personenkreis kennen zu lernen. So bleiben ihm leider nur die Fahrzeugkennzeichen. Nach einem kurzen Plausch verabschieden sie sich voneinander, wobei Falko noch in Aussicht stellt, auf der Rückreise eventuell wieder herein zu schauen.
»Hast du die riesigen Pupillen gesehen?« ist Falkos erste Frage, als sie die Galerie verlassen und in Richtung ihres Fahrzeuges gehen.
»Na klar, habe ich das, die sind da oben schwer am koksen. Und nicht nur das! Die Braut war außerdem halb nackend. Ich möchte wetten, dass sie außer der Kostümjacke und dem Rock nichts an hatte. Außer den Schuhen natürlich.«
Sie fahren in Richtung Küste davon und überlegen, ob und welche weiteren Maßnahmen unter den gegebenen Umständen zurzeit sinnvoll sind. Nach Abwägung aller Umstände, insbesondere der bevorstehenden Feiertage, sehen sie von weiteren Ermittlungen ab. Wenn möglich, möchten sie mit ihren Familien ruhige Ostertage verleben.
Die Überprüfung der Fahrzeughalter war nur in einem Fall erfolgreich. Der Besitzer des auffälligen Mercedes mit dem Berliner Kennzeichen war bei der Kriminalpolizei kein Unbekannter. Als Betreiber eines Nobelrestaurants in einem Vorort von Berlin war er bereits wiederholt wegen Drogenbesitzes und Körperverletzung in Erscheinung getreten. Sein Name lautet Franco Marenko, er ist neununddreißig Jahre alt, auf Jamaika geboren und wohnt in einer Nobelgegend in Berlin.
Über die anderen Fahrzeughalter liegen keine kriminalpolizeilichen Erkenntnisse vor. Es sind Kaufleute, ein angesehener Rechtsanwalt und ein weiterer Künstler.
Auch Caroline von Stredenwalde hat eine blütenweiße Weste und ist bisher nie mit dem Gesetz in Konflikt geraten.
Was ist dran an den Hinweisen? Gibt es die Kokainconnection wirklich oder wird dort nur gelegentlich Kokain konsumiert? Wenn ja, so handelt es sich doch lediglich um eine gewöhnliche Alltagskriminalität und rechtfertigt nicht den Einsatz eines Spezialeinsatzkommandos*.
Sie sind sich einig, Caroline von Stredenwalde wird in der Galerie niemals Kokain an Endverbraucher verkaufen. Sie würde nicht für ein paar Gramm Kokain ihre Existenz aufs Spiel setzen.

Die Beamten fassen ihre Erkenntnisse in einem Bericht zusammen und informieren Pierrets über das negative Ergebnis. Für sie ist der Fall damit abgeschlossen.
Auch für Peer Pierrets ist klar, dass die vorliegenden Erkenntnisse nicht ausreichen, um möglicherweise über die Staatsanwaltschaft beim zuständigen Amtsgericht eine Telefonüberwachung zu beantragen. Dafür bedarf es Fakten und keine anonymen Hinweise oder Vermutungen. Für die Beantragung eines Durchsuchungsbefehls sind andere Dienststellen zuständig. Außerdem scheint es wenig Erfolg versprechend.

Drei Monate später muss Peer Pierrets sich erneut mit dem Fall beschäftigen. Eine Dienststelle aus Rheine in Nordrhein-Westfalen bittet per Fernschreiben um Erkenntnisse über eine Galerie »Caroline« in der Nähe von Leer.
Nach umfangreichen Ermittlungen war es den dortigen Beamten gelungen, ein Lehrerehepaar mit dreihundert Gramm Kokain und Amphetaminen festzunehmen. Aus Angst vor weit reichenden strafrechtlichen und disziplinarischen Konsequenzen hatten beide Beschuldigten eine Lebensbeichte abgelegt und sich als Kronzeugen zur Verfügung gestellt. Sie hatten sowohl ihre Abnehmer als auch Lieferanten preisgegeben, zu denen angeblich auch die Betreiber der zuvor erwähnten Galerie zählten. Mit dieser Aussage erhoffte sich das Ehepaar eine bessere Situation vor Gericht.
Ist das der Durchbruch? Pierrets berät gemeinsam mit seinen beiden Oberkommissaren Falko und Frerk die weitere Vorgehensweise. Ist es sinnvoll, die bisher gewonnenen Erkenntnisse dem polizeilichen Fernschreibnetz anzuvertrauen oder ist es taktisch klüger, den Kollegen in Rheine einen Besuch abzustatten, um in einem persönlichen Gespräch den Sachverhalt zu erörtern? Sie entscheiden sich für Letzteres.
In dem dort anhängigen Strafverfahren geht es um mehr als einhundert Beschuldigte, die alle mehr oder weniger im Drogengeschäft involviert sind. Aus dem Vernehmungsprotokoll und den sichergestellten Briefen des Hauptbeschuldigten geht eindeutig hervor, dass dieser ein langjähriges freundschaftliches Verhältnis zur Betreiberin der Galerie hat und auch geschäftlich mit ihr verbunden ist.

Peer Pierrets ist zufrieden. Er bittet den Leiter der Sonderkommission in Rheine, das Verfahren gegen von Stredenwalde abzutrennen, um gegen sie ein gesondertes Strafverfahren wegen gewerbsmäßigen Handels mit Rauschgift einzuleiten. Die Voraussetzungen dafür dürften aufgrund der vorliegenden Unterlagen jetzt allemal gegeben sein.

Die Unterlagen enthalten auch Briefe, die nur beschlagnahmt werden können, weil qualifizierte Tatbestandsmerkmale vorliegen. Bei deren Auswertung wird deutlich, dass der Beschuldigte Hartwig Wegener, wohnhaft in Rheine, Uferweg 19, und Caroline von Stredenwalde bereits seit ihrer gemeinsamen Zeit auf der Oberschule in Berlin befreundet sind.
In einem Brief heißt es unter anderem: »Hallo Hartwig, da ich noch keinen Studienplatz bekommen habe, gehe ich zunächst für ein Jahr als Au per nach Paris. Danach möchte ich in Berlin Lehramt für Kunstgeschichte und Germanistik studieren.«
In einem anderen Brief beklagt sie sich über ihre schlechten Französischkenntnisse und über ihre arrogante Gastfamilie. Auch schreibt sie, froh zu sein, wenn die Zeit vorüber ist und sie endlich in Berlin studieren kann. Sie erinnert an ausgeflippte Partys und an den Besuch eines Baggersees, als alle gänzlich voll gedröhnt, splitternackt ins Wasser gesprungen waren und einige dabei fast ertrunken wären. Eine total verrückte Clique!
»Snifst du noch immer?« heißt es an einer Stelle.
»Ich muss vorsichtig sein und mich etwas zurückhalten, wenn meine Gasteltern dahinter kommen, schmeißen sie mich sofort raus. Eigentlich schade, zumal der Stoff hier weitaus besser und billiger ist als in Berlin.«
Später folgt eine Einladung zur Examensfeier. Caroline hat ihre Prüfungen bestanden und möchte bis zum Beginn des Referendariats in einem Kunstgewerbe oder in einer Galerie jobben.
Ausführlich beschreibt sie später die Begegnung mit dem Besitzer des Nobellokals »Gaugin«:
»Er ist wunderbar. Ich habe nie zuvor einen Mann kennen gelernt, der so großzügig ist wie er. Außerdem sieht er blendend aus. Er ist etwa so groß wie du. Ist Mitte dreißig, hat einen leicht südländischen Touch und lange braunschwarze Haare, die er zu einem Pferdeschwanz zusammen gebunden hat. Allem Anschein nach

muss er sehr, sehr reich sein. Wir haben uns von Anfang an gut verstanden. Noch am Abend des Kennenlernens hat er mich zusammen mit zwei anderen Pärchen in seine Villa eingeladen. Ich sage dir, ein Traum.
Du machst dir keine Vorstellungen, wie die Wohnung eingerichtet ist. So etwas habe ich nie zuvor gesehen. Die aus edelstem Rosenholz gefertigten Türen reichen bis zu den Decken und die Zimmerwände sind zum Teil mit weißem Marmor ausgelegt, der extra aus Indien eingeflogen wurde. Überall liegen echte Teppiche und an den Wänden hängen Bilder von namhaften Malern. Natürlich nur Originale. Die müssen ein Vermögen gekostet haben. Nachdem ich ihm erzählt habe, dass ich Kunstgeschichte studiert habe und vorübergehend einen Job in einer Galerie suche, hat er noch in der Nacht einen befreundeten Galeristen angerufen und mir eine Anstellung besorgt. Einfach so!
Als wir nach einer gemeinsamen heißen Nacht gegen 11.00 Uhr am Frühstückstisch saßen, fragte er mich dann unvermittelt, was ich davon hielte, eine eigene Galerie aufzumachen.
Kannst du dir vorstellen, wie ich geguckt habe? Du kennst mich! Zuerst habe ich ihn gar nicht für voll genommen und an einen ›Flashback‹ geglaubt. Ich konnte mir einfach nicht vorstellen, ein solches Angebot von jemand zu bekommen, mit dem ich nur eine Nacht zusammen geschlafen hatte. Dann musste ich aber schnell erkennen, dass es durchaus kein Scherz war. Franco hat tatsächlich die Absicht, mir eine Galerie einzurichten, in der ich schalten und walten kann, wie ich es möchte. Das würde bedeuten, ich könnte die Künstler kontaktieren, wäre für Preise und Provisionen verantwortlich und könnte darüber hinaus entscheiden, welche Künstler bei mir ausstellen und wie lange die jeweiligen Ausstellungen dauern. Es ist der helle Wahnsinn. Ich bin hin und her gerissen.
Was meinst du, soll ich das Angebot annehmen und auf mein Referendariat verzichten? Glaubst Du, ich kann das schaffen? Du musst mir unbedingt sofort antworten! Ich bin so aufgeregt!«
Das Antwortschreiben war offensichtlich ernüchternd und nicht in ihrem Sinne. Sie ist enttäuscht über seine Reaktion und weist seine Bedenken als völlig unbegründet zurück. Sie schreibt: »… Ich konnte mich bisher immer auf meine Menschenkenntniss verlassen. Er meint es ehrlich! Außerdem habe ich mich bereits entschieden. Für mich gibt es kein Zurück mehr.«

Später beklagt sie sich, dass es schwierig ist, ein adäquates Objekt zu finden, dass für eine Galerie der gehobenen Klasse geeignet ist. »Angebote haben wir genug, aber entweder passen die Räumlichkeiten nicht oder das Umfeld entspricht nicht unseren Vorstellungen. Franco und ich sind fast täglich in ganz Deutschland unterwegs. Es ist ganz schön anstrengend und ermüdend. Zurzeit führen wir Verhandlungen mit einem Mühlenbesitzer in Ostfriesland. Mal sehen, vielleicht klappt es ja.«
Interessant ist ein Brief, aus dem hervorgeht, dass Franco anlässlich der Eröffnung der Galerie eine Riesenparty gegeben hat. Dort heißt es unter anderem: »... Koks soviel du wolltest und in allen Variationen. Von ›Kokapasta‹ über ›Freebase‹ und ›Crack‹ war alles zu haben. Alle waren high. Total krass wurde es, als eine Frau ihrem Lover eine Linie Kokain auf seinen Penis zog und anschließend mit ihm schlief. Gespannt schauten alle zu und warteten auf die Reaktion. Nachdem sie zunächst völlig regungslos blieb, explodierte sie unvermittelt und legte einen Liebesakt hin, wie ihn noch keiner von uns gesehen hatte. Sex pur! Einige waren von dem Anblick und der Reaktion so angetan, dass sie es ihr gleich taten. Ich habe mich nicht getraut, obwohl die Versuchung groß war.
Ich hoffe, ihr beide könnt einmal an einer solchen Feier teilnehmen.«

Pierrets, Frerk und Falko sind sich einig, dass die Erkenntnisse aus den Briefen zwar aufschlussreich sind und ganz klar belegen, dass Kokain »in nicht geringen Mengen« konsumiert wird, dass sie aber als Grundlage für ein Strafverfahren gemäß § 30a Betäubungsmittelgesetz (BtMG) nicht ausreichend sind.
Anders verhält es sich bei der richterlich bestätigten Vernehmung des Beschuldigten Wegener. Hieraus geht eindeutig hervor, dass er seine Drogen wiederholt bei von Stredenwalde gekauft hat. Er räumt sogar ein, dass ihr Kokain stets von außergewöhnlicher Qualität war.
Jeder Außenstehende fragt sich, wie so etwas möglich ist? Wie kann es angehen, dass der beschuldigte Wegener seine langjährige, gute Bekannte belastet? So etwas darf es nicht geben und kann nicht normal sein!
Und doch ist es so! Die Ermittler des Rauschgiftkommissariats erleben immer wieder, dass gute Bekannte, ja selbst Freunde

geopfert und verraten werden, wenn es gilt, den eigenen Vorteil zu nutzen. Begriffe wie Freundschaft, Verlässlichkeit oder Ehre haben in der Drogenszene überhaupt keinen Raum. Vielleicht trägt aber auch der nachstehende Gesetzestext dazu bei, in dem es auszugsweise heißt:

»Strafmilderung oder Absehen von Strafe.

Das Gericht kann die Strafe nach seinem Ermessen mildern (...) oder von einer Bestrafung (...) absehen, wenn der Täter

durch freiwillige Offenbarung seines Wissens wesentlich dazu beigetragen hat, daß die Tat über seinen eigenen Tatbeitrag hinaus aufgedeckt werden konnte, oder freiwillig sein Wissen so rechtzeitig einer Dienststelle offenbart, daß Straftaten (...) von deren Planung er weiß, noch verhindert werden können.«

Den Beamten der Sondereinheit steht es nicht zu, eine Wertung des Gesetzes vorzunehmen. Für ihre Arbeit kann der Paragraph jedoch durchaus hilfreich sein. Im Kampf gegen das organisierte Verbrechen ist ihnen jedes legale Mittel recht.

Sie erleben immer wieder, wie junge, hoffnungsvolle Menschen durch Drogen in den Abgrund gerissen werden. Wie skrupellose Geschäftemacher sich einen Dreck darum scheren, wie es den Abhängigen geht, wenn sie auf Entzug sind. Wenn sie von quälender Unrast getrieben alles tun, um an das Gift zu kommen. Den Dealern ist es nur recht, wenn ihre Kunden in immer kürzeren Abständen immer höhere Dosierungen benötigen und zu keiner Willenshandlung mehr fähig sind.

Oft fängt alles ganz harmlos an. Im Freundeskreis ein Joint, in der Disko die ersten Amphetamine, eine Liebesnacht mit einer Line Kokain, dem »heißen Schnee«, der besonders Frauen stimulieren soll oder der erste Schuss Heroin, der angeblich die grenzenlose Freiheit, die totale Selbsterkenntnis bringt. Die Möglichkeiten sind vielfältig. Bezahlung? Nein, ist nicht erforderlich, das lässt sich später regeln. Jetzt heißt es genießen, abschalten, cool sein, das Bewusstsein erweitern. Ein verhängnisvoller Trugschluss.

Die Männer des Mobilen Einsatzkommandos kennen alle Facetten der Anmache und der Sucht. Ihnen liegt es fern, die armen Teufel, die bedauernswerten Endverbraucher zu ermitteln und der Justiz zuzuführen. Sie sind Spezialisten und haben eine umfangreiche Ausbildung hinter sich. Bei ihrer Arbeit geht es nicht

selten um Geldbeträge im sechsstelligen Bereich und mehr, da zählt ein Menschenleben oft nicht viel. Es ist ein hartes, gnadenloses Geschäft.
Ihr Bestreben ist es, diese skrupellosen, menschenverachtenden Großdealer zu überführen, Drogen und schmutziges Geld sicherzustellen und wenn möglich, Immobilien, hochwertige Fahrzeuge oder andere Wertgegenstände einzuziehen. Um dieses Ziel zu erreichen, gehen sie oft bis an die Grenze ihrer Leistungsfähigkeit und riskieren nicht selten ihre Gesundheit oder gar ihr Leben.

Die Fakten reichen aus. Aufgrund der vorliegenden Erkenntnisse wird gegen Caroline von Stredenwalde ein Strafverfahren wegen Verstoßes gegen das Betäubungsmittelgesetz eingeleitet.
Im Gesetzestext steht unter anderem: »Mit Freiheitsstrafe nicht unter fünf Jahren wird bestraft, wer Betäubungsmittel in nicht geringen Mengen unerlaubt anbaut, herstellt, mit ihnen Handel treibt, sie ein- oder ausführt und dabei als Mitglied einer Bande handelt, die sich zur fortgesetzten Begehung solcher Taten verbunden hat.«
Aufgrund der vorliegenden Erkenntnisse ist es Pierrets jetzt möglich, einen Gerichtsbeschluss zur Überwachung der Telefone in der Galerie und der Wohnung zu erwirken.
Da die aufgezeichneten Telefongespräche live mitgehört, ausgewertet und protokolliert werden müssen, bedeutet das für Pierrets und sein gesamtes Team ab sofort Dienst rund um die Uhr.
Die ersten Tage und Wochen vergehen ohne besondere Vorkommnisse. Alle Gespräche beziehen sich dem Anschein nach ausschließlich auf Künstler, Ankündigungen von Besuchern, Ausstellungen und Honorare. Von Drogen ist bisher in keinem Gespräch die Rede.
Bemerkenswert sind möglicherweise Gespräche, die Caroline von Stredenwalde mit Franco Marenko führt und in denen gelegentlich der Name einer Galerie in Antwerpen erwähnt wird. Für die Beamten ergibt sich bisher dennoch nichts Greifbares. Oft ist es nur ein Nebensatz oder ein besonderer Tonfall, der sie aufhorchen lässt.
Auffallend ist auch, dass der Ton zwischen Marenko und von Stredenwalde sehr geschäftsmäßig ist. Von besonderer Herzlichkeit oder gar Liebe keine Spur.

Es entsteht der Eindruck, dass Marenko sehr wohl in die Geschäftsabläufe der Galerie eingreift. Nicht selten kommt es vor, dass er besonders finanzkräftige Kunden vorher ankündigt und von ihr verlangt, besonders aktiv und entgegenkommend zu sein. Ein ankommendes Telefongespräch ist besonders interessant, weil daraus hervorgeht, dass die von Franco in Auftrag gegebenen Bilder fertig sind und für den Abtransport bereit stehen. Ist das der Durchbruch? Handelt es sich möglicherweise um eine versteckte Botschaft, um einen bevorstehenden Deal?
Möglich! Marenko hat sich bereits Tage zuvor bei Caroline erkundigt, wann die Auftragsbilder endlich fertig sind. Seine Stimmung schien gereizt, aggressiv und voller Ungeduld.
Obgleich Pierrets und seine Kollegen nach wie vor keine konkreten Anhaltspunkte haben, dass es eine Drogen-Connection nach Belgien gibt, konzentrieren sie sich auf diese Spur. Eine Anfrage über Interpol verläuft negativ. Über die Betreiber der Galerie in Antwerpen liegen keine Erkenntnisse vor.
Verdammt, kann das sein? Ist es möglich, dass ein Drogenhandel im großen Stil über Monate oder Jahre unerkannt bleibt? Dass keiner der Beteiligten bisher strafrechtlich in Erscheinung getreten ist? Ungewöhnlich!
Pierrets hat einen Tag Zeit, um gemeinsam mit seinem Team eine Strategie über die weitere Vorgehensweise zu entwickeln.
Am einfachsten wäre es, die Zufahrtswege zur Mühle für die nächsten Tage unauffällig zu überwachen, um den oder die Täter bei ihrer Rückkehr abzufangen und eventuell mitgeführtes Rauschgift zu beschlagnahmen. Doch was ist, wenn die Drogen bereits außerhalb der Mühle gebunkert werden oder direkt nach Berlin transportiert werden? Wenn unterwegs Mittelsmänner bereit stehen und Teilmengen zwischenzeitlich verkauft werden?
Für die Spezialkräfte des Mobilen Einsatzkommandos ist das Risiko zu groß. Sie wollen die Arbeit von Monaten unter keinen Umständen gefährden. Alle sind sich einig, wenn die Fahrt nach Belgien losgeht, muss gleichzeitig eine konspirative Observation erfolgen. Dafür sind sie ausgebildet und verfügen über spezielle Einsatzmittel.

Der Einsatz beginnt bereits kurz vor Mitternacht, nachdem einige unerlässliche Formalitäten über einen möglicherweise bevorste-

henden Auslandseinsatz mit dem Landeskriminalamt geregelt wurden.
Noch wissen sie nicht, wie und womit der Transport erfolgen soll. Telefonisch bekannt ist lediglich, dass die Ware zum Abholen bereit steht. Was immer das auch bedeuten mag.
Auffällig ist, dass bereits einen Abend vor dem vereinbarten Abreisetermin ein Renault-Mietwagen und ein für die Galerie zugelassener Tandem-Anhänger mit einem verschließbaren festen Deckel vor der Galerie stehen. Sollte das ihr Zielfahrzeug sein? Pierrets weist seine Leute an, dieses Fahrzeug besonders im Auge zu behalten.
Gegen 9.00 Uhr ist es soweit. Ein Beamter des in A-Position stehenden Fahrzeugs meldet, dass der Mietwagen samt Hänger soeben vom Parkplatz der Galerie gefahren ist. Über Funk heißt es: »Insassen sind zwei Frauen, eine davon vermutlich unsere Zielperson. Nähere Informationen in wenigen Minuten.«
Nach kurzer Zeit ist die Stimme erneut zu hören.
»Personen haben uns soeben passiert. Fahrerin mit Sicherheit unsere Zielperson. Zweite Person nicht bekannt. Beschreibung: ca. fünfunddreißig Jahre alt, Brillenträgerin, lange blonde Haare, hoch gesteckt, bekleidet mit einer dunkelblauen Jacke, Raucherin. Unsere Zielperson trägt ebenfalls eine dunkle Jacke mit einem weißen Kragen. Fahrtrichtung Innenstadt Leer, mäßige Geschwindigkeit. Wir bleiben zurück.«
In Leer legen beide Frauen einen kurzer Stopp ein, um in einem Kaufhaus Getränke und Obst zu kaufen. Kurz darauf geht es weiter zur Anschlussstelle Leer West und anschließend über die A31 in Richtung Groningen.
Bis auf Frerk, Falko und zwei Beamten, die die Telefonanlage überwachen, hat Peer Pierrets sein gesamtes Team in die Observation eingebunden. Den beiden verdeckten Ermittlern kommt die Aufgabe zu, die Galerie sporadisch anzufahren, um mögliche Bewegungen und Veränderungen festzustellen.
Neben Personenkraftwagen unterschiedlicher Typen befinden sich im Observationstross auch ein Peilfahrzeug und ein Werkstattwagen. Beide Fahrzeuge sind unter anderem mit sensiblen Messgeräten, Steigeisen zum Erklettern von Telegraphenmasten und diversen Werkzeugen für Erdarbeiten ausgestattet. Außerdem befinden sich darin verschiedene Funkgeräte, die im Bedarfsfall

auch als Relaisstation für unterschiedliche Funkkreise benutzt werden können. Einige Fahrzeuge sind außerdem bereits mit original holländischen und belgischen Kennzeichen ausgestattet.
Obgleich die Gelegenheit günstig war, hat Pierrets auf das Anbringen eines Peilsenders am möglichen Zielfahrzeug verzichtet. Zum einen, weil nicht feststand, ob dieses Fahrzeug tatsächlich für die Fahrt eingesetzt wird und zum anderen, weil kaum zu befürchten ist, dass das Zielfahrzeug außer Kontrolle geraten kann.
Anders verhält es sich bei Observationen, in denen zum Beispiel Bewegungsdiagramme von Kriminellen mit schnellen Fahrzeugen angestrebt werden. Hier ist ein ständiger Wechsel der Einsatzfahrzeuge zwingend erforderlich. Fahrer, die sich längere oder auch kürzere Zeit in A-Position befinden, müssen spätestens bei Abzweigungen oder Kreuzungen ihre Position verlassen und sich von Fahrern der Position »B«, »C« oder »D« ablösen lassen. Im Idealfall sollten sich zudem Fremdfahrzeuge zwischen dem Ziel- und dem ersten Observationsfahrzeug befinden. Die gegenwärtige Observation beinhaltet soviel Spannung allerdings nicht.
Die Fahrt geht gemächlich weiter über Meppen, Haselünne, Emmen, in Richtung Niederlande. Die Grenze wird passiert. Kontrolliert werden weder die Insassen des Zielfahrzeugs noch die Observationskräfte.
Vorbei geht es an kilometerlangen Tulpenfeldern und Gewächshäusern auf der A37 und A28 in Richtung Zwolle, Utrecht, Meppel, Amsterdam, Den Haag und Breda. Die beiden Frauen im Zielfahrzeug fahren mit gleich bleibender Geschwindigkeit. Pierrets und seine Leute folgen ihnen mit großem Abstand.
Die niederländisch-belgische Grenze wird ebenfalls problemlos passiert und weiter geht die Fahrt auf der A16 in Richtung Antwerpen. Kurz vor Borgenhout kommt es dann zu einem Zwischenfall. Das in A-Position befindliche Fahrzeug meldet über Funk, dass unsere Zielpersonen mit eingeschalteter Warnblinkanlage am rechten Fahrbahnrand stehen. Beim Passieren des Fahrzeugs erkennen sie, dass beide Frauen ausgestiegen sind und ziemlich ratlos am Heck ihres Fahrzeuges stehen. Offensichtlich hat ihr PKW hinten rechts einen platten Reifen.
Für einen kurzen Augenblick überlegt Pierrets, ob er aus taktischen Gründen seine Hilfe anbieten soll, um dann möglicherweise in einem Gespräch das genaue Ziel der Frauen zu erfahren.

Doch er entscheidet sich anders. Sie haben jetzt in viereinhalb Stunden über dreihundert Kilometer zurückgelegt und eigentlich ist es unerheblich, ob sie das Zielobjekt eine Stunde früher oder später kennen.
Er gibt Anweisungen, zurückzubleiben und die Zwangspause für einen Imbiss zu nutzen. Nur die Besatzung des vorgesetzten Fahrzeugs bleibt auf einem Parkplatz stehen, um die Fortsetzung der Fahrt sofort zu melden.
Nach einer guten Stunde geht es weiter. Die Fahrt wird auf der N184 in Richtung Antwerpen fortgesetzt. Dann ein erneuter Stopp. In einem Vorort von Antwerpen hält Caroline von Stredenwalde an, steigt aus ihrem Fahrzeug, überquert die Straße und begibt sich zu einer öffentlichen Telefonzelle. Das Gespräch dauert nur Sekunden. Offensichtlich hat sie nur ihre unmittelbar bevorstehende Ankunft avisiert.
Schließlich dauert es noch fünfzehn Minuten, bis sie direkt vor einer eher zweitklassigen Galerie Halt machen. Caroline begibt sich zunächst alleine ins Innere der Galerie. Ihre Beifahrerin bleibt im Fahrzeug. Nach wenigen Augenblicken kommt sie mit einem männlichen Begleiter zurück. Sie startet den Wagen erneut. Ihr Begleiter geht zu einem neben dem Gebäude befindlichen Eisentor und öffnet ein massives Vorhängeschloss.
Dann lenkt Caroline ihr Gespann zügig auf den Innenhof. Die Beamten gewinnen den Eindruck, dass sie mit den örtlichen Gegebenheiten durchaus vertraut ist. Das Tor wird anschließend von innen geschlossen, ohne dass die Personen erneut zum Vorschein kommen.
Pierrets gibt kurze Anweisungen, eine Glocke um das Objekt zu bilden. Die Galerie und alle angrenzenden Straßen werden wie immer hermetisch abgeriegelt.
Der Werkstattwagen, ausgestattet mit belgischen Kennzeichen ist schräg vor der Galerie in Position gebracht worden. Die Beamten können jede Bewegung, jeden Kunden registrieren und gegebenenfalls auch filmen und fotografieren.
Dann wird es im Funk ruhig. Nur hin und wieder wird aus dem Werkstattwagen gemeldet, wenn eine Person die Galerie betritt oder verlässt. Die übrigen Einsatzkräfte hängen ihren Gedanken nach und hoffen auf ein positives Ende des Einsatzes.

Es ist bereits eine dreiviertel Stunde vergangen, als plötzlich die Besatzung eines weit vom Objekt entfernt stehenden Observationsfahrzeuges über Funk das Kennzeichen von Marenkos Mercedes durchgibt. Was war das? Sofort sind alle Kräfte hellwach.
Pierrets schaltet sich ein. »Heiko, wiederholen! Habe ich richtig gehört, Marenko ist hier in Antwerpen?«
»Ja, der hat uns soeben passiert. Soweit wir das mitbekommen haben, befindet sich noch eine zweite Person im Fahrzeug. Wir waren selber so überrascht, dass wir nicht einmal sagen können, ob es eine Frau oder ein Mann war. Auf jeden Fall fahren sie in Richtung Innenstadt. Sollen wir folgen?«
»Nein, unter keinen Umständen, behaltet eure Position bei. Das gilt für alle, egal was passiert, keiner verlässt seine jetzige Position und folgt dem Wagen.«
Dann die Aufforderung an den Werkstattwagen. »Klaas, versuche auf jeden Fall, auch die zweite Person zu filmen. Es muss schon einen besonderen Grund haben, wenn Marenko mit einer weiteren Person hier in Antwerpen auftaucht.«

Die Zeit vergeht. Marenko hätte längst da sein müssen.
»Seid ihr ganz sicher, dass es Marenko war?« Klaas aus dem Werkstattwagen meldet erste Zweifel an.
Prompt erntet er massive Kritik. »Wenn wir sagen, dass es Marenkos Wagen war, dann musst du nicht daran zweifeln. Oder glaubt du, wir verarschen euch in dieser Situation?«
»Okay, okay, war nicht so gemeint«, entschuldigt sich Klaas sofort. Er hat den Satz kaum beendet, als Marenko von einer anderen Besatzung kurz vor dem Einbiegen in die Zielstraße erneut gesehen wird.
»In seiner Begleitung befindet sich ein weiterer Typ. Einer von der ganz ›harten Sorte‹, jedenfalls dem Äußeren nach zu urteilen«, lautet der nachfolgende Kommentar.
Marenko parkt seinen Wagen ca. einhundert Meter von der Galerie entfernt auf der rechten Seite. Minuten vergehen, bevor sie aussteigen.
Klaas und sein Mitstreiter können vom Werkstattwagen aus alles genau beobachten. Die hoch empfindliche Kamera ist längst eingeschaltet und zeichnet jede Bewegung auf. Marenko steigt als erster aus und geht zum Kofferraum, während sein Beifahrer noch

im Fahrzeug sitzen bleibt und die Straße beobachtet. Er entnimmt dem Kofferraum eine dunkle Ledertasche, schließt die Klappe und bleibt in Höhe der Beifahrertür stehen. Jetzt steigt auch der Beifahrer aus dem Wagen. Es ist ein Hüne, ein typischer Bodygard. Gemeinsam legen sie die Wegstrecke bis zur Galerie zu Fuß zurück. Vor der Eingangstür müssen sie warten. Offensichtlich ist die Tür jetzt verschlossen. Es dauert nur einen Augenblick, dann wird sie geöffnet. Ein Typ kommt heraus, wirft einen kurzen Blick auf die Straße und lässt die beiden Besucher eintreten.

Pierrets und Barkemeyer sind angespannt, überlegen. Jetzt heißt es, die richtige Entscheidung zu treffen. Wenn Marenko in Begleitung eines Schlägertyps kommt, bedeutet das mit großer Wahrscheinlichkeit, dass es bei dem bevorstehenden Geschäft um größere Geldsummen geht.
Möglicherweise um die Finanzierung der Bilder? Der Drogen? Warum die getrennte Reise nach Antwerpen mit zwei Fahrzeugen? Viele Fragen können nicht beantwortet werden. Jedenfalls im Moment nicht.
Pierrets ist selbstkritisch. Vielleicht war es ein Fehler, sich nur bei den belgischen Kollegen anzumelden, ohne gleichzeitig ihre Unterstützung in Anspruch zu nehmen. Möglicherweise wäre hier schon der geeignete Moment für den Zugriff. Möglicherweise! Doch ohne Beteiligung der örtlich zuständigen Kriminalbeamten ist daran nicht zu denken.
Über Funk gibt er Anordnungen, wie der weitere Observationsablauf vonstatten gehen soll. Er teilt das Gros der Beamten für die Observation von Marenko und seinem Begleiter ein. Lediglich zwei erfahrene Fahrzeugbesatzungen und der Werkstattwagen sollen den Rücktransport der beiden Frauen überwachen und dokumentieren. Gegebenenfalls auch eine Festnahme in eigener Regie durchführen.
Es vergeht eine halbe Stunde.
Plötzlich ist Klaas Stimme zu hören. »Achtung, es tut sich was! Das Tor zur Hofeinfahrt wird geöffnet.« Es folgt eine Pause. Dann die erneute Durchsage. »Beide Frauen verlassen mit ihrem Gespann den Hof und biegen rechts ab in Richtung Hauptstraße.«
Pierrets ist angespannt. »Klaas, hast du Marenko oder den Typen gesehen?«

»Nein, habe ich nicht. Ich habe auf dem Hof niemanden gesehen, die müssen noch im Haus sein, ihr Wagen steht noch da!«
Sekunden später geht die Tür zur Galerie auf und Marenko und sein Gefährte kommen heraus. Ohne sich umzuschauen, gehen sie zu ihrem Auto.
»Peer von Klaas, kommen!«
»Ja, was ist?«
»Peer, als die beiden die Galerie betreten haben, hatte Marenko eine schwarze Ledertasche bei sich, die fehlt jetzt.«
»Ja, okay, habe verstanden.«
Die Fahrt beginnt. Marenko fährt mit mäßiger Geschwindigkeit ebenfalls in Richtung Hauptstraße und weiter in Richtung belgisch-holländische Grenze.
Die Observationsfahrzeuge setzen sich ebenfalls nach und nach in Bewegung und folgen mit großem Abstand. Zwei Fahrzeuge fahren vorgesetzt. Die Funkverbindung klappt einwandfrei, QSA 5*.

Frerk und Falko halten sich seit den Morgenstunden in der Nähe der Galerie auf, um festzustellen, ob es Auffälligkeiten vor Ort gibt. Auf dem »platten« Lande ist es schwierig, nicht aufzufallen. Sie müssen ihren Standort immer wieder ändern, denn die Menschen hier sind sehr aufmerksam und registrieren jedes unbekannte Fahrzeug. Bisher bleibt alles ruhig.
Gegen 21.00 Uhr hören sie ihre Kollegen über Funk. Zuerst nur schwach und mit starken Nebengeräuschen. Nur noch wenige Kilometer, dann ist die Verbindung einwandfrei. Pierrets informiert Frerk und Falko über den bisherigen Sachstand und gibt seinen augenblicklichen Standort durch.
»Gibt es bei euch etwas Neues?«
»Ja, seit ca. zwanzig Minuten steht vor der Galerie ein dunkelgrüner Jaguar, in dem sich zwei Männer befinden. Offensichtlich warten sie auf jemanden.«
»Das hört sich gut an. Haltet euch schön bedeckt und sucht euch einen Standort in der Nähe der Mühle!«
»Okay!«
»Hat sich noch was am Telefon getan?« will Pierrets von Falko wissen.
»Nein, nichts«, ist die knappe Antwort.
»Mit dem Zugriff warten wir auf jeden Fall, bis auch die beiden Frauen eingetroffen sind. Ihr habt also reichlich Zeit.«

Gegen 22.30 Uhr biegt Marenko mit seinem Wagen auf die Einfahrt der Galerie ein und parkt am Ende der Zuwegung. Er begrüßt die beiden Männer aus dem Jaguar und gemeinsam begeben sie sich ins Innere der Galerie.
Kaum dass er die Mühle betreten hat, führt er bereits ein erstes Telefonat mit Berlin. Am anderen Ende der Leitung meldet sich eine Frau mit verschlafener Stimme. »Ja, hallo.«
»Gib mir mal Jurisch.« Seine Stimme ist fordernd und lässt jegliche Verbindlichkeit vermissen.
»Der ist nicht da, kommt erst heute Nacht wieder.«
»Verdammt! Sag ihm, er soll mich in der Mühle anrufen, hast du das verstanden? Es ist wichtig!«
»Ja, ja, mach ich.«
Marenko legt grußlos auf. Es folgt ein weiteres Gespräch. Marenko wählt eine Nummer in Köln.
»Strassmann, guten Abend«, meldet sich eine weibliche Stimme.
»Hallo, Theresa, bist du es? Hier ist Franco! Es ist mal wieder so weit. Hast du Interesse an einen neuen ›Antwerper‹? Ich erwarte Caro in ungefähr einer Stunde zurück. Kannst dich ja mal in deinem Kundenkreis umhören und dich anschließend bei mir melden. Die Bedingungen sind die gleichen. Ab morgen Abend bin ich wieder in Berlin erreichbar.«
Es folgt eine sehr herzliche Verabschiedung, die darauf schließen lässt, dass diese Verbindung sehr persönlich ist und schon lange besteht.
Auch in München nimmt Marenko Kontakt zu einer Galerie auf und kündigt nach einem zunächst belanglos erscheinenden Gespräch Bilder aus Antwerpen an. Der Gesprächspartner am anderen Ende der Leitung ist hocherfreut und bittet Franco, für ihn zwei Originale nach Berlin mitzunehmen, die am nächsten Tag von einem Kurier abgeholt würden.

Zwischenzeitlich ist ein weiteres Fahrzeug auf den Parkplatz zur Galerie eingebogen. Hierbei handelt es sich um einen Mercedes der »S-Klasse«. Der Fahrer, ein Mann zwischen dreißig und vierzig Jahre alt, wird bereits an der Eingangstür von Marenko begrüßt und ins Innere der Galerie geleitet. Es hat den Anschein, dass auch er bereits erwartet wurde.

Eine Halterfeststellung und Erkenntnisabfrage in Berlin ergibt, dass der Jaguar auf den Namen eines Bordellbesitzers zugelassen ist, der bereits wiederholt wegen Zuhälterei, Körperverletzung und Verstößen gegen das Betäubungsmittelgesetz in Erscheinung getreten ist. Auch der Mercedes ist für einen »Privatier« aus Münster zugelassen, der bereits bei der Polizei bekannt ist.
Die Spannung steigt bei allen Einsatzkräften. Hier haben sich offensichtlich Topleute zusammen gefunden.
Die Zeit verstreicht. Pierrets und sein Team warten noch immer auf die Ankunft der beiden Frauen. Eine Funkverbindung zu den drei Observationsfahrzeugen besteht noch nicht.
Dann endlich, der Werkstattwagen kündigt das Eintreffen der Zielpersonen an. Nach einer kurzen Beratung mit seinem Vertreter entscheidet Pierrets, den Zugriff von dem weiteren Geschehen vor der Galerie abhängig zu machen. Er geht nach wie vor davon aus, dass die Drogen im Hänger oder im Zugfahrzeug versteckt sind.
Doch er möchte nicht nur die beiden Frauen überführen. Er will die Drahtzieher und möchte vermeiden, dass die eigentlich Verantwortlichen aus Mangel an Beweisen den Gerichtssaal als freie Männer verlassen.
Am Anfang seiner Laufbahn musste er wiederholt miterleben, was es bedeutet, wenn nur die Sicherstellung großer Mengen Drogen vordergründig war und darüber hinaus die eigentliche Beweisführung vernachlässigt wurde. Er musste mit ansehen, wie ausgebuffte Anwälte ihre Mandanten frei bekamen, nur weil die Ermittlungsbeamten nicht sorgfältig genug gearbeitet hatten. Nein, ihm sollte Ähnliches nicht widerfahren.

Gegen 23.30 Uhr biegen die beiden Frauen auf die Einfahrt zur Galerie ein und parken den Hänger in der Nähe des Eingangs. Noch bevor sie ausgestiegen sind, kommen ihnen vier Männer aus der Galerie entgegen. Offensichtlich werden sie bereits voller Ungeduld erwartet. Ohne den Frauen Aufmerksamkeit zu schenken, begeben sich die Männer sofort zum Hänger und öffnen den verschlossenen Deckel. Alle fünf beugen sich über den Hänger und schauen hinein.
Die Zugriffskräfte sind noch zu weit entfernt, um Einzelheiten zu erkennen, auch wenn sie mit modernsten Ferngläsern und Nachtsichtgeräten ausgerüstet sind.

Silhouettenhaft können sie erkennen, wie einer von ihnen einen Gegenstand aus dem Hänger hebt. Es könnte sich um eine Leinwand oder ein Bild handeln. Sie erkennen ferner, dass dieser Gegenstand zum Jaguar getragen und dort im Kofferraum verstaut wird. Es folgt ein zweiter Gegenstand im gleichen Format.
Die Männer des Zugriffskommandos fiebern ihrem Einsatz entgegen. Wann gibt Pierrets das Kommando für den Zugriff. Wie lange will er noch warten? Minuten verrinnen, die Spannung steigert sich ins Unermessliche.
Zwei Männer besteigen den Jaguar und machen Anstalten, den Wagen zu starten. Schon ist die Fahrzeugbeleuchtung eingeschaltet. Dann endlich. Über Funk kommt für alle das erlösende Wort »Zugriff«. Sofort »fliegen« von allen Seiten Einsatzfahrzeuge auf das Objekt zu. Noch ist die Beleuchtung ausgeschaltet. Eine halsbrecherische Fahrt ohne Rücksicht auf das Material beginnt.
Sekunden später ändert sich die Szene. Zeitgleich zucken Lichtbündel über das flache Land. Leuchtspurraketen jagen in den schwarzen Himmel und tauchen die gesamte Gegend in ein gleißendes weißes Licht.
Die ersten Einsatzfahrzeuge haben den Parkplatz erreicht. Türen fliegen auf. Maskierte Beamte mit vorgehaltenen Revolvern und Maschinenpistolen springen aus den Fahrzeugen. Sie tragen schwere Schusswesten.
»Polizei, Hände hoch«, mehrere Beamte schreien die Aufforderung gleichzeitig in die Nacht.
Der Fahrer des Jaguars versucht zu fliehen. Er rammt ein Dienstfahrzeug, dann versucht er es zu Fuß. Vergebens, ehe er den Parkplatz überqueren und über die Wiesen fliehen kann, wird er von mehreren Beamten eingeholt, überwältigt und zu Boden geschleudert. Ein kurzer schmerzverzerrter Aufschrei ist unüberhörbar. Dann folgt das metallene Geräusch der arretierenden Handschellen. Im Hosenbund des Festgenommenen wird ein schussbereiter Revolver gefunden und sichergestellt.
Der Beifahrer wird von anderen Kräften aus dem Wagen gezogen. Er leistet keinen Widerstand. Auch die drei anderen Männer werden überwältigt und mit dem Gesicht nach unten auf den Schotterplatz gezwungen. Die beiden Frauen werden ebenfalls festgenommen und mit Handschellen gefesselt. Insgesamt dauert der Zugriff nur wenige Minuten.

Jetzt herrscht Stille. Alle Festgenommenen wirken gelähmt. Nur bei den Zugriffskräften macht sich Entspannung breit. Sie haben einen hervorragenden Job geleistet. Keiner der Beamten ist verletzt, beschädigt wurde lediglich ein Dienstwagen. Sachschaden! Natürlicher Verschleiß! Ansonsten war das Überraschungsmoment so groß, dass es keine ernsthafte Gegenwehr gab.
Die Durchsuchungskräfte beginnen mit ihrer Arbeit. Voller Spannung durchsuchen sie die Fahrzeuge und den Hänger nach Drogen. Ein anderes Team begibt sich in die Galerie, um hier ebenfalls nach Drogen oder anderen Beweisen zu fahnden, die für das Verfahren relevant sind.
Wo haben die Täter das Gift versteckt? In den Türverkleidungen, den Sitzen, den Reifen oder gibt es gar irgendwelche eingebauten Hohlräume oder doppelte Böden? Alles ist möglich.

Die Durchsuchung dauert bereits eine Stunde. Langsam macht sich Enttäuschung breit. Bis auf geringe Mengen Kokain und einige undefinierbare Chemikalien in der Wohnung von Stredenwalde sowie ein kleines Kokainbriefchen im Mercedes von Marenko gibt es keine Drogen. Weder im Renault-Leihwagen noch im Hänger werden sie fündig. Im Anhänger befinden sich in einer Spezialhalterung lediglich weitere neun Bilder in den Maßen 120 x 90 Zentimeter.
Pierrets ist verzweifelt. Das kann nicht wahr sein, das ist unmöglich, die müssen das Zeug irgendwo versteckt haben. Warum sonst hat die Fahrzeugbesatzung des Jaguar einen Fluchtversuch unternommen und dabei die Beschädigung des Dienstfahrzeuges riskiert. Sollte es tatsächlich nur wegen des illegal mitgeführten Revolvers sein?
Er fordert seine Beamten nochmals auf, alles gründlich zu durchsuchen. Gleichzeitig setzt er sich über Funk mit dem Lage- und Führungszentrum in Verbindung und fordert umgehend zwei Rauschgiftsuchhunde an.
Die Situation droht zu kippen. Die Festgenommenen begehren auf, beklagen sich lautstark über Freiheitsberaubung und über brutale Körperverletzungen im Amt. Sie verlangen umgehend ihre Rechtsanwälte.
Pierrets muss handeln. Bis auf Caroline von Stredenwalde lässt er die Verdächtigen in verschiedenen Fahrzeugen abtransportie-

ren und in Leer in Einzelzellen unterbringen. Er gibt Weisung, jede Kontaktaufnahme der Festgenommenen untereinander strikt zu unterbinden.
Eine erste Befragung der Beschuldigten von Stredenwalde verläuft ergebnislos. Angeblich weiß sie nichts. Ihrem Bekunden nach hat sie lediglich elf Bilder für ihre Galerie aus Belgien geholt. Weitere Angaben verweigert sie.
Eine weitere Stunde vergeht. Endlich, die Beamten der Hundestaffel melden sich über Funk und kündigen ihr Eintreffen in fünfzehn Minuten an.
Pierrets atmet auf. Voller Ungeduld begrüßt er die beiden Hundeführer Jürgen Stahmer und Jan-Dieter Holtkamp mit ihren Rauschgiftsuchhunden Annica und Arco. Annica ist eine zierliche weiß-schwarz gefleckte Dalmatinerdame, Arco hingegen ein deutscher Schäferhund, der aufgrund seines kräftigen Körperbaus ebenso als Schutzhund eingesetzt werden könnte.
Er schildert ihnen den bisherigen Sachverhalt in groben Zügen und fordert sie sodann mit der Nachsuche der Fahrzeuge auf. Die Hundeführer trennen sich. Sie haben Mühe, die Hunde ruhig zu halten. Erst nachdem sie diese kurz diszipliniert haben, beginnen sie mit der Arbeit.
Annica soll zunächst den Jaguar und anschließend den Mercedes durchsuchen, während Jan-Dieter mit Arco den Leihwagen und den Hänger nach Drogen durchsuchen soll.
Die Beamten des Mobilen Einsatzkommandos haben sich einige Meter zurückgezogen, sie wollen die Hunde nicht ablenken. Ja, die Hunde, sie sind ihre letzte Hoffnung.
Annica zerrt an der Leine und läuft geradewegs auf den Jaguar zu, beschnuppert die hinteren Kotflügel und verbellt anschließend den Kofferraum.
Alle Beamten schauen gespannt auf Kai, der sich umdreht und seinen Daumen hebt.
»Peer, da muss was versteckt sein.«
Er öffnet die Kofferraumklappe und ehe er reagieren kann, springt Annica hinein. Sie scheint völlig aufgebracht, bellt, dreht sich im Kreise und kratzt mit den Pfoten auf die dort abgelegten Bilder. Kai ist entsetzt und zieht seinen Hund mit einem Ruck zurück. »Aus, aus«, seine sonst so sanfte Stimme überschlägt sich. Er ist kreidebleich.

Pierrets hat das Ganze verfolgt und eilt zum Jaguar. »Was ist los? Hat er was gefunden?«
Kai bleibt zunächst stumm. Dann versucht er sich zu rechtfertigen: »Es ging alles so schnell, ich hatte keine Chance.« Dabei zeigt er auf die beschädigten Bilder.
Pierrets schaut in den geöffneten Kofferraum und sieht die stark zerkratzten Exponate. Sekunden des Schweigens folgen. Dann ein erlösender Aufschrei: »Mensch Kai, das ist es, das ist Rauschgift. Die gesamten Bilder bestehen vermutlich aus getrockneter Kokainpaste, die mit Farbe vermengt oder übermalt wurden.«
Die Männer des Mobilen Einsatzkommandos jubeln, so etwas haben auch sie noch nicht erlebt.
Kai kann es zunächst nicht glauben, er hat den Schock noch nicht überwunden und so dauert es eine Weile bis er sich mit den anderen freuen kann und seinen Hund überschwänglich lobt.
Zur Kontrolle führt Jan-Dieter seinen Arco vorsichtig an den Hänger heran. Hier wiederholt sich die Szene. Beim Beschnuppern des geschlossenen Hängers wird auch er unruhig, kratzt mit den Pfoten an den Seitenaufbauten und verbellt den Hänger. Beim Öffnen des Deckels springt er mit den Vorderpfoten hoch und ist ebenfalls nicht zu beruhigen.
Unglaublich. Der gesamte Farbauftrag der abstrakten Bilder muss aus Kokainpaste bestehen. Bei dem pastösen Auftrag müssen es mehre Kilogramm sein.
Jetzt ergeben auch die unterschiedlichen Chemikalien in der Wohnung und den angrenzenden Toilettenräumen einen Sinn. Vermutlich werden die Farbzusätze im Kokain mit diesen Mitteln gelöst. Anschließend muss der hochprozentige »Stoff« dann nur noch mit Natriumhydrogencarbonat aufgekocht werden und man erhält das begehrte Kokainhydroclorid, den »heißen« oder auch »goldenen Schnee«.
Wenn das Kokain dann noch mit Milchzucker, Mannit oder Inosit gestreckt wird, muss es einen unglaublich hohen Schwarzmarktwert haben.
Peer Pierrets ist seit vielen Jahren im »Geschäft«, doch so etwas hat auch er noch nicht gesehen. Im Laufe seiner Dienstzeit konnte er zwar wiederholt den Einfallsreichtum und die Genialität einiger Ganoven kennen und bewundern lernen, wenn es galt, Drogen oder anderes Diebesgut vor den Strafverfolgungsbehörden

zu verstecken, doch ganze Kunstbilder aus Kokainpaste - so etwas ist ihm bisher noch nicht untergekommen. Möglicherweise ist es ein Novum in der Kriminalgeschichte.
Wie simpel muten dagegen Verstecke in gemauerten Torpfosten, Steinimitationen in Zierteichen, Hohlräume hinter Brettern oder Fliesen an.
Obgleich jedem Polizeischüler schon während seiner Grundausbildung so genannte »psychologische Verstecke« vermittelt werden - hierbei handelt es sich um Gegenstände, die offen für jedermann sichtbar sind, wie z. B. Skulpturen, Teppiche, Schmuck und andere, werden solche »Verstecke« oft übersehen.
Wie lange dieses Geschäft wohl schon läuft? Jeder Bildertransport konnte fast risikolos durchgeführt werden. Die Beschuldigten konnten auf diese Weise beruhigt jede Kontrolle über sich ergehen lassen, denn kein Grenzbeamter hatte Veranlassung, die Bilder zu untersuchen, zumal von Stredenwalde sich als Galeristin ausweisen konnte und im Inneren des Hängers eigens Spezialvorrichtungen zur Befestigung der Bilder angebracht waren.
Auch für die Geldtransporteure reduzierte sich das Risiko gegen Null; zumal sie mit getrennten Fahrzeugen fuhren.

Leer, die kleine Stadt an der Leda, als Brücke zwischen den Weltstädten Antwerpen und Berlin. Das ist einmalig, das hat es noch nicht gegeben. Ein durchgeführter Schnelltest beseitigt jeden Zweifel; bei der Substanz auf den sichergestellten Bildern handelt es sich eindeutig um Kokain.
Alle Einsatzkräfte sind überglücklich. Doch noch ist der Einsatz nicht zu Ende. Pierrets muss zusammen mit seinem Vertreter Barkemeyer und dem Leiter des Rauschgiftkommissariats, Hans-Jürgen Vogtländer, eine umfangreiche Aktion planen, an der mehrere externe Dienststellen in unterschiedlichen Bundesländern beteiligt werden.
Mitternacht ist längst vorüber, dennoch müssen unverzüglich mehrere Durchsuchungen und möglicherweise weitere Festnahmen durchgeführt werden.
Falls noch andere Abnehmer an dem Deal beteiligt sind, dürfen sie nach Möglichkeit keinen Verdacht schöpfen, wenn irgendwelche Zeitpläne oder Treffs, bedingt durch die bereits erfolgten Verhaftungen, nicht eingehalten werden können.

Zu den Durchsuchungsobjekten zählen unter anderem die Galerien in Köln und München, das Anwesen von Marenko und ein Bordell in Berlin. Besonders die Durchsuchung des Bordells ist eine sehr pikante Angelegenheit, bei der es leicht zu kompromittierenden Begegnungen kommen kann.

Pierrets erinnert sich an eine Situation, als er als junger Kommissarsanwärter in Hannover an einer solchen Aktion beteiligt war und plötzlich seinem höchsten Vorgesetzten gegenüberstand, der sich in einem solchen Nobeletablissement gleich mit zwei Damen amüsierte. Eine überaus peinliche Situation, nicht nur für sein Gegenüber.

Über Interpol müssen außerdem die Kollegen in Antwerpen benachrichtigt werden, damit sie nach Kenntnis der Lage in eigener Regie geeignete Maßnahmen im Kampf gegen das organisierte Verbrechen ergreifen können. Für alle Beteiligten wird es eine lange Nacht. An Schlaf ist nicht zu denken.

Die festgenommenen Personen werden noch im Laufe der Nacht in getrennten Vernehmungen mit dem Tatvorwurf des organisierten Rauschgifthandels konfrontiert. Sie reagieren unterschiedlich.

Die Männer verweigern die Aussage und verlangen nach wie vor Rechtsbeistand. Carolines Beifahrerin zögert. Sie hat Angst vor Repressalien. Nur Caroline von Stredenwalde ist zu einer Aussage bereit, nachdem sie gehört hat, dass Marenko mit Sicherheit in Haft bleibt.

Was folgt sind Schilderungen, wie man sie sich als normal fühlender Mensch nicht vorstellen kann.

Zunächst bittet von Stredenwalde unter Tränen, von einer Frau vernommen zu werden. Dann beginnt sie, von ständigen Weinkrämpfen geschüttelt, detailliert zu schildern, wie sie Marenko kennen gelernt hat.

Zu Beginn ihrer Beziehung war er der großzügigste Liebhaber, der sie jeden Tag mit teuren Geschenken überhäufte, ihr Blumen nach Hause schickte und sie in teure Lokale ausführte. Der Höhepunkt ihrer Beziehung sei gewesen, als er für sie eine Galerie eingerichtet hatte.

Sie erzählt, wie überaus glücklich sie war, als sie nach langer Suche ein geeignetes Objekt gefunden hatten und sie eigenverantwortlich die Galerie führen durfte. Alles schien perfekt.

Doch schon bald änderte sich die Situation. Anlässlich einer Feier in Marenkos Villa sollte sie plötzlich mit einem anderen Mann schlafen. Fassungslos über Francos Ansinnen habe sie die Veranstaltung sofort heulend verlassen und die Nacht bei einer Freundin verbracht.
Am darauf folgenden Tag habe Marenko sich jedoch entschuldigt und versichert, das so etwas nicht wieder vorkäme. Schuld für die Entgleisung sei sein übermäßiger Kokainkonsum gewesen. Daraufhin habe sie die Entschuldigung angenommen und sei noch am selben Tag zurück nach Leer gefahren.
Die folgenden Tage seien zunächst normal verlaufen. Sie habe, wie gewohnt, jeden Tag mit Marenko telefoniert, ohne das Thema erneut anzusprechen. Alles schien vergessen.
Doch als sie dann mit der Schilderung fortfahren will, wird sie plötzlich von heftigen Weinkrämpfen geschüttelt. Sie hyperventiliert, krümmt sich auf dem Stuhl und ist kaum in der Lage zu atmen.
Evi, die sie vernehmende Kriminalbeamtin, holt ein Glas Wasser, nimmt sie in den Arm und versucht sie zu beruhigen. Erst nach einer ganzen Weile gelingt es ihr und sie kann die Vernehmung fortsetzen.
Was sie dann niederschreiben muss, sprengt hingegen jegliche Vorstellung zwischenmenschlicher Beziehungen.
Eine Woche nach dem Vorfall erscheint Marenko unangemeldet in der Mühle. In seiner Begleitung befinden sich drei unsympathische, finster aussehende Typen. Caroline bekommt Angst. Sie kennt Marenko und sieht, dass er Kokain genommen hat. In seiner rechten Hand hält er einen verschlossenen Schuhkarton.
Dann beginnt er das Gespräch: »So, Schätzchen, jetzt sind wir alleine. Du weißt, hier hört uns kein Mensch. Du hast jetzt die Wahl, entweder lässt du dich von diesen Gentlemans durchvögeln oder wir schieben dir dieses kleine Reptil in die Spalte. Eine südamerikanische Foltermethode, die bisher immer gewirkt hat. Die kleinen Tierchen lieben Feuchtigkeit und Wärme.« Danach dreht er sich grinsend zu seinen Typen um. »Hab ich Recht?«
Caroline weicht zurück, sie kann nicht glauben, was ihr Freund von ihr verlangt. Sie schüttelt den Kopf, streckt die Arme nach vorne und fängt an zu schreien.
»Nein, nein, bitte nicht, verlang das nicht von mir. Alles, nur das nicht.« Sie kauert in einer Ecke. Schutzlos! Hilflos! Allein!

Dann wird sie von einem der Männer gepackt, über den Fußboden geschleift und auf die Couch gezerrt. Sie wehrt sich, versucht zu beißen und zu kratzen. Vergebens! Einer hält die Arme fest, der andere reißt die Beine bis zum Spagat auseinander. Der Dritte versucht, ihr mit roher Gewalt die Ober- und Unterkleidung vom Körper zu reißen. Das Kleid zerfetzt, der Slip gleichfalls, nur der BH gibt nicht nach und hinterlässt tiefe blutende Einschnitte im Schulterbereich.
Der Erste vergeht sich brutal an ihr. Er schlägt ihr mit der Faust ins Gesicht, als sie versucht, ein Eindringen zu verhindern. Blut spritzt aus Mund und Nase. Ihr Kopf wird an den Haaren zurück gerissen, sie ringt nach Luft.
Als der Erste fertig ist, folgt der Zweite und Dritte. Längst hat sie jeden Widerstand aufgegeben. Sie ist ausgebrannt, fühlt keine Schmerzen mehr.
Als die Männer von ihr lassen, sieht sie in das grinsende Gesicht des Teufels. Marenko!
Er beugt sich zu ihr hinunter. In der linken Hand den geöffneten Schuhkarton, in der rechten einen gelb-schwarz gefleckten Feuersalamander.
»Nachschlag gefällig?« Er grinst immer noch.
Sie schaut ihn mit leeren Augen an. Unfähig, irgendetwas zu denken oder zu fühlen. Als sie die Augen wieder schließt, spürt sie einen leichten Luftzug, dann ein Klatschen. Sie dreht den Kopf in Richtung des Geräusches und sieht auf dem Boden den toten Salamander. Der Bauch ist aufgeplatzt, an der Wand ein dunkler Fleck.
Marenko erfasst ihre Schulter und schüttelt sie, »jetzt bist du meine verdammte private Edelnutte und machst genau das, was ich dir sage. Verstanden!«
Caroline von Stredenwalde antwortet nicht. Die Vernehmung wird unterbrochen. Auch Evi ist geschafft. So etwas Entsetzliches musste sie noch nie zu Protokoll nehmen. Doch das Unfassbare ist noch nicht zu Ende.
Caroline von Stredenwalde erzählt, immer noch von Weinkrämpfen geschüttelt, wie sie Tage später zu einem Tattoo gezwungen wurde. Ein gelb-schwarzer, kriechender Salamander, direkt über der Schambehaarung sollte sie stets an den Vorfall erinnern.
Später tauchte Marenko in Begleitung einer Domina auf und sie

wurde erneut gezwungen, Geschlechtsverkehr mit unbeschreiblichen Hilfsmitteln und kaum vorstellbaren Praktiken durchzuführen.
Ein anderes Mal wurde sie mit Kokain voll gespritzt. Danach wurden ihre Brustwarzen und Schamlippen durchstochen und anschließend mit Intimschmuck behängt. Die erlittenen Schmerzen waren unbeschreiblich.
Jedes Mal wenn Marenko einen potenten Geschäftsmann zu ihr schickte, rief er entweder an oder aber die Person wies sich durch einen kleinen gelb-schwarzen Plastiksalamander aus. Auch hier wurde sie gezwungen, sich auf die abscheulichsten, ekelerregendsten Praktiken einzulassen. Es war die Hölle!
Ihre heutige Begleiterin komme aus Weißrussland und sei ebenfalls zur Prostitution gezwungen worden. Mit ihr habe sie bereits mehrere Kurierfahrten von Belgien aus durchführen müssen. Für Marenko zählt ausschließlich Geld und Macht.
Unbeschreiblich viel Geld verdiene er auch durch seine Kokaingeschäfte. Ihrer Aussage nach hatte er seit Jahren eine Connection nach Belgien. Auch schon vor ihrer Zeit. Richtig aktiv wurde er aber erst, nachdem er ihr die Galerie eingerichtet hatte. Ab dem Zeitpunkt musste sie in wechselnder Begleitung alle drei Monate nach Antwerpen fahren und die mit Kokain präparierten Bilder über die Grenze bringen. Er selber sei jedes Mal vorgefahren oder nachgekommen, um die finanzielle Seite zu regeln. Hierbei soll es sich jeweils um riesige Summen gehandelt haben. Zumal jedes Bild aus ungefähr einem dreiviertel Kilogramm reiner Kokainpaste bestand.
Die Verteilung der Drogen sei jeweils in Berlin erfolgt. Sie selber habe für den Privatgebrauch immer genug gehabt. Dieser Stoff wurde in einem Hohlraum eines Windmühlenflügels versteckt.
Besonders hellhörig wird Evi Straatmann, als Caroline von Stredenwalde ihr erzählt, dass Marenko in Berlin einen Freund bei der Polizei hat. Dieser soll immer hilfreich sein, wenn Marenko oder seine engen Bekannten einen Fahrzeughalter benötigen oder etwas über potentielle Kunden wissen wollten. Ob dieser Polizeibeamte auch Kenntnis von den Drogengeschäften habe, könne sie nicht beurteilen. Auf jeden Fall hatte er immer Essen und Trinken frei. Auch sei er im Besitz eines sehr großen Autos.

Oberkommissarin Straatmann ist sich sicher, dass dieser schwerwiegende Vorwurf bei den Folgeermittlungen oberste Priorität erlangen wird. Mit absoluter Sicherheit ist es ein neuer Fall für eine Sonderkommission (Soko) oder ein Mobiles Einsatzkommando*.
Trotz der fortgeschrittenen Stunde und der anstrengenden, fast dreißig Seiten umfassenden Vernehmung, ist Caroline von Stredenwalde erleichtert. Sie will heraus aus dem Sumpf. Will nicht mehr länger Spielball abartiger Menschen sein. Jetzt sieht sie eine Chance, dort anzuknüpfen, wo sie vor fast sechs Jahren aufgehört hat.
Ist die Chance realistisch? Ja! Diese Frage kann mit einem eindeutigen »Ja« beantwortet werden! Zwar muss auch sie sich vor Gericht wegen des unerlaubten Drogenkonsums verantworten, doch wird ihre Aussagebereitschaft mit Sicherheit positiv gewertet und die Richter milde stimmen.
Auch die Gefahr vor massiven Repressalien aus der Szene kann minimiert werden. Hier besteht die Möglichkeit, dass sie in ein Zeugenschutzprogramm aufgenommen wird und gegebenenfalls mit behördlicher Unterstützung eine neue Identität bekommt.
Während Caroline von Stredenwaldes Beifahrerin später ebenfalls zu einer Aussage bereit ist und einräumt, unter massiven Druck wiederholt Drogen aus Antwerpen geschmuggelt zu haben, verweigern die anderen Beschuldigten jede Aussage.
Spätestens hier wird deutlich, wie wichtig es für die Beweisführung und spätere Verurteilung der Festgenommenen ist, dass die Männer des Mobilen Einsatzkommandos den gesamten Einsatz dokumentiert haben und ihre Aussagen vor Gericht beeiden können.

Mit Ausnahme der festgenommenen Beifahrerin müssen sich die anderen Beschuldigten vor Gericht u. A. wegen Drogen- und Menschenhandels, Sexuellen Missbrauchs und Vergewaltigung verantworten. Es bleibt zu hoffen, dass sie wegen dieser abscheulichen Straftaten jeweils mit den Höchststrafen belegt werden.

Für die Beamten des Mobilen Einsatzkommandos geht Dank der Unterstützung der Kollegen des Kommissariats Leer, der Schutzpolizei mit ihren Hundeführern und vielen Beamten externer Dienststellen ein weiterer, spektakulärer Einsatz zu Ende.

Einen besonderen Dank und eine riesige Portion Leckerli haben die Hunde Annica und Arco verdient. Sie dürfen ab sofort die Beinamen »Kommissarin« Annica und »Kommissar« Arco führen.

Glossar

Affen schieben:	Entzugserscheinungen haben
Blauer:	Einhundertmarkschein
Dänemann:	Kopfstoß (Stirn) in das Gesicht des Gegenübers
Durchstecken:	geheime Dinge verraten
Fuß:	Kurzform eines Observanten, der zu Fuß die Verfolgung und Beobachtung einer Zielperson aufnimmt
Jodierverfahren:	Mit einem Jodiergerät werden Joddämpfe auf die in Betracht kommenden Gegenstände geblasen. Latente Fingerspuren werden schnell sichtbar und können fotografisch gesichert werden.
Marcumar:	blutverdünnendes Medikament
Maulwurf:	Bezeichnung für einen Spion, der sich Informationen in Behörden oder Firmen beschafft und diese weitergibt

Mobiles Einsatzkommando: (MEK)	Spezialeinheit der Kriminalpolizei, die im Kampf gegen das Kapital- und das Organisierte Verbrechen durch hohe Mobilität, Observations-, Peil- und Zugriffstechniken besonders effektiv ist. Operiert auch im verdeckten Bereich.
QSA 5:	Lautstärkenbezeichnung bei Funkgesprächen
Razzia:	Planmäßig angelegte, schlagartig durchgeführte polizeiliche Fahndungsaktion. Sie dient u. A. der Identitätsfeststellung, der Durchsuchung von Personen, Sachen und Räumlichkeiten und der Sicherstellung oder Beschlagnahmung von illegalen Gegenständen.
Riesen:	Tausendmarkschein
Ringalarmfahndung:	Die Ringalarmfahndung erfasst einen Raum von 50 Kilometer um den Tatort (TO). Der Zeitpunkt bis zum Auslösen des Ringes entscheidet über die Entfernung.
Beispiel:	00-10 Minuten = Ring 20, 11-20 Minuten = Ring 30, 20-30 Minuten = Ring 40 usw.
Sore:	Synonym für Hehlerware, Diebesgut, Beute (Ganovensprache)

Spezialeinsatzkommando: (SEK)

Spezialeinheit der Schutzpolizei. Sie haben ebenfalls die Aufgabe, polizeiliche Sonderlagen zu bewältigen. Hierzu gehören ebenfalls qualifizierte Bedrohungslagen wie z. B. Geiselnahme, Erpressung, Entführung und Terrorismus vor Ort. Unter Umständen kommt es zum Einsatz von Präzisionsschützen. (Finaler Rettungsschuss Todesschuss).

Spuren

Echte Spuren:
Werden vom Täter stets bei der Durchführung des Verbrechens verursacht und stehen immer im Zusammenhang mit dem Tatgeschehen. Durch das Handeln des Täters werden am Tatort* Veränderungen herbeigeführt.

Gegenstandsspuren:
Hierbei handelt es sich um vom Täter am Tatort* zurückgelassene oder verlorene Gegenstände. Das können Kleidungsstücke oder Teile von Kleidungsstücken sein, Zigaretten, Streichhölzer oder Werkzeuge.

Situationsspuren:
Hierbei handelt es sich um raumbezogene Gegebenheiten am Tatort*, z. B. Stellungen von Türen und Fenstern.

Absolute Spuren:
Sie geben unabhängig von allen anderen Spuren und Erkenntnissen einen unmittelbaren Hinweis auf den Ursprung ihrer Entstehung und damit auf Tat und Täterschaft.
(Kriminalistisches Lehrbuch der Polizei, 1990)

Tatort: Der Tatort ist das »Spiegelbild« des Täters und des Verbrechens. Alle am unveränderten Tatort gesicherten Spuren ermöglichen eine Rekonstruktion des Tatgeschehens. Von besonderer Bedeutung ist dabei, den Tatort so schnell wie möglich aufzusuchen und eine Tatortbesichtigung mit anschließender Dokumentation durchzuführen. Stichwort: Spurensicherung.

Verbrennen: Enttarnen eines verdeckt arbeitenden Kriminalbeamten oder Agenten

Winnewupp: Plattdeutsche Bezeichnung für Maulwurf

Vita

Peter Schmidt, wurde1940 in Oldenburg geboren, ist verheiratet und hat zwei Kinder.
1959 tritt er in den Polizeidienst ein und wird Dipl. Verwaltungswirt (FH), Kriminalhauptkommissar, Leiter verschiedener Fachkommissariate und einer Abteilung des Mobilen Einsatzkommandos.
In seiner Freizeit ist er Laienschauspieler, Mitbegründer der Krimi-Theatergruppe »Mords Manager« und betreibt Ölmalerei, entwirft und erstellt Skulpturen aus Stein und Metall.